守望

黄青◎著

安徽师范大学出版社
ANHUI NORMAL UNIVERSITY PRESS
·芜湖·

图书在版编目(CIP)数据

守望/黄青著.—芜湖:安徽师范大学出版社,2022.11(2024.3重印)
ISBN 978-7-5676-5343-6

Ⅰ.①守… Ⅱ.①黄… Ⅲ.①长篇小说—中国—当代 Ⅳ.①I247.5

中国版本图书馆CIP数据核字(2022)第181213号

守　望　　　黄　青◎著
SHOUWANG

责任编辑:陈　艳　　　责任校对:赵传慧
装帧设计:王晴晴　冯君君　　　责任印制:桑国磊
出版发行:安徽师范大学出版社
芜湖市北京东路1号安徽师范大学赭山校区
网　址:http://www.ahnupress.com
发 行 部:0553-3883578　5910327　5910310(传真)
印　刷:苏州市古得堡数码印刷有限公司
版　次:2022年11月第1版
印　次:2024年3月第2次印刷
规　格:700 mm ×1 000 mm　1/16
印　张:16.5
字　数:209千字
书　号:ISBN 978-7-5676-5343-6
定　价:49.00元

目　录

一

这几天，章翰文眼皮总是跳，一股莫名的恐慌笼罩在他心头。他是教师，自然不相信封建迷信，但他还是上网查了一下：眼皮跳是多种原因引起的神经肌肉兴奋性增高，导致眼轮匝肌不自觉地痉挛、收缩。他这才稍微舒缓了一口气。

眼看章翰文64岁生日就要到了，人到晚年早已没有了过生日的兴奋劲儿，可儿女们还在积极地为他筹备生日宴，据说这个生日宴很隆重，外孙女海欣提前透露：生日宴当天，家里有两件重要的事情要提上议事日程。

第一件事是有关章翰文自己的。老伴去世二十多年了，子女们想让他再找个老伴。他总是苦笑着说："这么大年纪了，一个人也习惯了。"子女们说："是贾姨！"他倔强地回答道："贾姨，我也不稀罕。"他脾气倔，子女们也很固执，时不时地在他耳边唠叨找老伴的事，可最终也没有个结果。第二件事是小女儿的婚事，这可是件大事！小女儿找对象，他可是操了很多心，也落了很多埋怨，眼看着小女儿三十岁了，还催不得，只能自己心里干着急。

其实，找老伴的事章翰文一直耿耿于怀。十年前，他和丈夫刚去世不久、小自己十岁的贾美珍开始了一段新感情。那时，来自家人和外界的压力确实不小，可他们隔两个星期就找地方幽会，热恋的劲头丝毫不比现在的年轻人逊色。可好景不长，这事被传得沸沸扬扬。那时，他和贾美珍也是铁了心：难道我们中年人就不能拥有自己的幸福了？他们想在一起的意愿越强烈，子女们就越反对；子女越反对，他们越发坚定地要在一起。可是，就在他们下定决心去民政局登记的前一天晚上，贾美珍哭着打电话告诉他：领证的事先放一放吧，她女儿在家正以死相逼呢。章翰文像瘪了气的皮球，弹不起来了。

后来，他在毫无准备的情况下得知：他的儿子章思聪要和贾美珍的女儿小文结婚。他和贾美珍夫妻做不成，倒成了儿女亲家。大家纷纷祝福章思聪和小文，淡忘了他和贾美珍的曾经，好像什么也不曾发生过。成了儿女亲家后，章翰文和贾美珍都尽量回避对方，他们都把过去那段感情放在了心底。

最近几年，贾美珍的女儿小文一个劲儿地想撮合自己的妈妈和公公。渐渐地，他和贾美珍的晚年幸福成了两个家庭关注的焦点。经大家这么一撮合，尘封在章翰文和贾美珍心底的感情渐渐复燃。贾美珍私下和章翰文说：“要么，我们就成全了孩子们吧。”章翰文笑而不语。

五十出头的贾美珍着急了：“你倒是说话啊，到底同不同意?”

章翰文慢条斯理地说：“小文的意见呢?”

“这就是她的意见。”看章翰文不说话，贾美珍继续说，“你过生日那天，我过来?”

“来吧。”

章翰文对自己的事情不上心，但对小女儿的婚事还是很重视的。小女儿三十岁了，还没有结婚，连个男朋友都没有。他心里着急，着急归着急，还不能表露在脸上。小女儿曾经说过：“你急着赶我走啊？我在这个家还没待够呢！我还要照顾你呢，爸爸。”

章翰文说：“不是爸爸赶你，这里永远都是你的家，但你也应该有自己的生活。”

“那我明天就搬出去。”说完，小女儿的脸一拉，章翰文不好再说什么了。

生日宴是大女儿章思慧和侄女范红梅精心准备的。为了这个家，章思慧真是操碎了心。妈妈走得早，大女儿自然就担起了妈妈的角色。

章翰文期待着自己生日这一天，但表面装得很平静。大女儿特地嘱咐他，生日宴那天穿得精神点。

“思敏的男友要来?”章翰文想证实一下，就问了一句。

章思慧说：“嗯。”

章翰文问：“做什么的?”

章思慧说：“安居物业公司的。程志浩帮忙把的关，我也见过，小伙子挺精神的。”

章翰文问：“安居物业，谁啊?”

章思慧回答：“总部的，不在这边，你不认识，说是高总的儿子。”

章翰文问：“哦，志浩帮忙把关的，那应该是没问题。思敏同意了?”

章思慧说：“志浩说，思敏心思难猜，好像俩人一道出去吃过饭，这层窗户纸还没捅破，所以趁着你过生日，让他过来正式和我们大家见见面。”

其实章翰文心里有数，笑着说：“搞得还挺神秘的。”

章翰文的生日终于到了。他故意在外面溜达了一会儿，想迟点回家，就是想给章思敏他们留点私人空间。他仿佛不是今天的主角，也不是配角，倒像是一个道具。太阳还明晃晃的，没有下山，他的手机就响了。大女婿程志浩说：“家里一切准备就绪，贾姨还是你来通知吧，至于是亲自去她家请还是电话请，你看着办，反正咱们两家离得不远，况且事先都打过招呼了。”

章翰文说：“你就叫思聪喊一下。”思聪是贾美珍的女婿，喊丈母娘过来吃饭也在情理中。再说，他摆点架子，也是一种情绪的宣泄，表达一下对十年前大家齐刷刷反对他和贾美珍在一起的不满。撂下电话，他步伐轻盈地往家走去，想看看未来的小女婿到底长啥样。

推开家门，一个梳了二分头的小伙子手捧一束花在那杵着，思敏看也不看小伙子一眼，一家人都凑在思聪跟前听他打电话。

思聪断断续续地问：“昏倒了？怎么回事？……我马上过来。”

放下电话，章思聪说：“爸，小文说她妈突然昏倒了，我回去看看。”

听说贾美珍昏倒了，家里顿时乱了套，谁也顾不上那个新上门的女婿小高，章思慧拉着章翰文的手说：“我们去看看到底怎么回事。”章翰文心里乱极了，他一时来不及仔细打量这个未来的女婿。一家人跟着章思聪去了贾美珍家。

贾美珍躺在床上，嘴角边还流着白沫，面部肌肉紧绷着，看样子很难受。小文说：“之前犯过一次，后来自己好了。”

章思敏问章思聪：“自己好了？没去医院检查吗？”

章思聪说：“是准备去的，这不是忙吗？”

章思敏说：“打120啊！是不是还等你妈再自己好啊？”

在救护车到达之前，贾美珍醒了过来。她怔怔地望着站在床边的两大家子人，问了一声：“你们怎么……？”

小文问：“妈，你怎么了？吓死人了。”

贾美珍说：“我怎么了?”

“你不记得了?”

贾美珍一脸的茫然。

小文打来热水，帮贾美珍擦了把脸。

救护车到了以后，医生听了大家的陈述，判断可能是癫痫病，建议病人到医院好好检查一下，再排查一下是否有家族遗传病史。既然现在病人清醒了，也没有必要马上去医院。同时医生提醒这段时间要注意，一旦发病，要立刻将筷子放在牙齿间，防止牙齿咬伤舌头。

程志浩对章思聪说：“明天就送你妈住院检查，查出病因，好好治疗。”

“这是大事，别不上心。”章思敏对章思聪和小文夫妻俩说。

章翰文对贾美珍说：“起来吧，一家人等着你去吃饭呢。”

章思慧说：“今天是我爸生日，刚才大家都在等你吃饭。”

贾美珍这才想起来今天是什么日子，连忙抱歉地说：“哦，我知道，我知道……害得你们饭也没吃好。”

章思聪说：“你别着急，先慢慢起来。”

贾美珍感到很难受，试了一下便又躺下了，说：“我这浑身都没劲，就不去了。”

小文心想：“你今天也是主角，怎么能不去呢?”可是话到嘴边，她还是咽了回去。

程志浩说：“那就在家歇着吧，一会儿让小文带点吃的回来。”

章思聪从包里拿出一个红包递给章翰文，说：“爸，这是给你准备的寿礼，饭我就不吃了，等会小文去吃饭，我就先走了。”

章翰文没有伸手接红包，一旁的章思敏说：“爸，拿着啊，这是你儿子孝敬你的。”章翰文这才接过红包。

回到家里，范红梅忙着热菜、端菜，章思敏正要进厨房帮忙，看到范红梅的儿子军军在玩水枪，便问他：“哪来的水枪？”

军军说：“是那个高叔叔送给我的，他买了不少东西，还有漫画书。”

范红梅对军军说：“别玩了，快去洗手吃饭吧。”

吃饭的时候，一家人的话题总绕不开贾姨的身体情况，大家一致认为，第二天就应该带她去医院检查治疗，这样才能和爸爸度过幸福的晚年。

章翰文问：“思敏，那个小高呢？吃饭怎么不喊人家一声啊？”

章思敏对着正在举杯准备敬酒的程志浩说：“大姐夫，我一直认为，在我们家你是最靠谱的，怎么也弄出来这么一出？”

程志浩正在敬章翰文酒，听章思敏喊他，他先把杯子中的酒喝光了，然后慢条斯理地说：“这真的不赖我，思敏。小高跟我说，你们俩都约会了，互相都有好感，人家喜欢你，想追求你，怎么了？”

章思敏说：“我什么时候和他约会过？吃饭是有过一次，那不是前段时间小区几栋楼没电嘛，我监督物业抢修，修完后物业公司派小高来验收，他提议吃个饭，也就是工作餐，这也叫约会？我要付钱，他硬是不肯，犟不过他。”

章思慧说：“我看这小伙子不错，你不试试看，怎么就说不行？”

章思敏说：“你看他今天冒冒失失地捧着花杵在那儿，靠谱吗？还有，给军军买水枪玩，把家里弄得湿哒哒的……”

章翰文说：“志浩，你打电话喊小高来吃饭。不管怎样，人家今天算是上门了。”

程志浩说：“他已经回家了，刚才听说贾姨病了，家里一团乱就没顾得上他，他说改天再来看你。”

章思敏说：“别！他要是来，最好趁我不在家。”

章翰文说：“还没处，怎么就知道不行呢？我看小高还不错。”

程志浩说：“小高是很优秀的，虽然他爸爸是安居物业的老总，但他本人很踏实，自愿到我们项目部工作。这个人品行端正，头脑也灵活，否则我也不会给思敏牵线。再说，他一再表示思敏对他感觉也挺好。”

“听他瞎说！”章思敏不屑地说。

范红梅说：“大姐夫还不是为你着想吗？你看看，人家家世背景好，人又踏实肯干，我觉得跟你很般配。”

二

眼看着章思敏老大不小的了，一家人都很着急，但章思敏自己一点也不着急。她自己不着急，别人再着急也没有用。平常一家人聊什么话题都是一团和气，可一旦涉及这个话题，章思敏立刻就变脸。所以，每次聊起来也就是点到为止。

饭后，章翰文等章思敏进了房间，才对程志浩说：“思敏的事情不要操之过急，你对那个谁……”

程志浩接过话说：“小高。”

“你对小高说，自然一点，不要太刻意，思敏不喜欢张扬，搞得太过了，反而会弄巧成拙。”章翰文叹了口气，接着说，“我看思敏对小高也没有多大的不满，没有理由嘛。根源还是她还走不出以前的阴影。”

程志浩点点头说：“思敏就是太痴情了，这都过去好几年了，还是走不出来。自己的日子还要自己过啊，这样下去也不是个事儿。”

章翰文问：“我看那个小高岁数好像比思敏小。”

“比思敏小两岁，可人家乐意。”

“现在年龄不是问题，你还是要多操心，能把他们两个撮合成最好。”

饭后章思慧要帮范红梅收拾餐桌，范红梅说：“你带海欣回家吧，这点事情有我就行了。”

海欣正在上高三，马上面临高考，学习非常紧张。章思慧便决定带着女儿海欣先回家，和章翰文打了招呼后，接着对丈夫程志浩说：“我带海欣回家做作业了。”

章翰文对海欣说：“注意身体，早点睡觉，熬夜影响第二天上课。”

海欣说：“知道了，作业做完我就睡觉。”

章思慧和海欣走后，章翰文问：“你们物业公司马上组织工作人员去外地参观学习，听说你也去？”

程志浩答道：“嗯。高总已经和我谈话了，即将安排我担任家园小区的项目经理。”

章翰文说：“怪不得这次派你出去学习。好好干！工作上的事情多向社区胡书记汇报。”

“是。”

“这次你们组织去哪里参观学习？”

“上海和南京。”

贾美珍住院检查，是一周以后的事。

这一周，章思敏隔三差五打电话催促章思聪和小文，责问他们俩怎么这么忙，连陪老人看病的时间都挤不出来。章翰文心里急，也不好放在面上。听章思敏在家叨咕，他忍不住去找章思聪。到了章思聪家，门是关着的，他打章思聪电话，章思聪说已经带贾美珍在去医院的路上了。他这才放下心来，便决定去社区看看。隔三差五去社区转转，也是社区书记胡清源的要求，虽然不安排坐班，但也要常去社区跑跑，一旦发生邻里纠纷、物业和业主纠纷，可以帮忙调解一下。章翰文现在在社区担任业主委员会主任，这都源于小女儿章思敏的启发。

人是一种很奇怪的生物，真的是富不得穷不得，甜不得苦不得，忙不得闲不得。他在当教师的时候，成天忙于教学，就算是放假心里也放不下学校和学生，真的是一心扑在工作上。那时他总想：要是退休就好了，就不用这么辛苦，看点书，写写文章，锻炼锻炼身体，修身养性。

好不容易熬到退休了，他像出了笼的鸟儿，先是和一些退休的同事轮流做东出去喝酒，虽然畅快，但总觉得没有多大意思，看书写文章也丢到九霄云外去了，整日还弄得自己头昏脑涨。到医院体检，原本就有高血压的他又增加了一个高血糖，血糖值高达 13.6，化验单上血糖指标后面朝上的箭头直戳两个女儿的心。两个女儿和范红梅轮流督促他的饮食，餐桌上鸡、鸭、鹅、猪肉登场的次数明显减少。从此，他的主菜是蔬菜和鱼，饭桌上常备一碟凉拌苦瓜或苦瓜炒辣椒。大女儿章思慧还定了一条规矩：不能外出喝酒！以素为主的伙食直让范红梅的儿子军军连连叫苦，范红梅只得在接军军放学的路上偷偷买卤鸭腿给他解馋。经过一段时间的调整，章翰文的血糖下降了一些，但还是偏高。盼望退休的章翰文没想到，退休的日子过成了这般模样。

后来，在大女儿章思慧的强烈要求下，章翰文开始锻炼，每天早上出门走一个多小时，晚饭后走一个多小时。一时间，他微信运动上的步数雄踞朋友圈的榜首，血糖终于降下来了。

血糖恢复正常后，章翰文在家问道：“这回能出去喝酒了吧?”他喜欢喝酒，从四十岁开始每天晚上必须喝点。

大女儿说：“喝酒可以，必须在家里喝。”言下之意，还是不能出去喝酒。在家喝酒能尽兴吗？每晚只能喝一小杯，一两不到，不疼不痒的，哪能解得了酒瘾？章翰文又一次端起了酒杯，不承想这次把自己喝进了医院。在医院住了一个星期，章翰文的血压、血糖才降了下来。这次，监督章翰文的队伍里又增加了一个贾美珍。

从此，章翰文规规矩矩，主食即少量面食或米饭，主菜即蔬菜和鱼虾。这种日子过得他心里憋屈，心情很不舒畅，也不出去锻炼了。章翰文就在家捧着书喝着苦瓜茶，书看不进去，文章也写不顺溜，对着电脑一天也敲不出几行字来。退休前想象的美好日子，渐渐地长满了灰尘。

直到到社区当了一回志愿者，章翰文才找回了久违的快乐。他所在的小区属于家园社区，在迎接文明创建的检查时贾美珍当了志愿者。贾美珍是社区舞蹈队的骨干，那首《最炫民族风》跳得真“炫”！舞蹈队经常出去参加比赛，给社区赢得了很多奖杯和荣誉证书。在社区舞蹈队，贾美珍一直是站在“C”位的。

贾美珍对章翰文说：“社区胡书记说了，最近文明创建开始大检查，现在是关键时期，多少年的努力才得来的‘文明城市’的荣誉，不能被摘掉牌子。社区叫我们再动员一些志愿者做文明劝导员，分配给我们舞蹈队的任务是‘一带一’，就是每个人再动员一个人来当志愿者。你看我动员谁合适?”

章翰文漫不经心地说：“我！怎么样?”

贾美珍看了章翰文半天：“你不是不出门吗?”

章翰文说：“我这两年在家待着都快要‘长毛’了，出去活动活动，晒晒身上的‘潮气’。”

贾美珍笑了起来：“哎，挺好！你凑个数，也算我完成任务了。思敏，你爸爸明天也去参加社区志愿者活动，你看行不行?”小女儿章思敏这段时间正忙得不可开交，听说章翰文也要去社区帮忙，忽然眼睛一亮，说：“我爸爸要是能到社区来，那真是帮了我们的大忙！社区就是需要那些有工作经验、有一定影响力、有文化的老同志，你看这些标准，就像给我爸量身定做似的。”

章翰文说：“别捧我，社区工作我是外行，对我别抱太大希望。”

第二天一早，章翰文来到社区。章思敏安排章翰文负责小区内街商业区的文明劝导，主要任务就是劝导商家不要出店经营，保持门前整洁，劝导居民不要随地吐痰。章翰文有个特点，见人都是乐呵呵的，这就拉近了与人的距离，便于交流。一天工作下来，他做得得心应手。在章翰文的笑声中，商户们听从了他的劝导，平常堆得乱七八糟的商店门口变得整洁规范。他的工作也得到了社区的肯定，对于章翰文来说，这让他也找到了久违的成就感。

后来，在章思敏的鼓动下，他经常去社区参加活动，戴着红袖章值班巡逻，有邻居发生矛盾，他也帮忙调解。再后来他就越来越忙了，当上了社区党委下面的二级党支部书记，负责安排党员学习和活动，还担任社区关心下一代工作委员会的执行副主任。由于他工作认真负责，调解能力较强，后又担任小区业主委员会主任，还被推选到区法院当上了人民陪审员。

在社区，贾美珍是文艺骨干，章翰文是调解能手，二人表现都很出色。章思敏的心思动了一下：两位老人十年前就想在一起生活，现在走到一起也是顺理成章的事情，应该遂他们的愿。如果他们能一起生活，互相有个照应该多好。她把她的想法告诉了章思慧，章思慧想了想：以前我们都不懂事，都反对他们在一起，想想也对不起两位老人，但关键是小文要同意啊。很快，姐妹俩把这个想法告诉章思聪，叫章思聪做做小文的工作。小文不像之前那样坚决反对，在她看来，母亲老了，身体也越来越差，自己又是独生女，照顾母亲有些势单力薄、力不从心，要是母亲能和自己的公公结合，大家一起生活也挺好，这样以后的日子也好多个人照顾，再说老人也需要陪伴。于是她对丈夫章思聪说，母亲的婚事她同意！本想趁着章翰文的生日宴帮助章翰文和贾美珍定下婚姻大事，可惜事与愿违，贾美珍却突然病倒了。

三

贾美珍在医院没有检查出任何问题，章思聪就将她接回了家。

章思聪回来就告诉章翰文，该检查的都检查了，验血、X光检查、CT扫描、核磁共振都做了，一切正常。按说，癫痫病遗传可能性较大。医生问贾美珍，贾美珍也认真地回忆了，自她记事以来，从没有听说家里有谁得过癫痫病，所以基本排除了家族遗传病史。

章翰文问："那就这样?"

章思聪说："还能怎么样?"

章翰文说："住院彻底检查，查仔细了，一定要查出病因。"

章思聪说："我实在没有时间，你看……"

章翰文问："你不就在培训机构上课吗？能有那么忙?"

"我还在干点别的。"

"小文呢?"

"她和我一样，也忙，走不开。"

章翰文想了一下说："你把住院手续办了，大家轮流照看。"

章思聪没办法，临中午的时候，将贾美珍又送到市立医院。医生们把之前的检查报告看了一下，只增加了一项：加强核磁共振。后来终于发现了病因：贾美珍的脑子里长了一颗脑膜瘤，脑膜瘤压迫神经导致癫痫的发生。

脑子里长了东西可不是小事，医生说了，脑膜瘤是良性的，这是可以肯定的，但要想彻底治愈，必须做开颅手术。

既然要手术，选一家好医院是头等大事，不是不相信市立医院，而是开颅手术是大手术，最好还是到上海或者其他专科医院比较好。回家时，章思聪和小文说晚上有重要的事情要商量，叫贾美珍到章翰文家吃饭，贾美珍说自己身体好好的，感觉没啥病，决定先回家。

章翰文笑着说："这样看，确实是好好的。"

贾美珍脸色不好，脑子里长瘤给她造成了不小的心理压力。

章翰文又说："到我家去吧，我们好好商量一下到哪家医院做手术。"

"到你家算什么嘛?"

"算未婚妻呗。"

"可别乱说，我这病是一颗定时炸弹，说不定哪天就炸了。"

"所以我要看着你，不让你爆炸。"

贾美珍坚持要回自己家，章翰文坚持说："你一个人做饭也麻烦，再说志浩今天参观学习回来，红梅在家已经烧好了饭菜。"最后，贾美珍没有推辞。

到家后，章翰文问章思慧："志浩什么时候回来，我们等他一起吃饭。"

思慧说："我去接海欣放学，要么你们先吃，不要等我们。"

"你问一下志浩什么时候回来?"

章思慧打完电话，说：“人已经快到了。”

章思敏下班回家，坐在贾美珍身边，看她有思想包袱，便劝道：“贾姨，遇到事情我们好好商量，现在医学那么发达，你要相信自己，我们找一家好医院做手术。”

章翰文说：“思聪和小文还没见到面呢，等他们来了再说。”

章思敏说：“我来打电话。”电话那头，章思聪说正在有事，等会儿回她电话，说完就挂了。

章思敏当着贾美珍的面不好发作，转而问贾美珍：“他们俩在忙什么，你知道吗?”

贾美珍欲言又止，半天才小声地挤出一句话：“他们搞了一间棋牌室。”

章思敏大吃一惊：“什么？棋牌室？胆子不小！他不是在培训机构上班吗?”说完盯着章翰文，好像在责问他。

章翰文一头雾水，说：“我哪知道?”

贾美珍说：“主要是小文在打理，思聪有时间就去帮忙。”

这时，程志浩敲开家门：“爸，我回来了，贾姨的病现在到底是什么情况?”

章思敏说：“脑膜瘤。”

程志浩问：“要手术吗?”

章翰文说：“手术肯定要手术，我们好好商量去哪里手术。”

说话间，章思慧和海欣也进门了。章翰文招呼范红梅开饭，程志浩问：“思聪和小文怎么没来?”

章翰文说：“他们忙着挣钱，不用管他们了。”

范红梅将菜热好，一个一个端上桌，说道：“大姐夫外出考察学习，也很辛苦。”

章翰文说：“红梅今天也辛苦，做了一桌子菜。”

范红梅说："我不辛苦，我只是做点小事，姨夫、大姐夫都是做大事的人，而且特别敬业，都是我学习的榜样。"乡下妹子范红梅在城里待了几年也学会说话了。

程志浩笑着说："红梅的嘴够甜的，到城里做销售时间不长，待人接物的能力提高得很快啊。"

章思敏说："前几年在茅山镇，红梅穿着一件蓝色广告长衫在菜市场卖菜，我看到她当时的样子，心疼得眼泪都流下来了。现在真的是要模样有模样，要身段有身段，还勤奋肯干，把里里外外打理得妥妥当当的。"

范红梅红了脸庞："这是你们给我机会，何况，做家务这些琐事对我来说也是小菜一碟。"

章思敏说："自从红梅来了，我几乎没做过家务。红梅真是上得厅堂，下得厨房。"

章思慧说："红梅没嫁到好人家，要是嫁得好，谁还不会享福啊?"

章思敏说："红梅，别灰心，你才三十出头，正是好时候，好日子在后面等着你呢。"

范红梅说："我现在的任务是挣钱，带好军军。大姐夫，春节帮我销售点酒呗，我还差二十箱的任务。要是再销售二十箱，我今年的年终奖励就能提高一档了，到时候拿到奖金请你们吃饭。"

程志浩笑笑说："到时候再看吧，估计也买不了多少。现在逢年过节也不允许请客送礼了，也就是自己家员工开年会聚餐、给员工拜年用，估计也不需要多少。"

范红梅说："就算大姐夫只给我销一瓶，也是对我工作的支持，不给任务，不给压力。"

程志浩说："你明天送十箱酒到我那里，给公司开年会聚餐、员工拜年用。”

范红梅说：“真的谢谢大姐夫，今晚我陪你多喝几杯。”

章翰文打开酒瓶，将程志浩的酒杯倒满。

章翰文问程志浩：“这次外出参观考察，你们去了几个人?”

程志浩说：“八个人，区住建委领导、几个社区负责人，还有几个物业负责人。”

“既然出去考察学习，就要精心准备。”章翰文说，“要组织方方面面的人员系统地学习，要组织讨论。这次只有五天，还参观了两座城市，行程看来还是有些匆忙。”这次活动本来还安排业主委员会主任参加的，社区胡书记事先通知了业委会的章翰文，他爽快地答应了。可到动身时，社区又突然没了消息，章翰文心里有点不高兴。

“这次时间虽然紧，但我觉得还是有效果，解决了我的很多疑虑。物业管理方和业主一直就是不可调和的矛盾双方，双方的关系往往会出现对立。我们参观的这几个小区，都是由社区牵头，把业主组织起来，通过各种方式帮助物业改进管理和服务，把小区的事情变成了大家的事情。这样沟通顺畅了，大家也能相互理解和尊重。”程志浩说。

章翰文频频点头，说：“你们参观的也是安置小区吗?”

程志浩说：“安置小区和商品房小区都参观了，管理方法能相互借鉴、相互补充。”

章翰文说：“你们要好好思考一下，根据我们南湖区安置小区数量比较多、业主来源比较复杂的特点，破解这个难题。”

章翰文说的话正是业主委员会成立的时候，街道领导对他们提出的要求：“小区的物业管理要求我们在社区党委的统揽下，发挥物业的主体作用，还要发挥业主委员会、热心居民等各方面的社会力量，建立和谐有序的社区，使广大居民有归属感、认同感、安全感、幸福感。南湖区安置房集中在南城街道，安置小区的管理是南城街道必须要面对和破解的一道‘题’。”这段话对章翰文启发很大，也让他很振奋。

贾美珍说：“你说的都是理论上的，实际上，我们还是要面对现实。小区业主毁绿种菜、私拉电线、抢占车位、不规范停车等行为，多半是在安置小区发生。物业还是要加强管理，业主交了物业费，你就要保证业主享受到约定的服务。物业不作为，还要靠业主自己来做，那要物业做什么？”

章思敏打断了话题：“每次你们到一起就是讨论这些事情，争得脸红脖子粗的。物业已经尽力了，你看大姐夫自从到了物业，都把自己‘卖’给小区了，现在当了经理，还不知道要忙到什么程度！”

范红梅说：“聊聊我们自己家的事情吧。大姐夫刚刚被升为项目经理，是我们小区物业的老总了；海欣要高考了，最好能考上‘985’或者‘211’，上了重点大学，今后找工作也可以少吃点苦。表妹，你的婚姻大事也要提上日程了，我们一起努力吧。”

范红梅提到了高考，海欣紧张起来，她放下碗筷，背起书包，叫章思慧赶紧送她去上补习班。

四

晚上，程志浩和妻子章思慧一道去接晚自习下课的女儿回家。路上，章思慧边开车边说：“这段时间海欣都瘦了，上次买的蛋白粉快吃完了，家里还得备点。营养跟不上，脑子就很难跟得上。”

程志浩说：“你也别给孩子太大的压力。家长紧张，孩子就更紧张。”

章思慧说：“现在是关键时期，不给她压力，还能有动力吗？‘985’上不了，‘211’总可以吧。退一万步，一本总要考一个吧？我也在关注，每次模拟考只要能保持550分左右，将来填志愿就好填了。”

程志浩说：“现在离高考还有半年时间，第一步是稳定，第二步再提高。首先要情绪稳定，只有情绪稳定，成绩才能稳定。我们不能给她太大的压力，这很重要。”

章思慧说：“这段时间你最好按时上下班，尽量早点回家。海欣最反感你在外面喝酒，你要克制一点，不要影响她学习和休息。”

程志浩说：“知道了。”

章思慧把车子停在学校大门的对面，然后下车过马路等海欣下课。

程志浩拿出手机，点开微信，“紫色的风铃”连续发来数条留言：

你回来吗？

晚上有空吗？

到家了吗？

回来了吗？

在吗？

在干吗呢？

在忙吗？

在休息吗？

我睡觉了。

从他下午回来，“紫色的风铃”一直在陆陆续续地给他发信息，幸亏他设置了免打扰模式，不然“滴滴”声响起来没完没了。他看完后，就把这些信息全部删掉了。程志浩能当上小区的项目经理，还得益于这个“紫色的风铃”——张美娟。

张美娟，家园小区的业主，按程志浩的说法，也就是他的服务对象。他们的相识，纯粹是一次偶然。

今年夏天，还是物业保安队队长的程志浩，巡逻至15号楼前，一条红色的裙子遗落在草地上。他捡起这条裙子，抬头寻找失主，只见高楼上一个女子正向他招手。程志浩看了看楼层，便将裙子送了上去。上去之后才知道，女子因为脚扭伤了不能下楼，就在阳台上足足等了一个小时。这位女子便是张美娟，也是这栋楼的楼栋长。她接过裙子，艰难地挪动双脚，准备去给程志浩拿烟倒水，被程志浩谢绝了。

程志浩看她行走不便，便问她需不需要帮忙。张美娟说：“那你帮我烧点开水吧，我走路实在不方便。”

程志浩一边帮她烧水，一边问：“你孩子呢？丈夫呢？”

张美娟说：“女儿在北京上大学，丈夫早年出车祸去世了。一个人真的不太方便，身体好的时候还行，生病或者行动不便的时候就受罪了。”

程志浩说：“不好意思，我不知道你是这种情况。”他看到厨房水槽里的碗还没有洗，就顺便给洗了，还把灶台擦拭干净，看到厨房里还有吃过的方便面包装袋，便问：“我给你把菜烧了吧？天天吃方便面也没有营养。”

张美娟坐着说：“那就太感谢你了。”

程志浩说：“你这样还不如去医院治疗，把腿治好了，回家什么事情都能做了。”

张美娟说：“本来快要好了，哪知道回家又摔了一跤。就在家里凑合着吧，养养就好了。”

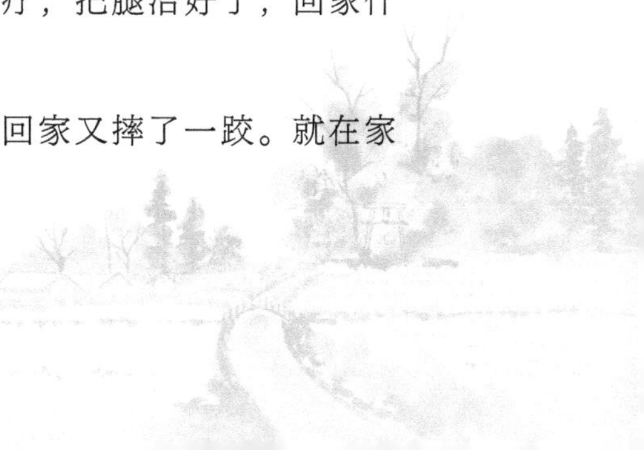

程志浩停了下来，问："你说什么？在家又摔了一次？那你怎么还不去医院看看啊?"

张美娟紧张起来："好几天前摔的，这几天感觉有轻微的疼痛。"

她掀起裤腿，程志浩看到扭伤处红肿起来，说："走，我现在就送你去医院。"

张美娟说："怎么走啊?"

程志浩说："这时候还讲究什么？我背你啊。"

张美娟说："我有车，在下面停着，你能开吗?"

程志浩说："我能开，我先背你下去。"

程志浩背着张美娟，下了电梯，送到了市立医院，办了入院手续，还为她请了一个护工，晚上下班又去医院看了她，把她安顿好才回家。

张美娟在市立医院住下后，程志浩有时来给她送点吃的。十天后，张美娟终于能下地了。医生说是骨头错位，如果不及时就医，等骨头长好了，一定会变形，到那个时候是没有办法矫正的。张美娟听了吓出一身冷汗，心里对程志浩生出了感激之情。

事情本来就这么简单地结束了。但张美娟出院后，给物业送了个锦旗，上写着"服务热情周到 共建和谐家园"。

正巧，当天安居物业高总来项目部处理事务，看到张美娟送来的锦旗，很高兴，中午特地请程志浩吃饭，安排物业中层干部参加。席间，高总要求大家向程志浩学习，从思想上要树立为业主服务的意识，改进与业主的关系，提升物业服务水平，共建和谐家园。这之后，程志浩从家园小区保安队队长提升为物业办项目经理，全面负责小区物业管理工作。

那天高总请他吃饭之后，程志浩踌躇满志地回到办公室，打电话给张美娟，一来对张美娟送的锦旗表示感谢，二来表示会把她的鼓励当作动力，更好地做好服务工作，今后有什么事情，尽管开口。

张美娟当时就说：“我家墙体渗水，你现在有空过来看看吗?”

程志浩本来只是客气一下，哪知道张美娟真的有事，他不好推辞，径直去了15号楼。

张美娟特地穿了一件绿色的套裙，满脸笑容地迎接了他。程志浩进了门，感觉家里比上次整洁了许多，张美娟的气色也好多了。

程志浩问：“你的腿养好了吧?”

张美娟说：“好了，我这条腿要是没有你，就废掉了。感谢你啊！来，你来看看房间里漏成什么样了?”

程志浩看到窗台的一角有雨水浸湿的痕迹。他拿出本子，一边把情况记录下来，一边说：“我安排施工队尽快给你修。”

张美娟说：“晚上在我这吃饭吧。”

程志浩说：“不用客气，我还要上班。”

张美娟说：“你上你的班，晚上下班后再过来。就这么说定了，别推辞了，你帮我治好了我这条腿，我真不知道怎么感谢你。”

盛情难却，加上中午的酒劲，程志浩答应了。

张美娟做的几个菜很精致，他们喝了红酒。程志浩这才知道张美娟开了一家脚手架租赁公司。别看这个公司不大，但效益很好。她承诺程志浩，要是他想跳槽的话，可以到她的公司里来，职务随他挑，当老总都行。她说她不想再拼了，趁自己还能动弹，出去玩玩，享受一下生活，毕竟自己50多岁了。程志浩人品好，她很放心让他经营自己的公司。

程志浩举起杯子对张美娟说：“张总，等我有困难的时候再找你吧，我不想让别人说我……”

张美娟问：“说你什么？”

程志浩说：“说我‘靠女人吃软饭’，不好听嘛。”

张美娟说：“这有什么？你是凭能力吃饭的。”

“人言可畏嘛。”

“理解理解。你在物业上班，工资不高，压力不小。我说的话，你记在心里就好。”

程志浩在张美娟家吃完饭回家，跟章思慧说，晚上加班，陪施工单位维修房屋，在单位吃的快餐。

几个月过去，张美娟和程志浩无话不谈，但程志浩没有预料到，一场危机正在酝酿之中……

五

章思慧在学校门口接到了女儿程海欣之后，牵着女儿过了马路上了车。

程志浩说：“欣欣，把书包递给爸爸，读书辛苦了。”

章思慧说：“读书苦什么？现在不苦，将来能有好日子吗？还得加油，欣欣，我们一家人都为你加油。”

海欣说：“我身子骨都快散架了，还有半年，我就要‘刑满释放’了，到时候我要睡个三天三夜，不，五天五夜！嘿嘿，爸爸，我饿了，你给我买点夜宵先垫垫吧。”她指了指路边的摊子，摊子上正冒着热气，旁边围了几个人正在吃夜宵。

程志浩下车买了一个手抓饼，“来，补充点能量。”

章思慧说：“少吃点，路边摊的东西不卫生，回家妈妈给你做。”

海欣说：“嗯，少吃点。主要我喜欢这个味儿，闻到这个味儿就馋。”

章思慧下车过马路的时候，手机响了起来，是单位的领导江小刚。

江小刚说：“马上快到月底了，你抽个时间来一下单位，把下个月的计划提前报一下。”

章思慧说：“报计划不是在月底吗？怎么要提前啊?”

江小刚说：“局长月底来调研，我们在准备汇报材料，需要你的财务数据。”

章思慧说：“那我明天上午去公司。”

章思慧在市园林绿化公司做会计，平常事情不多。女儿海欣上高三以后，她把精力、时间全给了女儿，只是月头月尾去一下公司，其他时间单位有事的话，江小刚会给她打电话的。江小刚是她的高中同学，也是单位的领导，平常对她格外关照。

上高中的时候，章思慧觉得江小刚总是在她眼前晃来晃去。当时，章思慧还不懂，不知道江小刚暗恋她，直到班上同学起哄，她才知道江小刚喜欢她。那时，她不敢想恋爱的事情。爸爸是老师，对她要求很严格，妈妈总是在耳边告诫：认真学习，不许早恋。她把感情埋在心底，处处躲着江小刚。

章思慧很腼腆，不善于表达，高中毕业进了大学，学了财会专业。两人后来各奔东西，青春朦胧的情感也就不了了之。再说，中学时的感情本就是懵懵懂懂的，像天上的云，飘忽着，随时会不见踪影。

大学毕业后，章思慧去了一家审计单位，上了两年班，通过熟人介绍和程志浩谈起了恋爱。没有过多的海誓山盟，不知不觉中，两人就到了谈婚论嫁的地步。那时，她不甘心：还没有经历一场轰轰烈烈的爱情，怎么就糊里糊涂地嫁人了？婚后不久她怀上了海欣，便辞了职在家带孩子。直到海欣上了小学，章思慧才又开始出去找工作。正好赶上市园林绿化公司招聘财务人员，她应聘上了。报到那天，她遇到了老同学江小刚，感到十分意外，也十分高兴。

江小刚带着她在单位办完了手续。快到下班时间了，江小刚要请章思慧吃饭，她犹豫了半天，说："我要接孩子放学。"

江小刚问："你孩子上小学了？"

章思慧说："是啊。"

江小刚说："你撒谎都不会。现在几点了？这个时候小学生早就放学了。"

章思慧尴尬地笑了。是的，她上班以后，都是她妈妈帮她接送海欣。

他们去的是一家火锅店。江小刚说："高中毕业以后，我在南京上大学。第一年寒假我去你家找过你，当时你爸爸一个人在家，他说你出门拜年了，我把我的名字和联系方式留在一张纸条上就走了。我等了一天又一天，结果没有等到任何消息，我以为你……"

章思慧问："我怎么了？"

江小刚说："以为你……你有男朋友了。"

章思慧说："我这么愚钝的人哪有什么男朋友啊？真的，直到大学毕业我都没有男朋友。你去过我家？"

江小刚点点头。

章思慧说："我不知道。"

江小刚问："那是你爸爸不同意我们的事？"

章思慧说："我们？我们能有什么事？我都不知道，我爸爸就更不知道了。好像是有一年春节，我和妹妹去小姨家拜年，我爸爸是说过有人找我，说是同学，还留了小纸条，只是那个纸条太小，不知道弄哪儿去了。当时我还安慰他，人家要是有事，还会来找我的。原来那个人就是你啊！”

江小刚用手使劲拍着自己的脑袋说：“命运，这就是命运。”

章思慧问：“你去找我干吗？”

江小刚说：“找你谈恋爱呗。”

章思慧笑了起来，说：“这说明我们俩没缘分呗。”

江小刚说：“我以为你有男朋友了，后来就没去找你。”

章思慧问：“都过去了，不说了。你爱人在哪工作？孩子也上学了吧？”

江小刚说：“孩子上小学，在寄宿制学校。我爱人不在了。”

章思慧问：“是……离了？”

江小刚说：“她生病去世了，有两年了。乳腺癌，查出来没到半年就走了。”

章思慧说：“对不起，我不知道是这样。”

江小刚说：“没事，这痛都结疤了，我也适应了。人的生命很脆弱，经不起一点点折腾，所以我们都要珍惜。你爱人做什么的？”

章思慧说：“在物业公司上班。”

江小刚说：“不管做什么，一家人能和和睦睦、平平安安生活就好。”

章思慧说：“你也要从过去走出来，为了自己，也为了孩子，生活还是需要有阳光的。”

江小刚说：“以后再说吧，看看能不能再遇到合适的人了。只是现在上了岁数，年轻时的那种感觉再也找不到了。年轻真好，浑身都是劲儿，心里充满着希望。以后你要是有什么事情，尽管说，我能帮的一定尽心尽力，你不要跟我客气。”

有老同学罩着，章思慧上班时间宽松多了。海欣上了高三以后，章思慧家里家外顾不过来，江小刚就在单位说：“以后咱们单位，谁家孩子高考，他的事情我们大家帮忙分担一下。”章思慧知道，这是江小刚为了堵别人的嘴，意思不是章思慧一个人，大家都会有这样的待遇。

后来她越来越不安，江小刚总是默默地关心着她。有几次，她想劝劝江小刚，总不能这样单着，找一个女人好好过日子。江小刚总是说孩子还小，哪怕找的人再好，毕竟不是亲生的，怕委屈了孩子。其实，他是没遇到有感觉的人。

回家后，章思慧还在陪女儿做作业。临近高考，女儿每天晚上都要学习到半夜才能睡觉休息。她每天坐在客厅陪着，快到一点钟时开始做夜宵，让女儿吃完才上床睡觉。在陪女儿的这段时间里，章思慧不能看电视，只能找一本书看，经常是看着看着就眯着了，最后还是女儿出来喊醒她。

六

临近春节，范红梅的酒也到了销售旺季。

这天晚上，吃完饭洗好碗的范红梅接到一个电话，是刘总让她过去商量白酒销售的事情。这个电话，她等了好几天。接到电话，她一阵兴奋。

她对章翰文说：“大姨父，刚刚接到公司电话，说晚上要去开会。”边说边解下身上的围裙。

章翰文疑惑地看着范红梅说：“你们不是白酒销售公司吗？晚上还开会？开什么会？”

“具体我也不知道，公司年底太忙，老总连续几天都不在公司，估计现在才有空吧。开会就是给我们下任务，我会议结束就回。”范红梅撒了一个谎。

章思敏说："去吧去吧，有任务就有压力，有压力就有动力，任务完成就有奖金了。注意安全就是，外面天冷，你就别骑车了，打车去吧。"

"好。"范红梅说。

范红梅小跑着出了小区，在路边叫了一辆出租车，往"丽都"赶去。"丽都"是菱湖市非常有名的歌舞厅。

在家里，范红梅可不敢说这个时候要去歌舞厅见一个人。这个人叫刘金坤，是个有家室的人，所以他的身份现在还不方便透露给家人。刘总是她在饭店推销酒的时候认识的，是她的贵人。

那年，范红梅和丈夫离完婚，带着儿子军军离开了曾经的家，在茅山镇菜市场摆摊卖干货。她成天穿着那件蓝色广告长衫，出租房、菜市场两点一线。有一天，她正在摊位前忙活，表姐章思慧和表妹章思敏找来了。

章思敏看到红梅，眼泪扑簌簌地掉下来了："周昌盛这个王八蛋，自己作完了却躲清闲，让你一个人养家养儿子。你赶紧离开这个鬼地方，跟我们走。"

章思慧忙问："家里到底出了什么事情？你和周昌盛怎么了？"

范红梅说："周昌盛借了高利贷，房子抵给人家了。没房子不说，债主还找我要钱，我实在没办法，和他办了离婚手续。我心想，我俩都办了离婚手续，他的事就和我无关了，哪知道还有人找我，吓得军军看到那些人就哭，我和军军只好出来租房子住。"

章思慧问："他到底欠了多少钱？现在人去哪儿了？"

范红梅说："他从来不说真话，也没个准数。"

当天，章思敏和章思慧就拉着范红梅，接上军军，从茅山镇回了城。

为了省点房租，章思敏把范红梅安顿在自己家。章翰文家的房子大，正好多出一个房间，留给范红梅母子俩。

到了城里，章思敏先把军军上学的事情安排好，然后帮范红梅找工作。一开始，章思敏反对范红梅去菜市场找工作，觉得太辛苦。但转来转去，范红梅只有在菜市场才能找到工作。范红梅对章思敏说：“这边卖菜都是直接送货到店，不需要自己去批发市场，我先干着，等有合适的工作再换也不迟。”

就这样，范红梅在家园小区菜市场做起了调味品和干货生意。后来，范红梅在老家卖菜时认识的老乡也到城里来了，干起了白酒推销，鼓动范红梅一起干，于是范红梅就在饭店推销起了白酒。刘金坤每次在饭店吃饭都喝范红梅推销的酒，一来二往两人就认识了。渐渐地，刘总喜欢上了这个俊俏的推销员。

有一次，刘总酒后向范红梅倾诉自己内心的苦闷，范红梅知道，男人的话靠不住，也没当回事，只要人家喝你的酒，给你挣销量，何乐而不为？所以，范红梅一直是嘴上应付着这位刘总。

时间久了，她也没有觉得刘总讨厌。人家是大老板，也没对自己不尊重，自己也没吃亏，两人交往逐渐多了起来。酒喝多了，刘总有时叫范红梅送一下，回去弄点水给他喝也成了正常的事情。渐渐地，两人的关系越走越近。后来，刘总表示喜欢范红梅，想追求她，如果离婚了，还可以娶她。

此时的范红梅坐在出租车内，马路上一片喧嚣嘈杂。虽然是冬天，这座城市在夜晚仍然展示着它的魅力。橘红色的路灯和五彩斑斓的霓虹灯交织在一起，给这座城市增添了几许暧昧和神秘，使人仿佛置身在梦幻中。而茅山镇是没有这般光景的，那里除了白天阳光普照，晚上就是一片漆黑，再有就是稀稀拉拉的狗叫声，道路不平整不说，晴天漫天灰，雨天一身泥。从茅山镇出来之后，有几年没有回去了，虽然她偶尔还惦记着孤孤单单的婆婆。

车子在“丽都”门前停了下来。她径直走进一个包厢，轻轻地敲了门，里面传来一声“进来”。

偌大的包厢只有刘总一个人，他站起来问：“喝点什么？”

范红梅说：“我刚刚在家吃过饭，不喝了。”

“喝点红酒吧！”刘总说，顺手给范红梅倒了半杯红酒。

范红梅问：“就你一个人在？不是说还有几位老总吗？”

刘总说：“哦，几位朋友刚走，我们一道吃饭的，饭后就到这里坐坐。他们要换地方，我没跟着去，想见见你。”

范红梅说：“我有什么好见的？”说完自己先笑了起来。

刘总说：“你和别人不一样。”

范红梅说：“乡里妹子。”

刘总说：“质朴。哦，我跟你说，今晚有两位老总答应，每人给你销售十箱酒。还有，我上次跟你说从你那再进二十箱酒，你记得明天就送到我公司，明天下午我在公司。你把发票开好带着，我叫财务把账给你结了。”

范红梅端起酒杯说：“谢谢刘总。”

喝干了酒后，刘总叹了一口气说：“你也不容易呀，带着个孩子还能这么拼。”他拍了拍范红梅说，“你身上有一股韧劲儿，我很喜欢。”

范红梅说：“刘总，谢谢你帮助我，我无以回报。以后只要我能做到的事情，你尽管说。”

刘总笑了起来：“好！说话算话，你到时候别不认账啊。”

范红梅满脸通红。其实，她心里也盘算着，等刘金坤离婚以后，可以考虑他。

刘总看着灯下妩媚娇艳的范红梅，更坚定了自己内心对她的喜爱。范红梅不仅年轻漂亮，骨子里还有一股韧劲儿，从她推销白酒的劲头就能发现，她是个很有潜质的销售人员。刘总一直想把她招进自己的公司，做房屋销售。

刘总说："你别总说你无以回报，其实你是可以的。"

范红梅心里有点不悦，但脸上没有丝毫显露。

刘总也觉得自己刚才说的话不妥，改口说："你到我公司来做销售，也算是对我的回报。"

范红梅说："我？行吗？"

刘总说："当然行啊！你做事这么执着，我认为你一定行。你回去考虑一下，愿意的话，春节后就来公司上班。"

范红梅说："谢谢刘总，我回去考虑一下。"

刘总说："你要是能来我的公司，不是你谢谢我，是我要谢谢你。"

刘总端起酒杯，在范红梅的酒杯上碰了一下。

范红梅说："好，我会努力的。我还想多赚钱，到时候，你卖一套房子给我。"

刘总说："房子嘛，在我这里是小事一桩，送一套给你又能怎样？只是你不肯要而已。"

范红梅说："你平白无故送我我当然不敢要，你可以打折卖给我。哪天我要是真能有自己的房子就好了。刘总，我要是到你公司上班，我就提前买房，钱不够就从我工资里面扣，怎么样？"

刘总说："就按你说的办。"

范红梅站起来说："刘总，我要回去了，孩子还在家等我呢。"

刘总起身，搂着范红梅的腰说："不能等一会儿吗？"

范红梅说："不行，我现在还住在我大姨父家，儿子也在，我要是不回去，也不方便。等你……把你的事情全处理好了，我就听从你的安排。"

刘总说：“你真保守。”

范红梅说：“我不喜欢不明不白地做人，这样对你也不好。人家也会背地里议论你，说刘总生意做得好，人却花里胡哨的，多难听啊，是不是?”

刘总说：“好吧。打车回去吧，路上慢点。记着明天把酒送到我公司。”

范红梅说：“好，明天见！我走了。”

刘总说：“走吧。”

出了“丽都”大门，范红梅踏上回家的路。此刻，夜色在霓虹灯的映照下更加妩媚。

七

在章翰文的催促下，贾美珍手术地点很快确定了，是上海一家有名的专科医院。离春节还有一个多月，大家商量后决定在春节前把手术做掉。章思聪和小文安排好自己手头的工作，按照计划带着贾美珍去了上海。

章翰文打听过，脑部手术存在一定的风险。去上海之前，章翰文和贾美珍深聊了一番，他表示不会辜负曾经的感情，等这次手术回来，无论如何，他都会好好陪伴在她身边。一席话，把贾美珍说得泪眼婆娑。贾美珍去了上海后，章翰文在家心神不宁。几天后，章思聪打来电话说手术很成功，只是需要在医院休养一段时间才能回家。章翰文心里的这块石头总算是落了地。

这天，一群人挤在社区办事大厅看热闹，章翰文也挤了进去一探究竟。社区书记胡清源拉着一个小伙子正在说话，那个小伙子正是想和章思敏谈恋爱的小高。社区办事大厅地上，红蜡烛摆成个

"心"形，地上还有一束玫瑰花。

小高说："我向女朋友求婚，只是借用一下你们的场地。"

胡书记说："你表示诚意没错，但也要考虑别人的感受。"

小高说："我就是要给我女朋友一个惊喜。"

胡书记问道："谁是你女朋友?"

小高说："章思敏。"

胡书记指了指章思敏，意思是叫她出来解围。

章思敏脸色绯红："小高，对不起，要是我还没有说清楚的话，我现在郑重告诉你，我从没有对你有这种意思，况且我比你大，我不喜欢年龄比我小的人，你不要再来找我了。"

章翰文见状赶紧离开，打电话问程志浩："怎么回事? 那个小高怎么跑到社区办事大厅求婚，你知道吗?"

"啊? 思敏同意了?"

"还同意呢? 这下彻底把她惹毛了，思敏翻脸了。"

"我上次和小高谈了，叫他缓一缓，怎么还这样毛毛躁躁的?"

章思敏下班回家，章翰文装作不知道。吃饭的时候，范红梅不明就里地问了一句："小高说改天来，怎么还没来啊? 思敏，是不是你没松口啊?"

章思敏笑了起来："小高上午竟然在我办公地点用红蜡烛摆个'心'求婚。"

"啊?"红梅惊讶起来，章翰文默不作声吃着饭。

章思敏说："我叫胡书记来把他请走。胡书记来了，他死活就是不走。今天我跟他彻底说清楚了，当面把他手机、微信全部拉黑了。"

红梅问："不谈啦?"

章思敏说："从来没谈过啊。不，开始我考虑过试一试，不然也不会留着他的微信。爸，这回真不怪我，这人太不靠谱。”

章翰文说：“小高是有点不稳重。”

其实说到底，章思敏还是没有对小高上过心。说对自己的感情归宿问题不着急，那是假，为什么自己很难遇到像钱俊那样的人呢？钱俊，该死的家伙，把她丢在这个世界自己逍遥快活去了。

钱俊，章思敏的大学同学，是她刻骨铭心的初恋。

章思敏和钱俊是大学同届，虽然不同班，但都是学生会的成员，两人时常见面。那时学校广播站管理混乱，内容没有新意，她和钱俊负责为广播站改版，增设了“青春星语”这个栏目，主要播出校园诗社的作品。改版播出后，“青春星语”深受同学们的喜爱。他们经常去诗社约稿，一时间学校诗坛发展欣欣向荣。

渐渐地，章思敏和钱俊成了诗社骨干成员，创作、品读、交流心得体会……就这样，不知不觉中，他们收获了爱情。

章思敏大学毕业后和钱俊一起回到了菱湖市，在这里，他们开始一起规划未来：先找个工作稳定下来，再考虑创业，最终拥有自己的事业。

章翰文得知章思敏毕业后打算回家乡生活很高兴，承诺只要两人在菱湖安家，房子的首付章翰文出。钱俊家在北方，出身普通的农民家庭，让他在城里买房置业，显然不太现实，所以章翰文的这个承诺让钱俊很感动。

章翰文说：“在菱湖市安家，作为老人，资助你们也是理应的事。”这番话说得钱俊很有面子，没感觉这是女方家对他的施舍。

后来两人一起到一家手机公司上班，钱俊做手机销售，章思敏做前台。就这样，他们开始了艰难而甜蜜的日子。钱俊经常出差，有一段时间，他总是感到浑身无力。章思敏劝他去医院看一下，他总是因为工作繁忙而拖延。一次，钱俊出差在外地，晕倒在宾馆里，客户将他送到医院，检查结果是再生障碍性贫血。消息传来，章思敏连夜坐车把他接了回来。

在钱俊接受治疗的日子里，章思敏辞去了工作，全身心照顾他。章翰文伸出援手，替他缴纳了大部分的医药费。章思敏甚至让章翰文答应拿出买房的首付款，作为钱俊看病救命的钱。看着女儿在感情上如此执着，章翰文无话可说，帮着章思敏一起照顾钱俊。

钱俊的父母从老家赶过来，带了几万块钱。两位老人上了年纪，在这里也帮不上多大的忙，看到钱俊病情稳定了下来，待了几天，就回老家了。

钱俊的病情稳定后，要等待手术。除了章翰文拿出的买房首付款，章思敏还从同学那里借来一些钱，确保手术费用充足。

就在一切向好的方向发展时，在一个迷蒙的早上，钱俊突然离开了，没有任何征兆，他最终还是没能挺过来。钱俊离开了章思敏，离开了这个他们将会安家的城市，一朵正在绽放的青春之花凋零了。

钱俊的离去对章思敏来说是一个致命的打击，她好像一夜之间变成了另外一个人。一个相爱多年的人说没就没了，生活没有了任何的意义，她还能指望什么？她第一次体会到人间的生离死别和人生的残酷无情，她自己似乎也死过一次。睡了三天三夜之后，她一直待在家里，仿佛时间就定格在钱俊离开的那一刻。她感到特别的孤独和惆怅，这种孤独、惆怅甚至绝望转而变成了恐惧。她还没有到三十岁，没有体会够爱情的甜蜜，但她感觉人生仿佛走到了尽头。

渐渐地，章思敏越来越觉得自己是个多余的人，一个感受不到温暖的“绝缘体”，就这样浑浑噩噩地过了几年。有一天，她忽然看到章翰文的头发白了许多，记起曾经答应过父母，自己要振作起来，要活出个人样，于是她便重新开始找工作。章翰文拿着报纸，说南湖区在招聘社区工作者，让她着手准备一下。通过笔试、面试，最终她被录取了，分在了南城街道家园社区，也就是她自己居住的地方。

从那以后，章翰文作为父亲始终在背后默默地关注着章思敏，希望用时间抚平她内心的伤痕。

八

虽然家人不催婚、不逼婚，但毕竟到了这个年纪，章思敏意识到了自己可选择的范围越来越小。和小高彻底说清楚了之后，一直拒绝让闺蜜何晓卉为自己介绍男友的章思敏主动打电话给何晓卉。何晓卉说现在正好有时间，于是她们找了个茶楼见面坐下来聊。

何晓卉开门见山地说："这么闲，看来还是单着吧。"

章思敏说："没人要，打算孤独终老了。"

"瞎说，我们思敏美人怎么会没人要呢？我这里有一个现成的，要不要见见？"

"你开个婚介公司挺好。"

"我是认真的，你要是想谈恋爱、想成家，可以见见。我们家贺志远有个战友，人挺好的，不妨试试。"

"要么等几天，等……"

何晓卉说："思敏，钱俊在天有灵，也希望你过得幸福。你不能总活在过去，日子还是要向前看。志远这个战友和你挺般配的，你就去见见吧，何况这个人你还认识。"

章思敏说："我认识？谁呀？"

何晓卉说："就是你们街道办事处的郭梓峰。"

章思敏惊讶地说："郭……郭主任，我们街道文明办的主任，调来的时间不长，他是单身？"

何晓卉说："他这个人比较老实，和前女友谈了几年，后来被人家甩了。改天我们一起吃个饭，你们处处看，处得来就处，处不来就拉倒，没有人勉强你。"

章思敏对郭梓峰印象挺好，小伙子还算帅气，话不多，也很敬业。在指导社区文明创建工作时，他经常来家园社区查看楼道整治情况，督促物业做好小区管理。

"还不知道人家同不同意。"章思敏有些动心了。

"那我问过了告诉你。"何晓卉爽快地回答。

第二天，何晓卉打来电话约章思敏去风雅茶楼。章思敏到了约定地点，看到何晓卉夫妻俩和郭梓峰都坐在那等她。

暖冬时节，太阳光从窗户里照射进来，把郭梓峰的脸印得红彤彤的，人也显得格外精神。章思敏解下红色的围巾，和包一起挂在椅子后背上。郭梓峰看着章思敏，眼睛里充满了期盼。

章思敏坐下后说："对不起，让你们久等了。"

贺志远打趣说道："我们也刚到，倒是梓峰，早就在这等着了。听说你要来，他哪敢怠慢啊！更不敢迟到，是不是啊，郭主任？"

郭梓峰说："那是那是……哦……没有没有。"平时说话不太利索的郭梓峰，今天说起话来更不利索了。章思敏心里笑着，郭梓峰拿出菜单往章思敏手里塞。

何晓卉说："郭主任，你平时总在我们面前夸思敏如何如何优秀，今天当着面，能不能表现一下？"

郭梓峰脸憋得通红，而章思敏的脸则在阳光下透出红晕。

章思敏推脱道："还是让晓卉来点吧，她是吃货，虽然从不下厨，但对吃还是很有研究的。"

何晓卉拿起菜单点了几个菜。

贺志远说：“今天是个好日子，希望你们从今天开始扬起爱情的风帆。梓峰，你是男子汉，主动点，下一次约会就靠你自己了。”

郭梓峰忙说：“谢谢，谢谢。”

贺志远说：“好在你们都认识，彼此也算熟悉。加油啊，争取明年让我们喝上你们的喜酒。”

何晓卉说：“急什么？要看梓峰的表现，还要接受我们考察团的考察呢。”

在郭梓峰的眼里，章思敏是个漂亮而且上进的女孩子，不仅有美丽的容貌，而且勤奋、善良。

说起章思敏，可谓是“社区一枝花”。她有着鹅蛋脸、柳叶眉，一双水汪汪的眼睛透着灵气，头发整齐地扎着，没有刘海，露出干干净净的额头。很多来社区办事的居民坐在她对面时，都会不由自主地赞叹道：“这姑娘真漂亮。”听到这些称赞，章思敏莞尔一笑，这一笑更加妩媚迷人。

四个人一起吃饭后的第三天，郭梓峰就开始约章思敏。章思敏总是以工作忙、家里有事走不开为由，没有赴约。郭梓峰心里没底，以为章思敏不同意和他交往下去。

郭梓峰是街道文明办主任，既是领导也是同事，现在变成了男朋友，章思敏总感觉不太适应。当然，最根本的是，她还不适应除了钱俊以外的男人出现在她的情感世界中。何晓卉认真地对她说：“思敏，如果你们相处下来没有感觉，我尊重你的选择，不会强迫你。但你不温不火，总拖着人家也不好。你和郭梓峰都是三十岁的人了，给彼此一次机会吧。”

何晓卉的提醒让章思敏开始了认真的自我反思。接下来，郭梓峰主动约她，她都如约而至。一来二去，两人渐人佳境。他们关系发展稳定，随后章思敏将郭梓峰带回家吃饭就是最后的佐证。章翰文当然十分高兴，范红梅说：“怪不得思敏看不上小高，原来是早就有了意中人。”

章翰文心里长叹一口气：思敏终于走出来了……

章思敏把郭梓峰带回了家，章翰文就认准他就是自己未来的小女婿。在那之后，只要是在社区遇到郭梓峰，他都会很客气地打招呼，还以小区业主委员会主任的身份和郭梓峰讨论社区管理和文化建设。从聊天中，章翰文了解到郭梓峰是退伍军人，聪明能干，认真踏实。章翰文对这位准女婿十分满意。

章思敏在家园社区主管民政工作，一到年底就特别忙，主要是低保户申报管理、大病救助、年终慰问等工作，要确保春节前将所有的补助发放到困难群众的手中。因为时间紧、任务重，又和困难群众的切身利益紧密相关，所以工作中不能出现一丝疏忽和懈怠。章思敏忙不过来的时候，郭梓峰就会主动过来陪她加班，一起帮她解决工作中的难题。

家园社区被划分为若干网格，社区的工作人员除了自己的本职工作以外，都有自己的责任区域，责任人要掌握责任区域的所有信息。

九

春节前，南城街道办事处副主任贺志远和文明办主任郭梓峰在家园社区召集社区工作人员、物业工作人员以及业主委员会成员开会。

贺志远在街道分管安全生产、文明创建工作。他在会上通报了前不久区里安全生产暗访和文明创建工作的督查情况。他说，从区里反馈的情况来看，目前形势严峻，春节前一定要做好小区安全整治工作。根据小区存在的问题，他要求：物业公司必须整治小区机动车乱停放现象，开放地下空间，将地下室的通风、照明设施完善好，引导汽车停放地下车库；物业公司需要测算一下能耗费用，适当收取停车费用，以保证运转成本，尽量减少业主的负担，但不允许以此来盈利；工作的责任主体是物业公司，社区和业主委员会全力支持配合，同时争取业主的支持，做好解释和劝导工作。

家园社区党委书记胡清源将这项工作做了具体安排：社区工作者按照网格化管理范围，在责任区域下发通知，让有车的业主到地下车库登记车位，小区道路、绿化带、单元门前一律禁止停放机动车。在整治过程中，物业公司要增加工作人员，社区工作人员和业主委员会也要全程参与，分组劝导。业主委员会主任章翰文在会上表态，业主委员会将召开楼栋长会议，发挥楼栋长的作用，积极配合整治工作的推进。贺志远最后还强调，物业公司要切实担负起主体责任，整治小区停车乱象，等小区机动车整治结束，再全面清理楼道乱停放现象，这样就尽可能地减少安全事故，让广大业主过一个安全、祥和的春节。

胡清源书记最后说：“有一件事情我先在这里吹个风，明年物业管理公司协议到期。根据规范要求，我们要重新公开招聘物业，请业主委员会章主任做好准备，严格按照物业管理条例相关规定，认真谋划，把物业选聘工作做好，要让广大业主满意。”

会议结束后，郭梓峰和贺志远一起去街道办事处。路上，贺志远说：“昨天上午区委召开了常委会，研究了人事安排，我可能要调到向阳街道办事处，我走以后，由你接任我的工作，担任办事处副主任，组织部下午可能叫我们去谈话。好好干！”

郭梓峰心里突然有了一种敞亮的感觉，兴奋地说：“这么多年，感谢老战友的关心。你放心吧，我会干好自己的本职工作，今后很多事情还要向你请教。”

贺志远说：“以后你要和街道赵书记多汇报工作，办事处副主任不像部门负责人，工作内容单一，以后分管的工作多了，遇事要多请示、多汇报。今晚我俩吃个饭，以后在一起工作的日子不多了。”

郭梓峰说：“好，也算是我为你饯行吧。”

贺志远说：“我俩谁跟谁？”

郭梓峰终于扬眉吐气了起来，凭着自己的工作能力和工作业绩，也算是脱颖而出，这得益于区委陈书记。陈书记对南城街道办事处文明办的工作给予了肯定：全区干部表扬大会上，郭梓峰作为代表上台发言。陈书记向大家传递的信息是：随着城市化进程的加快，基层干部要动脑筋，想办法，勇于创新，善于创新，运用创新的方法来解决小区综合治理的难题，将辖区居民变成有温情的群体。

郭梓峰根据南城街道所辖安置小区的特点，再结合每一个社区的具体情况，每个月组织一次活动，以文艺表演、志愿服务、送温暖等形式，把社区居民聚集在一起，倡导邻里守望、互相关心，逐步建立起熟人社会。

据说，陈书记在多个场合提出，要在全区推广郭梓峰的做法，还要组织召开现场会。如今，郭梓峰要被提拔，也算是对他工作的一种肯定。

中午快下班的时候，郭梓峰接到街道党政办电话，通知他下午四点到区委组织部和区纪委去接受谈话。然后他把这个好消息告诉了女朋友章思敏，章思敏也为他感到高兴。其实，郭梓峰的提拔，章翰文最高兴。他最喜欢上进的青年，何为上进？提拔，那就是最有力的证明。

下午去区委组织部之前，郭梓峰在办公室用心整理现阶段的工作安排，理出思路，准备更好地迎接新的岗位任务。南城街道有四个安置小区，每个社区的活动他都亲身参与、指导，甚至在时间、地点的选择上也要精心安排，尽量使每个月的活动都办得丰富多彩。这几年抓队伍建设、抓骨干，郭梓峰要求社区将离退休的老同志、老党员组织起来，成立了舞蹈、戏曲表演、合唱等不同的文体队伍。

眼下最重要的就是南湖区的春节汇演，演出地点就在家园社区广场，时间是年二十九，还剩不到一个月的时间。这次晚会的主办单位虽然是区委区政府，由区委组织部、区委宣传部承办，但真正落实此项任务的是区文新广局和南城街道，南城街道负责组织节目，文新广局负责指导排练。但现在的广场秩序、周边环境不容乐观，不是文明办一个部门能够解决的，要联合公安、城管、物业、社区等联合执法。

他把这个问题向街道党工委赵书记汇报了，赵书记说：“你马上就要分管这块工作，等下午区里谈话完毕，你就做全面安排。公安、城管联合执法，你负责调度，到时候开会我再做强调，要确保这次演出圆满成功。”

下午郭梓峰和贺志远一道去区委组织部接受谈话。贺志远调至向阳街道办事处任主任，从原来的副科提拔为正科，需要一周时间公示。郭梓峰从科员提拔为副科级干部，试用期一年，也需要公示，一年后若能够胜任工作岗位，才能成为正式的副科级干部，这也是提拔任用干部的正常程序。

下午，全区刚提拔的六位同志集中进行任职前谈话。区委常委、纪委书记从党风廉政和反腐败的要求，再次提醒他们：权为民所用，要把群众观念落实到工作实践当中，在工作和生活中，牢记自己的责任，不辜负区委信任和人民的重托，踏踏实实做事，清清白白做人，争取向区委、向人民群众交一份满意的答卷。

集体谈话结束后，郭梓峰和贺志远找了一家小饭馆。这俩人当年是一列火车拉去当兵的，又分在一个连队，回来后又一同到南湖区工作，战友加同事，俩人感情一直很好。人和人禀赋不一样，占有的资源也不一样，这就是日后形成差距的原因。成功没有现成的模式，学不来，也讲不清，只能靠自己去悟。好在，郭梓峰和贺志远现在的差距不大。借着酒劲，贺志远对郭梓峰推心置腹："梓峰，我马上要去向阳街道办事处，现在的工作你也知道，我们这个层次的科级干部，忙得要死，也累得要命。以后事务多了，见面联系就会少，但你要相信我，有事就给我打电话，别不好意思。"

郭梓峰说："我知道，你对我的好我会记在心里。以后打你电话你不要烦，可要多帮帮我。"

贺志远摆摆手说："事情可以慢慢地做，但要有人做，要善于把任务分解下去，汇集大家的智慧和力量，群策群力。谋人比谋事更重要，你知道吗?"

郭梓峰端起杯子说："今后还需要多学习，来，我敬你一杯。"

贺志远端起杯子，继续说："你就踏踏实实地干，以后总还会有机会。你干事踏实，靠得住，我放心。"

这一顿酒，喝到小饭馆打烊，他们才散去。

十

程志浩外出参观学习回来后，一直忙于小区机动车乱停放整治的准备工作，还没有向高总汇报这次外出参观学习情况。

这天一早，他来到安居物业管理总公司高总的办公室，汇报了这次参观考察的情况，并转告了南城街道春节过后要对几家小区的物业管理进行招标的消息。

高总说街道办事处已经和他联系了，叫他们做好准备工作，招上继续干，招不上就办理交接。高总也知道，街道办事处对他们公司的工作不太满意。

程志浩说："我们要抓内部管理，从服务、细节开始抓，杜绝懒懒散散、拖拖拉拉，特别是对业主反映的问题，要尽量解决，解决不了也要做好解释，千万不要充耳不闻，把小事拖成大事。我马上回去就召开项目部干部会议，介绍这次外出参观学习的成果，尽快扭转被动的局面。"

高总说，他也担心管理水平提不上来，但小区物业费难收，要想加大投人，确实有困难。经费紧张是客观原因，主观上工作人员服务意识普遍不强。要想一时间扭转局面，还真的有些困难。像程志浩这样能有服务意识的人不多，他支持程志浩的想法，在家园小区先搞一个试点。

从高总办公室回来之后，程志浩和副经理付伟明谈了一下，通报了区安全生产暗访和文明创建工作督查情况，社区胡书记跟他一再交代，广场上不能再有游商和摊贩了，要保证居民正常的生活环境。

程志浩说："小区内部环境也要整治，否则会影响整体形象。按照过去的惯例，在广场摆摊设点的，我们按规定都会收取场地管理费，你收了吗?"

付伟明说："这个倒没有，也没有安排人员去收费，以后不允许摆放就是了。"看得出来，他脸上写满了不高兴。程志浩安排付伟明通知保安队队长、保洁队队长、工程部负责人、接待大厅负责人都到会议室开会。

会上，程志浩介绍参观学习的几个单位管理中值得借鉴的做法，传达了前日街道召开会议的精神：物业积极主动作为，依靠社区，争取小区内部有利资源，发挥业主优势，使之成为小区管理的中坚力量；掌握业主需求，依靠社区开展各种文体活动，增强集体凝聚力；积极和业主沟通，化解误会和矛盾。

会议结束，办公室的肖启明来找程志浩，说广场上摆放摊位搞促销，付伟明都收了钱，只是装进了自己的口袋不上交财务，下面的人都很有意见。

程志浩问："你怎么知道的？"

肖启明说："我们让摊贩离开，摊贩说，收了几天钱就得让他们摆几天，收了钱又不让摆，这不是不讲诚信吗？"

程志浩说："我知道了。会前我和付伟明也谈过话，他说今后会注意。"

肖启明刚刚大学毕业，在安居物业公司招聘管理人员时被录用，程志浩担任经理后让他去办公室做文员兼资料员。肖启明没有地方住，程志浩安排他住进了自己的安置房。肖启明住进去后，程志浩和章思慧商量，小伙子刚毕业不久，也没多少钱，就主动给他减了房租。为此，肖启明很感激，工作起来更加卖力。

肖启明离开后，程志浩拿起手机，"紫色的风铃"又发来一些嘘寒问暖的话。程志浩回应了她，说他这几天很忙。张美娟回复说，她家的客厅又渗水，想在春节之前修一修。程志浩也为张美娟叫屈，别人运气再不好，家里也就一处地方渗漏，她怎么那么倒霉啊？客厅又渗水，但张美娟心态好，不吵不闹，不像有的业主，以拒交物业费的方式对抗物业人员。张美娟还邀请程志浩中午去她家吃饭。程志浩说，食堂里有饭，他吃过午饭去张美娟家看看。

中午吃完饭，程志浩去张美娟家。张美娟显然精心打扮了一番，她皮肤白皙，体型微胖，满脸堆着笑，身上散发着一股香味。要不是张美娟自己说她有五十多岁，她的年龄还真不好猜呢。

“叫你中午过来吃饭，你不肯。我中午炖了排骨蘑菇汤，要不要喝一碗？”张美娟问。

程志浩说：“我吃过了，在食堂吃也是很方便的。”

张美娟说：“前几天晚上小区业主因为停车的事情闹事，问题解决了吗？听说是汽车不给停在路面，一律要停到地下车库。”

程志浩说：“是的，明天开始整治，你可要带头执行哦。”

张美娟说：“你放心，我已经在地下车库预订了车位，明天开始带头执行。”

程志浩说：“谢谢你的支持。”

张美娟说：“我是楼栋长，必须支持你们的工作。”

程志浩问：“对于这次整治车辆乱停放问题，你们这栋楼的业主有什么意见？”

张美娟说：“大家普遍反映车子停在地下车库不方便，停放好以后要绕很多路才能走到家。我和大家已经解释了，物业这样要求也是为了大家的安全。既然是规定，大家都要遵守，这样才能营造好的居住环境。”

程志浩说：“好！你这样劝导，大家肯定乐意听。”

张美娟一边说话，一边给程志浩泡了一杯茶端了过来。程志浩接过茶杯，放在茶几上，问：“你家这次又是哪个地方渗水？”

张美娟走到阳台边，指了指阳台一角，程志浩跟了过去。原来是阳台靠东边的墙角因为雨水渗漏，出现大面积水渍。程志浩拿出本子，记了下来。

张美娟说：“你这个神态很可爱。”说话间，张美娟满脸红晕，眼睛格外明亮，充满了期盼。

程志浩腼腆地笑了笑，接着说：“冬天雨雪多，我们计划赶在春节前修理一批渗水房屋。我先把你的情况报上去，这几天就安排工程队来修。”程志浩在沙发上坐了下来，张美娟递过茶杯。

程志浩问：“今天没去上班吗?”

张美娟说：“我基本上就待在家里。”

程志浩问：“那你的公司?”

张美娟说：“公司有专业的业务人员，一般的业务都是他们做，我很少去公司。”

程志浩说：“你一个女人，能有这么大的公司，真不容易，女强人，很能干啊。”

张美娟说：“都是逼出来的，没办法。”

程志浩问：“你一个人挺不容易的，没想过再找一个伴儿帮帮你?”

张美娟说：“我上次没跟你说实话，其实我老公没有死，只是不在一起生活了而已。”

“哦，感情不和?”

“性格问题吧。”张美娟说，“我承认我的脾气有点倔，但我已经为他改变了不少，可他在外面找女人，我忍受不了。”张美娟说着说着眼泪掉了下来，她把自己的苦水一股脑倒给了程志浩。

十一

张美娟自己也没想到，一次偶然的相遇，会使一个城里姑娘义无反顾地投入一个农村小伙的怀抱。那个小伙就是刘金坤，当然，现在的刘金坤已经是菱湖市金世纪房地产开发公司的老总。

刘金坤家境贫寒，小学毕业就去工地干活。那时工地上的活都是给建筑公司做外包，刘金坤不属于建筑公司正式工人，劳动待遇自然要差一些。随着改革开放进一步深人，刘金坤开始牵头承包一些小工程，慢慢地开始了自己的事业。

刘金坤先是成立了一个建筑队，跟着建筑公司做一些小工程。再后来，他注册了自己的公司，生意越做越大。在公司发展过程中，他遇到了一个贵人，这个贵人就是张美娟的爸爸。张美娟的爸爸是国营建筑公司的科长，当时为了承揽工程，刘金坤常去张科长家，看到张科长家的卫生间很简陋，刘金坤随即带人前来整修。就是在这个时候，这个小伙子引起了张美娟的注意。随着业务的增多，刘金坤便成了张科长家的常客，外表憨厚的他也对张美娟心生好感，一来二去，两颗年轻的心被点燃了。

当得知宝贝女儿和刘金坤谈起了恋爱，张科长和夫人坚决不同意。张科长一家都是城里人，而且还是国营单位的干部。刘金坤是农村人，而且比张美娟大很多。但张美娟态度坚决，坚持爱情至上，非刘金坤不嫁，并以死相逼。最后，张科长夫妻俩不得不妥协，女大不由父，他们只好同意。

结婚以后，张科长全身心地关照着自己的女婿。在张科长的帮助下，刘金坤的公司逐步壮大，后来的金世纪房地产开发公司也应运而生了。

爱情很丰满，现实很骨感。婚后，张美娟总是以大小姐的身份指使刘金坤做这个做那个，因为她觉得丈夫是倚仗自己父亲的帮助才有今天，所以她要求丈夫对她言听计从，处处想要控制刘金坤：公司招聘员工，尤其是女性员工，必须要通过张美娟的审查；刘金坤出差，张美娟也跟着去……一开始，刘金坤低眉顺眼，后来张科长病故，他终于扬眉吐气、挺起腰杆，彻底不买张美娟的账了。

夫妻两人背着女儿经常争吵，谁也不服谁。日子久了，女儿也长大了，刘金坤索性将女儿送到寄宿学校去读书，夫妻俩正式分居了。现在，女儿在北京上大学，放假回家，刘金坤就回到张美娟家，两人像普通夫妻一样正常生活，女儿前脚一走，刘金坤后脚就离开了。

刘金坤还算是有良心，把效益一直很好的脚手架租赁公司给了张美娟，以保证她以后生活无忧。公司也有知道内情的人，特别是一些别有用心的男人，总是以各种名义接近张美娟，张美娟心里也明白，程志浩跟那些对她有企图的男人不一样，程志浩诚实、温暖，还有点腼腆。

听了张美娟的话，程志浩心想，真是没有受不了的罪，只有享不了的福，没钱不是什么坏事，有钱也不是什么好事，男人没钱、没事业就是让人看不起。

张美娟看着程志浩说："我快要过生日了，生日那天你能来陪我吗?"

程志浩随口说："好啊。哪天啊？你提前告诉我。"

张美娟眼睛亮了起来，高兴地说："快了，就这两天。这就算我们约好了，到时候你一定要守约啊。"

事后，程志浩有点后悔，不该答应她的，这会给她传递一个错误的信号。张美娟一个女人，没有男人很多事情不方便，比如维修房屋。他可以帮助她，以物业服务人员的身份，但千万不能惹出麻烦闹出笑话。他提醒自己要和这个女人保持一定的距离。

后来他想了一个补救的办法：答应是要答应的，人家兴冲冲地邀请你，也是出于对你的信任，要是当场回绝，岂不是有点不讲情面？要是感觉不合适，到时候再找个理由推辞。

两天后，物业公司举行职工年会，程志浩叫范红梅送来十箱酒。范红梅最近生意做得好，刘总动用关系为她推销了不少酒，奖金不仅翻了一番，她还一跃成为公司年度销售能手和销售之星。说是十箱酒，范红梅实际送来十一箱，说这多出的一箱酒是送给程志浩的，也是公司给这个销售能手的福利。

就在安居物业服务公司举办年会的这天中午，程志浩接到张美娟的电话，说她过生日。公司开年会，会后晚上还有聚餐，作为新任项目经理，又是年度先进工作者，程志浩是不能缺席的。程志浩如实说明了情况，并承诺改天补送生日礼物。这句话说出去本身没毛病，但张美娟后来补了一句话，他在心里又动摇了。

事后他自己反思：很多事情都是自己不懂拒绝，总是牵挂着，盘根错节的线没有及时剪断。

张美娟说，尽量来，哪怕再晚也等他，反正她有的是时间。程志浩没有理由再拒绝，说了一句：要是去的话会很晚。

下午的年会上，公司高总作了年度工作报告，颁发了先进集体和先进个人奖状。程志浩被评为先进个人，家园小区项目部也被评为先进集体，双先人物，令他踌躇满志。晚上聚餐前，程志浩鬼使神差地给张美娟发了一条微信，问她晚上几点见面，他提前结束赶过去。张美娟说在咖啡馆等他，不见不散。晚餐时，程志浩被同事们追着灌酒，由于答应了张美娟，程志浩不敢多喝，但即使躲着，还是喝了个半醉。酒过三巡，他找了个理由，提前走了。

出租车快到咖啡馆门口时，程志浩才想起来今天是张美娟的生日，他既然来了，怎么也得带点礼物啊。他折回头找到了一家超市，买了一盒巧克力。礼轻总比空手好，捧着巧克力，他又重新走进了咖啡馆。

程志浩找到了包厢，推门进去，张美娟靠在沙发上坐着，看得出来，她已经喝了酒。桌上摆着两杯红酒，几碟小菜：鹅肝、卤牛肉、蒜泥黄瓜、竹笋、冰糖白芸豆等，碟子不大，但很精致。

程志浩推门进来，递过巧克力，说了声“生日快乐”便坐在张美娟对面。张美娟看着他，眼神很柔软，很深情。她庆幸程志浩还是来了，这说明她仍然有魅力。

张美娟招呼他坐下，端起杯子：“谢谢你这么忙还赶来陪我，我敬你一杯。”

程志浩：“今天你生日，我敬你，祝你生日快乐，永远年轻美丽！”

张美娟笑得差点喷了：“我还美丽吗？”歪着脑袋，做出调皮状。

程志浩说：“当然。”

张美娟说：“我这个老女人还配得上‘美丽’这个词吗？你说谁信呢？净逗我，但我还是爱听。”

程志浩恭维道：“风韵犹存。”

清脆的碰杯声后，张美娟放下酒杯，从包里拿出一个精致的盒子，说：“我今天过生日，你这么忙还赶来了，又送我礼物。”她的眼睛停留在巧克力上，接着说：“我很高兴，也送你一个礼物。”说完把盒子递到程志浩的面前。

程志浩打开一看，是一块手表。他知道这块表很名贵，满脸惊诧，说：“这个礼物太贵重了，我不能要。”

张美娟说：“这是对你礼物的回赠。贵重不贵重不在于礼物本身的价值，而是看什么人送和喜不喜欢。我送的，又是你喜欢的，它就珍贵。同样，你送的礼物，我喜欢，也珍贵。”

张美娟把两只空酒杯又倒上了酒，笑了笑说：“程经理，我今天特别高兴，因为很多年没有人陪我过生日了，来，干一杯！今天你能来，也算是给我的礼物。”

程志浩拿起酒瓶，发现快要见底了，说道：“少喝点，酒喝多了伤身体。”说这句话的时候，程志浩自己都感觉到自己的声音轻了很多，慢了很多，温柔了很多。

张美娟说：“今天你也喝了不少，你也别喝了，陪我说说话。”

程志浩往后移了移身子。

张美娟说：“礼物你就收下吧，你放心，我不会破坏你的家庭，只想让你抽点时间陪陪我。我也是受过伤害的女人，我不想让别的女人和我一样受到伤害。咱们只做红颜知己，你别有压力。”

张美娟看看桌上的手表，看看程志浩。程志浩鬼使神差地说：“那我收下？”

张美娟拿起巧克力，放到包里，说：“我也收下你的礼物。太晚了，我们走吧！”

程志浩站了起来，“不早了，是该回去了。”

两人起身，出门前张美娟对着程志浩喃喃地说：“我觉得你很诚实，不会骗我，我很喜欢你，你能抱抱我吗？”

程志浩放下手里的礼物，把张美娟拥入怀中，紧接着她热辣辣的嘴唇贴了过来，一股淡淡的香水味刺激着他敏感的神经，他身上迅速热乎起来。

十二

章思敏和郭梓峰感情升温之后，郭梓峰来家园社区的机会就多了起来。

社区书记胡清源也认为这两个人比较般配，私下经常在章翰文面前夸奖郭梓峰能干，工作踏实。毕竟是军人出身，品行端正，为人正直。章翰文笑着说，年轻人的事情，他们自己做主就好。

这天下午，郭梓峰到小区查看机动车整治的情况，发现道路中间停放一辆车。他询问身边的保安是什么情况，保安说：“业主临时停车，马上就走，也不好强行阻拦。”

郭梓峰说：“要盯紧！稍有松懈就会有人把车辆停在小区的道路上，这样前面的工作就白做了。”

保安走了过去，联系业主尽快移车。

小区道路上没有了乱停乱放的车辆，清朗多了，也安全了许多。郭梓峰沿着小区主干道往里面走，看到物业保安人员正在引导车辆停放至地下车库。看来专项整治的效果还不错，他准备再到社区转转，看看章思敏有没有需要帮忙的，顺便晚上去她家蹭饭。

在社区办公室门口，他碰到了胡清源，看到郭梓峰，胡清源半开玩笑地说：“郭主任，你不通知我们就下来暗访，督查我们的工作啊？”

郭梓峰说：“没有，没有。胡书记带领社工和物业人员集中整治车辆乱停乱放，终于见成效了。”

胡清源说：“领导指挥有方嘛。”

郭梓峰说：“章思敏在办公室吗？”

胡清源说：“她陪同区关工委的领导去慰问困难学生了，估计一会儿就回来了，你就在这等一下吧。”

郭梓峰说：“上次说楼道乱堆乱放有安全隐患，特别是火灾隐患，我们一起去楼道转转吧。”

他们边说边走进附近一栋楼的楼道。坛坛罐罐、纸箱纸盒、破旧家具，几乎层层都有。郭梓峰问：“物业清理过吗？”

胡清源说：“清理过一次，业主不太配合。我们也在盯这个事，一旦有火灾，就会很危险。”

郭梓峰说：“马上到年底了，春节之前我们要抓紧整治，能清理多少是多少，还要大力宣传普及安全知识。”

说话间正好碰到回来的章思敏，看见郭梓峰，章思敏一脸高兴地说：“我正准备给你电话呢，晚上我爸喊你去家里吃饭。”郭梓峰满口答下来应。章思敏接着说：“下午小蚂蚁志愿服务队在QQ群发布消息，本周六上午去南山敬老院组织活动，你去不去?”

小蚂蚁志愿服务队是一个志愿服务的社会组织，由大学生、教师、社区工作者、企业负责人等志愿者组成，发起人是一个叫方远的小伙子。章思敏在市社区工作者群里得知他们的活动安排，曾经参加过两次，之后她觉得很有意义就经常参加类似的活动。

第一次看见方远，章思敏吓了一跳。说来有些奇怪，方远的额前长着和钱俊一样的卷发，走路时仿佛脚底有弹簧似的，也和钱俊很相似。方远是一个充满朝气的小伙子，说话走路都有一种跳跃感。私下里有人议论，说他很有个性，敢把公务员辞掉，在音乐坊担任吉他老师，一年上不到半年的班，剩下的时间一部分搞公益活动，一部分读书和旅行。方远的父母都是退休干部，方远入不敷出时，他父母总接济他一些。他三十岁了，还单着不肯结婚，过着自由自在的生活。有人说他生活散漫，没有追求；也有人说他很有个性，追求高远，对于公益活动很上心。他组织的活动很丰富，到学校、社区为困难学生送学习用品、二手电脑，为孤寡老人送衣被、米、油等生活用品。这些物品有的是志愿者捐的，有的是统一购买的，每次活动结束，经费负责人都会将经费开支情况发布在QQ群，给大家一本明白账。小蚂蚁志愿服务队组织的活动给困难人群实实在在的帮助。

郭梓峰说：“周六街道开班子成员会议，我走不掉。”

章思敏说：“领导总是比我们忙，你不去可以，但要出钱啊。”

郭梓峰掏出两百元，递了过去。章思敏退回一张，说：“群里说好了，每人出一百，这不春节快到了，我们计划为老人买一些新被子。”

郭梓峰说：“这个必须支持！”

晚饭，郭梓峰陪章翰文喝了点酒。范红梅在饭桌上打趣说：“你们也老大不小了，春节一过就着手安排婚事吧。你们在外做志愿服务，我就在家做志愿服务。我也当一回热心人，做你们俩的志愿者，你们工作忙，买生活用品、跑腿的事情啊，尽管交给我，包你们满意。”

郭梓峰看了看章思敏。章思敏说：“还早。到时候找你帮忙你别推脱。”

范红梅说：“那哪能呢？你们尽管吩咐。”

章翰文说：“红梅说得对，你们尽早安排。但时间还是你们决定，你们的事情你们做主。”章翰文知道，恋爱结婚是水到渠成的事情，郭梓峰还是比较优秀的，想必章思敏心里有数，不会错过他。

郭梓峰说：“我听思敏的。”

章思敏撇着嘴笑道：“这还差不多。”

章翰文轻声问章思敏：“五一行不行？最迟十一。结婚最关键的是订酒店，你们尽早规划、尽早安排。红梅说得对，你们俩要是工作忙，抽不开身，红梅替你们跑腿。”

章思敏说：“红梅在我们家是最辛苦的。贾姨马上要回来了，需要调养身体，还得辛苦红梅。”

范红梅说：“放心，包在我身上。”

章思敏问父亲：“贾姨过年前应该会出院吧？”

章翰文说：“思聪打来电话，说手术比较成功，需要调养一下身体，毕竟那么大手术，恢复需要时间。”

吃完饭，章思敏和郭梓峰出门散步，两人边走边聊。

郭梓峰说："家里人都催我们俩今年把事办了，你觉得呢？"

章思敏反问道："你觉得呢？"

郭梓峰说："我俩都三十了，我爸妈也一直在催，我们是不是先列个计划，装修房子、联系酒店、拍婚纱照……你爸说得对，酒店不提前预订的话，婚期就会耽误。"

章思敏笑了起来："你着急了？"

橘红色的路灯下，郭梓峰的眼睛明亮，热辣辣地看着她。章思敏心里一股热流涌动。郭梓峰说道："他们都着急了，看得出来。"

章思敏问："那你呢？"

郭梓峰说："当然，我更着急。"说着不由自主地靠近章思敏，章思敏本能地往后退了退。

章思敏问："提拔副主任后有什么变化？"

郭梓峰说："比过去更忙了，会议多了。有的时候一天要开几个会。"

章思敏说："嗯，分管的部门多了，是要忙一些。说老实话，你提不提拔，对我来说没什么，只是我爸很高兴，感谢你能让我爸高兴。"

郭梓峰问："难道你不高兴吗？"

章思敏说："不是不高兴，也不是不关心你提拔，我总觉得做自己喜欢的事情就好，官场上的事情很微妙也很复杂。你好好干吧，只要愉快、充实就好。"

走到小区门口，他们远远看到出租车上走下来一男一女，是程志浩和一个女人。那个女人章思敏认识，是小区居民，好像还是楼栋长。程志浩走进小区，朝着自己办公室的方向走去。这么晚了，程经理难道还有事情要安排？

章思敏和郭梓峰对视了一下，郭梓峰像是突然想起来什么似的，“哦，对了，我下午打大姐夫电话，他说公司开年会，吃过晚饭才回来。企业聚会都是老规矩，吃完饭还要去KTV‘嗨皮’一下，看来是玩好了。”

郭梓峰说：“不早了，我送你回家吧。”

章思敏说：“我自己回去，你走吧。”说完，两人就各自离开了。

十三

章思敏和郭梓峰告别后回到自家楼下，听到两个人在吵架，听声音是范红梅和一个男人。

范红梅说：“你不要来烦我好不好？我现在不需要你照顾，行不行？你放心，我会把军军照顾好的。”

男人压低嗓音说：“军军需要父爱，需要完整的家，我更需要军军和你，需要这个家。春节马上到了，我们一家人过个团圆年吧。红梅，我会照顾好你们，为了你们我什么都愿意做。”

章思敏明白了，原来是范红梅的前夫周昌盛找上门来了。前段时间听范红梅说过，周昌盛时常打来电话纠缠她，今天居然还找上门来了。

章思敏走上前去：“哟，这不是周昌盛吗？到哪发财了？你叫红梅姐回家，家在哪啊？是你把房子赎回来了，还是买了新房让红梅姐享福啊？”

周昌盛看到章思敏，笑嘻嘻地说：“思敏啊，我来找红梅商量事情。红梅，你放心，房子没了我们可以再挣钱买，只要一家人好好地在一起比什么都强。军军也这么大了，家庭不完整对他成长也不利。思敏，你就劝劝你红梅姐吧，暂时租房子也行，慢慢再想办法，办法总比困难多嘛，你说是不是?”

章思敏说：“红梅姐和军军都快要睡大街了，你还好意思说?!”

周昌盛说：“谢谢你们收留她们娘俩，我以后会报答你们的。”

章思敏说：“报答？你别来骚扰红梅姐我就烧高香了。”

周昌盛说：“红梅，你看，我现在也在城里上班了，也有正常的收入，日子总会好起来的。房子总会有的，不行先买个小一点的，等有了钱再换大房子。”

范红梅说：“你就别再说房子的事情了。听你提房子，我心里就堵得慌，原本好好的家硬是叫你给败了。反正我们离婚了，以后你就别来找我了，也不要给我打电话。”

章思敏说：“周昌盛，你走吧，该干吗干吗，把房子赎回来了再说，没人答应非等你不可。”说完拉着范红梅上了楼。

看着范红梅可怜兮兮的样子，章思敏说：“以后你不要理这个无赖，他要是打电话，你就告诉我。一点责任心都没有，还像个男人吗?”

范红梅和周昌盛的家都在茅山镇，他们是由别人介绍认识的。那时的周昌盛和范红梅说话还会脸红，稍稍带着一丝腼腆，范红梅暗自庆幸自己找到了一个老实本分的人。男人本事大小无所谓，关键要诚实，要善待自己的女人。周昌盛和范红梅认识的时候就承诺，将来他们一起生活，他会把工资全部交给她，让范红梅当家，这使范红梅十分感动。男人对女人好，就是挣钱给女人花，哪怕他只能挣到一百块钱，他愿意把这一百块钱全花在自己心爱的女人身上。

周昌盛和镇上同龄的小伙子一样，在外打工，春节放假回家，经媒人引荐，两人见面了。一见面双方就看对了眼，开始频繁约会。在征得双方家长的意见后，两人便订了婚。春节过后，周昌盛依依不舍地离开了家乡。端午节前夕，他以给准岳父家送礼为名再次返乡，目的就是和范红梅见上一面。范红梅是个美人胚子，虽然生活在农村，可皮肤白嫩，光这一点就把周昌盛的心牢牢抓住了。再加上范红梅善良能干、持家有道，周昌盛的心思全在范红梅身上，没事就往家跑。当年腊月，范红梅意外怀孕，两人匆匆忙忙地举行了婚礼。春节假期很快过去，新婚燕尔，浓情蜜意中的周昌盛再一次告别范红梅，出门打工了，范红梅泪眼婆娑地把丈夫送进了车站。

后来，范红梅生下了儿子军军。逢年过节，或者工作不太忙的时候，周昌盛也能回家和妻儿团聚。虽然周昌盛挣的钱不多，但是每个月都按时打给范红梅。范红梅带着军军，和公婆守着土地，做点农活，粮食和蔬菜不需要花钱买，闲时公公也能外出挣点钱，一家人也算是衣食无忧。

就在范红梅生了军军后的第五个年头，出现了意外。那年的春节和往年的春节一样，周昌盛从外地回乡过年，一大家子其乐融融。过完了正月十五，周昌盛又要出门了，一家三口恋恋不舍。可这次周昌盛离开之后，这个原本平静的家庭发生了不可逆转的变化。

本来，周昌盛在网上已经订好了高铁票，准备和同事结伴返回打工地，结果在车站被同伴拦了下来。那位同伴说，他最近联系了一个大项目，就在本市，要带着周昌盛一起去考察考察。

周昌盛一方面出于好奇，另一方面也是发财心切，退了车票就跟着同伴走了。他们去后得知，这是国家扶持的一个重点项目，回报率极高：单股价值58800元，投资单股就可发展会员拿提成，投资5股就能晋升为项目经理，年薪100万元。考察过后，周昌盛的心一直怦怦直跳，后悔发财运来得太迟。

既然想发财，肯定得人股，人股后就开始接受培训。培训老师从资本运营模式开始讲起：现在很多人只知道出力打工而不懂得资本运营，打工能挣到钱吗？能，但是只能挣小钱、辛苦钱，哪有通过资本运作挣钱快呢？周昌盛听得热血沸腾，仿佛发财梦马上就要实现。他在心里琢磨：投资项目肯定比打工强，打工才能挣多少钱？整天起早摸黑，浑身臭汗，累个半死。于是他打电话给妻子范红梅，说要和同事合伙做生意，需要投资。范红梅也想丈夫出人头地，所以全力支持，把家里仅有的6万元全部汇给了周昌盛。

自己的股份有了着落，但想要年薪100万，还得发展会员。会员去哪找呢？他们思前想后，最快的方法就是自己利用别人的身份认购股份。但这个做法虽然公司不提倡，但是也算个人业绩。一心想着年薪100万的周昌盛狠了狠心，在小广告上找到一条信息，拨通了借贷公司的电话借了30万。三天之后，钱就到手了，只是补了一张借据，说是为了资金审批，30万太少，借据要写50万。周昌盛心想：等手续办好了，拿到100万的年薪，还30万还不是小事一桩？马上他就要成为项目经理了。

周昌盛的项目经理还没当成，公安机关的一场抓捕行动彻底打碎了他的发财梦。因为涉嫌非法传销，这个组织被一网打尽。因为只是出资，没有实际参与组织领导，所以周昌盛没有承担刑事责任。但是没想到的是，借贷公司很快找上门来。更让周昌盛没想到的是，30万元的借款转眼变成了50万，有借据为证，如果不尽快还，利息翻倍，将很快超过本金。

范红梅后来才知道，周昌盛当时借的是高利贷。可怜她带着儿子，眼睁睁看着催债的人在家里的门上、墙上用油漆写上歪歪扭扭的字：欠债还钱，天经地义！想赖账，没门！范红梅整日担惊受怕，实在没办法，便带着儿子回了娘家。

为了躲债，范红梅和周昌盛办了离婚手续。再后来，范红梅得知，那套由周昌盛父母出资建造的二层小楼房——夫妻两人的婚房，被抵债了。

离婚后，范红梅带着军军住在娘家，母亲帮忙照顾军军，她在菜市场租了一个摊位，做起了小生意。卖菜能挣钱，就是辛苦，别的摊位一般都是两个人忙活，一个人进货、打杂，一个人守摊子。但范红梅只有一个人，凌晨去批发市场，把菜拉回来赶早市，晚上才能收摊。天天如此，人哪能吃得消?

一天，她去批发市场拉菜，那天菜好价格也不高，她就多买了点。哪知半路车胎爆了，她一个人硬生生地把装满菜的车子推了回来。在天还没有亮的马路上，范红梅边走边哭，那一天，她突然觉得那条回来的路很长很长，长得没有尽头……

十四

周昌盛面对两个言辞犀利的女人，很快就败下阵来，灰溜溜跑了，但两个女人似乎还不解气，嘴巴里还在念叨。

章翰文问："这是说谁呢?"

章思敏说："周昌盛，把红梅姐害成这样子，还来骚扰她。"

章翰文问："周昌盛来了？我怎么没看到?"

范红梅："他还好意思上来吗？打了多少次电话，老是叫我去见他。"

章思敏说："红梅姐，你可不能心软。"

章翰文说："你们也要一分为二地看问题，周昌盛也不是你们想的那么坏，其实他也是受害者，吃了没文化的亏。人还是要多读书，这样才能明辨是非。”

章思敏问范红梅：“红梅姐，你当年是怎么看上周昌盛的？”

范红梅说：“那时年纪还小，没谈过恋爱，看他人老实，也没想那么多。”

章思敏说：“以后你再恋爱，先带回家让我们来把把关。”

范红梅说：“现在我哪有心思谈恋爱，一是想把军军培养好，二是想攒钱买房子，哪怕小一点，有个我自己的窝就行。”

章思敏说：“慢慢来，你这么能干，一切都会有的。”

第二天，周昌盛又来到章翰文家楼下转悠，正好被章翰文撞见。章翰文喊他上去坐，打电话让范红梅回家，说周昌盛来了。

听说周昌盛又来了，还到了家里，范红梅气不打一处来气，不回去又解决不了问题，还是硬着头皮回家了。

周昌盛说：“春节到了，一家人该团聚，军军不能没有爸爸。”

章翰文点点头说：“你说得不是没有道理。但你和红梅离婚也有好几年了，应该说你们有各自的生活，如果你还想挽回红梅，你要拿出行动来，让红梅看到你的诚意，比如找个工作，贴补一些孩子的抚养费，给红梅减轻一点负担。下一步你有什么具体打算吗？”

周昌盛说：“先租房子，我和红梅都工作，两人一起照顾军军，等挣到钱再买一套房子，哪怕小一点也行。”

章翰文喊范红梅出来，问道：“周昌盛刚才说的，你听到了吗？你的意见呢？同意不同意？”

范红梅哭着从房间走了出来，语气生硬地说：“我就是再苦再累，也会带好军军。既然离婚了，就没有关系了，请你以后不要再来找我。”

周昌盛没再说什么，沮丧地离开了。晚饭过后，范红梅对章翰文说：“大姨父，我想租个房子搬出去住，这么长时间也给你们添了很多麻烦。”

章思敏一脸吃惊地问：“为什么要出去租房子？家里不是住得好好的?”

范红梅没有出声，但眼泪却落了下来，“我把这里当成自己的家，你们对我很好，我都记着，但是日子总要自己过。有朋友介绍我到一家房地产公司工作，我现在先出去一会儿。”

章思敏说：“去吧，早点回来。”

章思敏回到客厅，问章翰文：“爸，红梅姐今天好像有心事。”

章翰文摇摇头说：“我的本意是，周昌盛这么惦记她，她也没有新的感情，毕竟他们俩还有个军军，两个人要是能和好，也是件好事。不过红梅的事还是让她自己做主吧。”

十五

范红梅出去要见的当然还是刘金坤。在范红梅的潜意识里，刘金坤现在就是她的未来和希望。

范红梅前天下午将刘金坤订的酒送了过去，又根据他的提议将自己的身份证复印件留了下来，现在的她满心期待着成为金世纪房地产开发公司的新员工。刘金坤说，春节期间公司选派部分优秀员工去海南旅游，特别邀请范红梅参加。范红梅心想，既然人家高看自己，自己也不要端着架子，于是就满心欢喜地答应了。

刘金坤正在公司给中层开会，他把年底公司重要的事情安排妥当，督促项目部、施工队不要拖欠农民工的工资。

刘金坤问范红梅：“有急事吗?”

范红梅说：“也没有什么大事，心里烦，想找你说说话。”

刘金坤询问具体原因。范红梅说：“前夫老是来纠缠，你要真的对我有心，赶紧把家里的事情处理好。”周昌盛的骚扰坚定了范红梅选择刘金坤的决心。虽然他们年龄相差二十多岁，但范红梅似乎也不在乎了，跟了刘金坤，她以后可以衣食无忧，而且军军以后的起点也就高了，像她这种随遇而安的女人，把儿子安排好比自己的幸福更重要。

刘金坤笑了一下。话说到这个份儿上，就是逼着他做选择。平心而论，范红梅是他再婚对象的首选，从年龄、长相到人品，都无可挑剔。最让他感动的是有一次刘金坤酒喝多了，给范红梅打电话说想见她。范红梅开始推脱说走不开，后来实在放心不下就和章翰文撒了个谎，说一个小姐妹生病在医院，晚上需要人照顾。见到喝醉的刘金坤，她赶紧打来热水，帮他脱下外衣，擦洗干净，陪了他一整晚。第二天刘金坤醒来，范红梅提醒他，把房间橱柜的门关好，原来里面有八十万元现金。从那以后，刘金坤就断定范红梅是个值得信赖的人。但是，一个最现实的问题摆在面前：他还是有家庭的，他和妻子分居，女儿一直不知道，而且他们也不打算告诉女儿，因为曾经女儿以死相逼过。说白了，刘金坤为了女儿并没有打算和妻子离婚。

范红梅看刘金坤不说话，便问道：“你不打算娶我了？”

刘金坤伸手揽过范红梅的腰，说：“我做梦都想娶你，只是处理家事需要一个过程。”

范红梅问：“麻烦吗？还是她要求太高？”

刘金坤当然不能告诉范红梅是自己的女儿死活不同意他们离婚，故意轻描淡写地说：“无非是我做些让步，不就是钱嘛，无所谓。春节过后，我就处理好，正好你到公司来当老板娘。”

范红梅一本正经地说：“我才不想当什么老板娘。”

这时，范红梅的手机响了起来。她拿起手机，是老家邻居小翠打来的。小翠说，她婆婆快不行了，问她能不能回去一趟。

范红梅问：“到底怎么了？”

小翠说：“前段时间老人自杀，好在抢救回来了，可是老人无依无靠，现在病情恶化，昏迷时还念叨你的名字，我就给你打了电话。”

范红梅说：“我马上赶过来。”

见范红梅放下电话，刘金坤问：“出什么事了？”

范红梅面带难色，轻声说：“我要去一趟茅山镇，你有时间送我吗？”

刘金坤看了看表，问：“这个时候去茅山镇？是不是出了什么大事？”

范红梅说：“你不要问了，就说行不行。”

刘金坤站起身说：“走吧！”

回茅山镇的路上，范红梅心里五味杂陈，一路上，她没有说话，刘金坤也没有说话。四十多公里的山路，加上晚上光线暗，车子开得很慢。快到村口，范红梅叫刘金坤把车停下来。

范红梅问：“你怎么不问我到底出了什么事？”

刘金坤说：“那到底出了什么事？”

范红梅说：“我婆婆快不行了，她还念叨我的名字，所以我要来看看她。”

刘金坤惊讶道：“你还想回那个家吗？还想回到周昌盛身边？”

范红梅说：“前夫是前夫，婆婆是婆婆。我婆婆对我很好，拿我当亲闺女，我应该回来看看她，所以也没想隐瞒你。我下车了，你回去吧，路上慢一点。”

刘金坤问：“你怎么回去？我在这等你还是回头再来接你？”

范红梅说：“我的小姐妹打电话给我的，她也在市里上班，我跟她一道回去吧。”

刘金坤等范红梅走了，才掉头回去。

范红梅婆婆住的是一个远房亲戚的旧房子。前几年房子抵债被人占了后，有个好心的亲戚就把空闲房子腾空让周昌盛父母住了进去。由于积劳成疾，公公不久便一病不起，撒手人寰，从此婆婆一个人住在空落落的房子里。

走进小屋，范红梅看见了婆婆，老人家瘦骨嶙峋，她喊了一声：“妈——”

老人慢慢睁开眼睛，抓住范红梅的手，有气无力地说：“是红梅吗？我以为再也见不到你了。妈想你啊，但妈又没办法，妈对不住你。今天能看到你，我知足了。”

范红梅把小翠拉到外面，问：“到底怎么回事？老人家怎么会自杀？”

小翠说：“前段时间，老人家吃了毒鼠强，幸亏买的是假药，到医院洗了胃抢救了回来。可从医院回来后她就一直吃不下饭，身体太虚弱了。我们也找不到周昌盛，没办法只好给你打电话。”

范红梅拿起手机，拨通了周昌盛的号码。

周昌盛接过电话就说：“红梅，是不是想通了？想通了就好，想不通我就继续等，我有耐心，为了我们的幸福，我会一直等下去的……”

范红梅忙打断他：“你妈生病了，你赶紧回家一趟。听到没有？”

周昌盛说：“我妈看到我就骂我，说没我这个儿子，我回去讨骂不成？”

范红梅大声说：“听好了，你妈现在病得很重，你赶紧回茅山镇。”

周昌盛说："我不回去，回去也是给她添堵，还会加重她的病。再说了，她生病我又不是医生，叫她去村里的诊所看看。"

范红梅挂了电话和小翠商量："老人躺家里也不是事，还是赶紧送医院吧。"

于是乡邻赶紧找来车子，范红梅当即决定送婆婆到市立医院，毕竟大医院让人放心一些。几个亲戚邻居将老人穿好衣服，抬上车子，小翠陪范红梅赶往医院。到了医院，范红梅交了住院费，帮老人洗脸擦身，安顿好老人，已经是深夜了。老人身体虚弱，医生开药给老人输液。小翠还得上班，就先回去了。病房里还有一张空床，范红梅和衣躺下，看着输液管里的药水一滴一滴地落下，心里五味杂陈。输完液，天已经蒙蒙亮了。

十六

迷迷糊糊中，范红梅被手机吵醒。她一看，是章思敏。章思敏问她一夜没回家去了哪里，大家都在为她担心。

范红梅忙说："对不起，昨晚一直忙到夜里，忘记和你们说了。"

章思敏问："快说，你现在在哪？"

范红梅说："我在医院。"

章思敏说："医院？什么医院？你怎么了？"

范红梅说："不是我，我婆婆生病了。昨天晚上，我去了趟茅山镇，把她接到了医院。"

章思敏惊讶地问："婆婆？你有新男朋友了？"

范红梅说："什么新男朋友？茅山镇的婆婆。"

章思敏说："周昌盛的母亲？"

范红梅说：“嗯，她生病了，一个人孤苦伶仃的，没人管。不管怎么说，她以前对我很好，我放心不下。”

章思敏说：“你自己也要注意身体。”

输液后，老人家的身体状态明显好了一些，精神也好了很多。范红梅询问婆婆早饭想吃点什么，便去了医院附近的早点摊。这时电话响起来了，是周昌盛。

周昌盛说：“昨晚我喝了不少酒，只记得你打了电话，不知道究竟发生了什么事，好像说我妈妈生病了，是不是?”

范红梅说：“你妈妈生病了，现在在市立医院。”

周昌盛问：“你也在?”

范红梅没有回答他的话便挂了电话。范红梅给老人喂了早饭，收拾妥当便叫老人躺下休息。她轻声说：“妈，这两年我带军军在城里上班，没时间去茅山看你，你不要怪我。你要答应我，以后不管遇到什么事，千万不要想不开。”

老人说：“红梅，我真的是没脸见你，养了这么个败家的儿子，祸害了你。”

范红梅说：“这不能怪你。你放心吧，以后我会经常来看你。”

老人问：“军军还好吧？我的孙子，有两年没见到了。”

范红梅说：“妈，我会带军军来看你的，他也想奶奶。昌盛说马上赶过来，他是你的儿子，照顾你也是理所当然的。”

老人说：“这个挨千刀的，看到他我心里就堵得慌，我是不会原谅他的。”

说话间，周昌盛已经赶到医院，站在老人的床边不敢作声。老人看到儿子进来，把脸转了过去。

范红梅使了个眼色，周昌盛不但没有走上前去询问老人的病情，反而走出了病房。范红梅紧追着周昌盛问：“你什么意思？这可是你妈妈。”

周昌盛说：“是她不认我，前几年就和我断绝关系了。你也看到她对我的态度了，你叫我怎么办？要不是你在这，我才懒得来看她的脸色。”

范红梅问：“你妈生病住院了，你准备怎么安排?”

周昌盛反问道：“什么怎么安排?”

范红梅说：“我们已经离婚了，我没有义务照顾你的妈妈。”

周昌盛笑笑：“虽然我们离婚了，可我对你还有感情。”

范红梅说：“我跟你说你妈妈的事情，你别扯远了。”

周昌盛说：“她要是这个态度，索性我就不管了。”

范红梅头上冒汗了，要是周昌盛真的不管他妈妈，那怎么办?要是自己有房子，还能接她一同住，可眼下自己也是寄人篱下，想帮忙也是有心无力。“你现在住哪？等你妈病好了，你接她去你那里。老人家态度不好，那是事出有因，她可是你亲妈！”范红梅想着如何缓和这对母子之间的关系，如果周昌盛真的甩手不管了，她也不知如何是好。

周昌盛说：“我住的地方也是和别人合租的。你怎么接她来的就怎么送她回去。我真管不了。”

范红梅破口大骂：“滚，你现在就滚。”

周昌盛急忙走出了医院。

望着周昌盛的背影，范红梅再一次感到绝望：婆婆如何安顿?如果回到茅山，她孤苦伶仃没人照顾，还会出现意外。之前不知道也就算了，现在她把婆婆送进医院，婆婆的身体状况慢慢好转，她怎么忍心不管不问呢?

辛酸和委屈涌上心头，范红梅的泪水夺眶而出。也就是在这个瞬间，她下定决心租个房子，把婆婆接到自己身边。她打电话给章思敏，租房子的事情想请她帮忙。

章思敏问："你还是要出去住？在家不是住得好好的吗？是不是和我爸爸有什么误会？我爸的本意是为你好，没有其他意思。"

范红梅说："我知道。但这次真的住不了了，我要把婆婆接过来一起住。"

章思敏半天没说话，原来好心的范红梅要把前婆婆接来同住。她决定先去帮范红梅找房子。章思敏去了房产中介，家园小区出租房不多，且面积大，又是精装修，价格不低，估计范红梅承受不了；附近的其他小区大多是商品房，价格更高。转了一圈，章思敏回家了。

章翰文问："房子找到了吗？"

章思敏说："哪有这么快？都是大房子精装修，估计红梅姐租不起。爸爸，你也帮着想想办法，你和物业工作人员熟悉，问问有没有车库出租？"

章翰文说："要说办法是有一个现成的，那就是在红梅房间加一个小床，让他们先挤一挤，然后再想其他办法。"

章思敏问："把老太太接到我们家？"

章翰文说："那还能怎么办？或者叫红梅和她婆婆住，军军到我的书房住。"

两天后，范红梅将老人接到章翰文的家里。范红梅忙前忙后，细心照料，老人的身体很快恢复了。农村老太太闲不住，下地就要帮家里做事，章翰文叫她注意休息，身体刚刚恢复，怕她累着。

老人总是说："我真的是没脸呐，养了这么个儿子算我遭报应，还害了红梅，亏得红梅和你们对我这么好。"

范红梅说："别这么说，虽然我和你儿子离了婚，可我们娘俩缘分还没尽。再说，你那时对我很好，我也应该孝敬你的。"一番话，说得老人眼泪掉了下来，拉着范红梅的手，直喊好闺女。

十七

贾美珍终于出院回家了，小文和章思聪搬过去陪她同住，章翰文这才放心。

自从贾美珍的左脑取出一颗鸽子蛋大小的肿瘤，肢体协调能力差了很多，过去很娴熟的广场舞现在跳不起来了，右手右脚好像老是不听使唤，她很失落。章翰文总是劝她："这是暂时的，你要多锻炼，迟早会康复的。"其实，章翰文专门问过脑外科医生，像贾美珍这种病，术后还需要相当长一段时间的康复。因为在手术过程中脑神经不同程度受到损伤，术后可能还会伴有癫痫的发生，这需要后续药物不断治疗才能最终康复。

章翰文晚饭后散步到广场，陪贾美珍一起锻炼。他心里清楚，贾美珍这次也算是死里逃生，心底顿生怜惜。如果贾美珍愿意的话，他想和她结婚，照顾她今后的生活。贾美珍手术回来之后，儿女们曾提起过他们俩的婚事，可是她却一口回绝："我不能临老了害了章老师。"章翰文心想：等她慢慢调整好了身体再说，也许那时她的态度就不一样了。

那天晚上广场舞散场，贾美珍跟着舞蹈队往回走，束姐悄声问："春节年货办得差不多了吧？"

贾美珍说："我女婿说今年年三十去饭店，他早就订了年夜饭，省得我们劳心费力的。"

束姐问："你女婿的脚好了吧？"

贾美珍想想，这几天是没有看到思聪，小文说他在棋牌室忙。束姐这么一问，她便停下脚步，问："我女婿的脚？他的脚怎么了？”

束姐说：“啊呀，你还不知道啊？”

贾美珍问：“到底怎么了？你快说啊。”

束姐吞吞吐吐地说：“看你晚上还来广场锻炼，我估计你女婿的脚好得差不多了，所以才问你的。听说他前几天跳窗脚摔骨折了，当天晚上就送去了医院。”

贾美珍问：“你听谁说的？”

束姐说：“你真的不知道？看我多嘴，你问问你女儿吧。”

贾美珍停下脚步，急忙拿出手机，拨打了章翰文的电话：“我问你，思聪最近是不是出了什么事？”

束姐继续往前走，赶上来的姜姐责怪束姐说：“你嘴真快，兴许他们都在瞒着她。”束姐有点后悔了。

姜姐说：“思聪这孩子，开棋牌室不告诉他爸和他丈母娘，出了事能瞒得住吗？幸亏这次没事，这样闹腾下去，迟早要出大事。”

束姐说：“你别一惊一乍的，开棋牌室的人多了，能出什么大事？”

姜姐说：“人家开棋牌室那是娱乐消遣，思聪他们搞赌场，一场输赢下来，玩得大得很哦。听说有好几个人在那里赌博，已经输得倾家荡产。”

束姐说：“都是钱在祸害人啊。棋牌室一天才能赚多少钱？听说一场牌九输赢就有好几万。”

章翰文接通电话，问道：“思聪怎么了？”

贾美珍说：“我不知道才来问你。”

章翰文问：“他到底怎么了？你是不是听到什么消息？”

贾美珍说：“算了，问你也是白问。”她挂了电话，直接拨打章思聪的电话。章思聪没接，她又打给女儿小文，小文接了电话说章思聪不小心崴了脚，现在没什么大事，叫他们别担心。

贾美珍说："没事就好。脚崴了？我怎么听说思聪是跳窗户摔成骨折的，你叫思聪接电话。"

电话里一片嘈杂，还是小文在说话："思聪在上厕所，不方便接电话。没事的，你们放心，很快就会好的。"

贾美珍觉得章思聪肯定有事，问道："你们现在在哪？"

小文说："在外面。妈，我们没事，放心，你多注意自己的身体，毕竟是做了大手术的人。"

贾美珍问："你不是说思聪在上厕所吗？怎么在外面？你们到底在哪？"

小文说："我们在家，刚回来，现在没事了，真的，你们别担心。"

贾美珍挂了电话，喊上章翰文一道去了女儿女婿的家。

一路上，章翰文听说章思聪脚摔骨折了，又是一阵着急。这个章思聪，在妈妈肚子里就开始跟着妈妈吃苦受罪：妈妈怀上他，为了躲避计划生育，躲在茅山镇的小姨家，出生后又送到茅山老家寄养；这个孩子从小身体不好，经常生病，八岁的时候妈妈又去世了。章翰文也觉得对章思聪有亏欠，所以什么事情都由着他的性子。章思聪上学时成绩不太理想，高中毕业考了个大专，混了三年，出了校门，想法倒挺多，可干啥啥不行。创业那会儿，章翰文明里投资，暗里补贴，亏了家里十多万。后来，章翰文把他推荐到一个培训机构教初中生数学。章思聪的学习成绩不好，但数学学得还不错。有了这份稳定的工作后，他认识了小文，两人顺利地恋爱结婚了。婚后，章思聪和小文经常吵架，一吵架小文就给章翰文打电话，多半是章翰文出钱出面协调解决。

那年拆迁，章翰文分了三套房，考虑到孙子今后上学，便卖了其中的一套，添了些钱又买了一套学区房。现在章思聪夫妻俩就住在这套学区房——春天里小区。

进了春天里小区，两位老人上楼敲门，没有声音。章翰文打儿子电话，问儿子现在在哪，儿子说在家。

章翰文大声斥问：“你在家，难道听不到敲门声吗？我就在你家门口。”

电话那端停顿好一会儿，章思聪这才不得不说出实情：“爸，我在医院，脚扭伤了，不碍事的，你就放心吧。”

章翰文说：“我们马上过来，你说在哪个医院。”

章思聪说：“市立医院。”

章翰文和贾美珍出了春天里小区，上了一辆出租车，急忙赶往市立医院。走进病房，章思聪躺在床上，腿吊在半空中。

贾美珍问：“你看你，住院了还不和家里人说？”

章思聪说：“这不是怕你们担心吗？没事了，脚崴了养两天就好了。”

章翰文问：“到底怎么回事？”

章思聪说：“喝酒喝多了，不小心崴的，真没大事。”

章翰文问：“骨折了吗？”

章思聪说：“没有骨折，就是崴了脚，肌肉挫伤，医生说过两天就能下地走路。”

贾美珍说：“明天我来送骨头汤。小文在接电话，她怎么这么忙？”

章思聪说：“妈，你自己身体还没恢复，就不要来回折腾了。这几天小文在医院陪我，我休息几天就能出院，你们忙你们的吧。”小文挂了电话回到病房，催促章翰文和贾美珍回家休息，说着便要送他们离开。

出了病房，贾美珍问小文："你给我说实话，思聪的腿到底怎么回事?"

小文说："他没跟你说吗？喝酒回家，不小心崴脚了。"

贾美珍说："我听到的可没这么简单，你们那个棋牌室可不能搞违法的事情。"

章翰文说："赌博可是要判刑的，千万不能胡来。"

贾美珍接着说："反正事情也出了，以后要警醒，你们俩好好商量一下今后的打算，找个正经的工作干，好好过日子。"

和小文告别后，章翰文说道："思聪这孩子真的不省心啊，总有一天会捅出娄子来。"

贾美珍说："你说俩孩子都这么大了，还要我们为他们烦神。结婚这么多年，也不生个孩子，只顾自个儿潇洒。以后我们过好自己的日子，随他们折腾去。"

章翰文说："你是说我们俩过好自己的日子?"

贾美珍白了他一眼，"你过你的，我过我的。"

章翰文笑了。

十八

作为教育工作者，章翰文桃李满天下，他是成功的。但是作为家长、思聪的父亲，他是失败的。章思聪从小娇生惯养，是他没有教育好。现在虽然快三十岁了，他也成家过上了自己的小日子，但好像始终都没长大。

章翰文现在的任务就是要照顾好贾美珍和自己的身体。从医院回来后，有一次贾美珍自己感觉不舒服，迷迷糊糊的，她赶忙躺下，休息了一会后又恢复了正常。事后她告诉章翰文，说自己可能又犯老毛病了。章翰文顿时心生紧张，对她说：“你不能这么固执了，赶快搬过来和我们一起住，这样也好有个照应。”

贾美珍说：“我现在身体不比从前了，身上的这个病像颗定时炸弹，不知道哪天会爆炸，这还不害了你？”

章翰文还是惦记着贾美珍的，每天打电话嘘寒问暖，隔三差五还去家里探望。除了照顾贾美珍，他每天还会到社区转转，做好业委会主任的本职工作，闲暇时间他还静下心来写点文章。

现在写文章和过去写文章区别很大。过去作为教育工作者，他的文章大多是关于学生、学校或者一线教学，当然也有一些诗歌、散文和随笔，写景抒情，抒发自己对生活的感悟和热爱。现在他写文章多是自己作为业委会主任的体验和感受，其中很多故事都是发生在自己的身边。最近他写的两篇文章，一篇是关于家园小区机动车整治工作的，一篇是以法院陪审员的视角对陪审案件的思考。一个六十多岁的退休老同志还能够与时俱进，对社会变革中产生的问题进行思考，并提出自己的见解和对策，章翰文自己还挺佩服自己的。

这天下午，章翰文打开电脑，准备写点东西。阳台外，天空灰蒙蒙的，紧接着下起了细雨，继而又飘起了雪花。这两年，雪也成了稀客，好像应景似的光顾一下。这时，他接到了社区党委书记胡清源的电话，胡书记叫他过去，说有重要的事情商量。

到了社区，胡书记说：“家园小区商业区有一排门面房，产权是区政府的。一个月前，这排门面房全部拍租出去了，其中有一间被电信公司租下来准备做服务大厅用，现在正在装修。据这间门面房的楼上居民反映说，楼下装修影响楼上安全，几个居民正在阻止施工。”

章翰文问：“到底是不是影响楼上安全？如果真的影响的话，

那肯定得停下来。”担任业主委员会主任之后，章翰文多少也了解房屋主体结构绝不能破坏的道理。

胡书记说：“请区住建委、技术监督局来看了，他们也安排了检测，结论是安全没有问题。”

章翰文说：“没有安全问题就可以正常施工。”

胡书记说：“这个事情持续一个月了，一开始我们社区也没介入，现在区里要求我们尽快配合解决，所以我就想到了你。”

章翰文说：“上门调解?”

胡书记笑起来，说：“做调解工作你们还是有优势的，我想请你们业主委员会帮我们协调一下。”

章翰文说：“胡书记，我们试试看。”

胡书记说：“行！哪天我们召集双方开个会，请业委会成员参加。我们现在去现场，了解一下基本情况，才好对症下药。”

说话间，他们走了出去。外面的雪花开始越飘越大。

章翰文感到肩上的责任重大。在一般老百姓的眼里，业主委员会主任根本就算不上是什么职务，好像只是摆设。但是在章翰文的心里，这个由法律赋予的维护业主权益的职务，代表广大业主行使权利，也是业主联系物业、社区、政府的桥梁和纽带，他一直尽职尽力，从不马虎。

来到商业区施工现场，装修一半的门面房门口堆放着建筑材料。胡书记说：“这上面有户居民名叫刘文军，据说是他牵头让大家阻止施工，总共有六七户，我们上门看看。”

他们从小区西北边的大门进了小区，到了这间门面房的楼上，敲了敲门，开门的是一位五十多岁的男子。

胡书记问：“刘师傅在家吗?”

开门的正是刘文军。刘文军说：“你是?”

胡书记自我介绍道：“我是社区的书记，叫胡清源，这位是小区业主委员会主任章主任。”

“你们有什么事吗?”刘文军问。

胡书记说：“楼下装修的事情拖了一个多月还没解决好，今天我们来看看，想进一步了解一下情况。”

刘文军说：“你们进来看看。”说完把他们俩领到房间，指着窗户一道斜裂痕说，“这就是楼下装修造成的，要不是我们及时阻止，估计房子都要保不住。”

胡书记说：“区住建委和技术监督局已经检测了，说没有安全问题。”

刘文军说：“住建委和技术监督局都是政府的部门，能不为政府说话吗？典型的官官相护嘛。”

“他们是有检测报告的。”

“那不简单？写一张不就行了?”

胡书记说：“我们要相信科学，不能做没有依据的判断，还是先认真看一下检测报告吧。哪天约个时间，我们到社区居委会开一个座谈会，把双方人员都喊来，你看怎么样?”

刘文军说：“不管怎么解决，你们政府都要为我们老百姓做主。政府不能只收钱，不管我们的安全。”

章翰文插了一句，“不会的，你要相信社区会处理好的。”

章翰文感到，这次遇到的是一块“硬骨头”。

十九

为了彻底解决这个问题，章翰文要充分了解情况，掌握更多的信息，为此他喊来程志浩商量对策。

程志浩说："这件事我知道一点，前期我们物业也介入过。当时区资产管理公司喊我过去，通过了解，我觉得这个事情有点棘手。"

章翰文说："胡书记叫我牵头调解，你看问题的焦点在哪?"

程志浩说："这楼上的居民不好说话，电信公司做事莽撞，事先也不招呼一声，现在变成了'夹生饭'。"

章翰文问："听胡书记说，经过检测，目前的装修不影响房屋整体结构，不存在安全问题，楼上的居民为什么还要阻挠呢?"

程志浩说："想要补偿吧。电信公司也是大公司，说自己缴纳了租金，却迟迟不能施工，影响工期，区政府不协调解决矛盾就算是违约，电信公司要解除协议赔偿损失，所以区政府找街道、社区尽快协调解决。"

章翰文说："这件事情社区是推不掉的，工作还是要做，我哪天抽空再上门去看看吧。"

章思慧说："爸爸，志浩他们物业公司的人都不愿意插手的事情，你能解决得好？别什么事情都揽下来，要学会拒绝。"

范红梅说："我看到大姨父的文章上报纸了！现在大姨父是理论实践都有了，说不定又能写出一篇好文章来。"

章思慧说："写文章、开展活动我是支持的，调解要看具体情况，解决不好反而影响自己的声誉。"

见女儿反对，章翰文心里很不痛快。他说："我有什么声誉好影响的？我做事情自己心里有数。我喊志浩来了解情况，也是协助社区工作，并不是以我们业主委员会的名义去解决，我们是协助调解。"

章思慧吃完饭，对还在饭桌上的程志浩说："你喝了酒不能开车，我去送海欣上晚自习。家里的自来水龙头好像松了，你去找工具紧一紧。”

程志浩吃完饭从章翰文家走出来，去物业办公室取维修水龙头的工具。外面的雪花越飘越大，草坪上、树枝上，都变白了。他手机滴答滴答响了起来，打开一看了，是“紫色的风铃”：“在干吗呢？吃了吗?”

他回了一句：“吃了，正在去物业办公室的路上。”

“晚上有时间吗?”

程志浩觉得回信息麻烦，便拨通了张美娟的电话，“张总，我现在在去物业办公室的路上，家里自来水龙头松了，去拿工具修一修。你在忙什么呢？还没休息吗?”

电话那头传来张美娟温柔的声音：“我没什么事情，和你说一下，今天维修的人来修了家里客厅的阳台，付伟明带过来的。他说既然是程经理的朋友，肯定认真仔细地修，保证满意。我就是告诉你一声，谢谢你啊。”

程志浩说：“没什么，这都是我应该做的。”

张美娟说：“以后住在这个小区，只有靠你关照了。”

程志浩说：“没事的。我在走路，还打着伞，打电话不方便，那就挂了，有事再联系吧。”

他心想，张美娟开了一个年收入上百万的公司，整日还这么轻松自在，比起自己来，当个物业经理，这么辛苦也挣不到什么钱，自己也过了创业的年纪，要是再年轻一点，自己也开家公司，非证明给他们看看不可。

他走进办公室，在工具柜里拿出生胶带和扳手。突然，他想起张美娟送给自己的那块手表，此刻就躺在最下面的抽屉里。他拿出那个盒子，打开来，秒针正在有节奏地转动着，周围一片寂静，声音清晰而有节奏。这块漂亮的手表放在程志浩的手上，真成了烫手的山芋。

他想打电话给张美娟，把手表还回去，可拿起电话他又放下了。他想不出来应该怎么说，说出来以后会不会让彼此都难堪。他又打开那块表，灯光下，那块表越发闪耀，发出刺眼的光芒。

他重新将手表放回抽屉，心里盘算着，等以后有机会还给张美娟，就说这块表不适合他。

屋外雪花漫天飞舞。程志浩回到家，妻子和女儿还没回来。他关了阀门，将自来水龙头拆下来，换上新的，重新安装上去。修好了水龙头，他拨通了妻子的电话，提醒她这么大的雪开车要小心。

洗漱过后，程志浩就上了床，可他脑子里还在想着张美娟，一个普通女人这么能挣钱，要是自己也能有一家公司就好了。他不知道张美娟的公司是用自己的青春投资换来的，他更不知道张美娟背后的寂寞、无助和悲伤。

想着想着，这一夜，程志浩失眠了。

二十

这一夜，同样没有睡好的，还有章思敏。原定第二天去南山敬老院参加志愿者活动，因为这场大雪差点被取消。好在天遂人愿，雪终于在第二天凌晨停了。

小区的树、花、草全都披上了银装。太阳虽然没有出来，但天空却明净了许多，高远了许多。雪后的空气很清新，气温很低。俗话说得好：冬天不冷，天就不晴。

章思敏收到群主方远的微信消息，问她怎么去南山敬老院。

章思敏回复说："开车。"

方远说："你要是开车，提前到奥体广场这边来，有一些慰问品放在你车上。”

章思敏说：“行，我这就去。”

章思敏开车到了奥体广场才发现，许多人都已经到了，边上停了几辆车，大家都在忙着把慰问品装车。送去的这些被子和食品，除了一家单位赞助之外，其余都是志愿者捐款购买的。装好物品后，大家一起出发。

方远拉开章思敏的车门，说：“我坐你的车。”

章思敏问：“你的车呢？”

方远坐在了副驾驶座上，说：“我的车给菱湖师大的几个老师开了，我的几个朋友。”

章思敏说：“可以嘛！现在我们的队伍越来越壮大了，够牛的啊你！”

方远说：“这就是小蚂蚁精神，一群默默无闻的普通人，汇聚在一起，形成一股强大的力量。我们的志愿者服务队伍在大家的热情浇灌下，发展起来还能不快吗？”

章思敏问：“今天来了几辆车？”

方远说：“六辆车，除了被子和衣服，还有装在你车上的这些食品。”

太阳出来了，照在雪地上，反射过来一道道弧光，划过人的眼睛，格外耀眼。车子不紧不慢地开着。章思敏首先打破了寂静，问道：“最近在忙什么？”

方远说：“今年感觉特别忙，寒假都没有去琴行上课。”

章思敏说：“工作还是要好好做的，要合理安排时间，工作、公益都不能耽误。”

方远在音乐坊教古典吉他，每年最忙的时候就是暑假和寒假，有时一天要工作十四个小时。他说：“现在手头有一件紧要的事情——写书，已经纳入市重大题材扶持项目，合同也签了。”

章思敏说：“那是好事啊，主题是什么?”

方远说：“纪实文学，志愿帮扶活动中的励志故事。琴行不那么忙了，我就把自己关在家里关了两个月，刚完稿。”

章思敏说：“恭喜恭喜，什么时候能拜读你的大作?”

方远说：“等春节以后，三四月份吧。”

章思敏敬佩方远：人有才气，很正直，也有爱心，想干什么就能干成什么。他的生活自己做主，而我们大多数人都是遵循着父母的意愿在生活。她对方远心存好感还有一个原因，那就是方远的外貌，卷曲的头发和走路的神态，很像钱俊。

南山敬老院地处菱湖市远郊，从南湖区一直往南五十公里处，途经姨娘山和南山，其中有一段山路。车子在铺满雪的山道上缓慢行进。

终于到了南山敬老院，敬老院的老人们早已坐在院子里晒着太阳，等候着志愿者的到来。前几天，敬老院的院长就告诉老人们，小蚂蚁志愿服务队今天来，给每人发一床新被子、一份大礼包，老人们就天天盼着。看到车队由远而近驶来，老人们满脸堆着笑，欢呼起来。

志愿者在院长的指挥下将被子和食品摆放在指定的地点，并吩咐老人们排队领取慰问品。

方远说：“快过年了，雨雪天气，路上湿滑，老人出门不方便，我们带了理发工具，给老人们理个发，让他们精神焕发地过个新年。”志愿者们摆好水盆、板凳，拿出理发的工具，准备给老人理发。一听说志愿者要给大伙儿理发，一时间老人们都拥了上来，志愿者维持着秩序，叫老人一个个按顺序坐下耐心等待。

章思敏和方远走到山坡上，眺望着山下的村庄和公路。

敬老院坐落在南山，南山过去便是姨娘山。这两座山虽然海拔不高，但远远望去郁郁葱葱的，真是个天然氧吧。此时的南山正沐浴在雪后烟煴中，显示着大自然山与树木交相辉映的和谐。

方远说："这些老人都是南山区和周边的孤寡老人。过去生活清贫寂寞，现在住在一起，也算有了个伴儿。只要能吃饱饭、穿暖衣，老人就知足了。上次来看到老人的衣服被子很破旧，就决定给他们添置一下新衣服和新被子。"

章思敏说："你还很细心啊。"

方远说："这里还有一个南山福利院，是原来的菱湖市儿童福利院迁过来的，有机会我们也去看看。"

章思敏说："好的，你们去的时候一定要告诉我。"

章思敏之所以要去福利院帮扶，不仅仅是因为她热心公益，更重要的是和她自己特殊的身世有关。

二十一

章思敏的手机响了，是郭梓峰打来电话，等她回去商量婚房装修的事情。章思敏说，现在她还在南山敬老院参加公益活动，等她回到市区联系他。

老人们的脸上爬满了皱纹，但掩盖不住欢喜的眼神。老人们理好发之后，志愿者们准备离开。临行前，院长和老人们欢送志愿者们。院长说："今天，小蚂蚁志愿服务队的同志们冒着严寒，从市区特意赶过来给我们送温暖、送服务，谢谢你们对老人的关心，对公益事业的关注，对此我们表示衷心的感谢。"院长带头鼓掌，敬老院们的老人们也纷纷鼓掌。

方远说："我们今天带来的这些物品，就是表达一下我们的心意。你们辛苦了大半辈子，现在应该安度晚年。我们小蚂蚁志愿服务队和咱们南山敬老院结上了对子，今后有什么困难，我们尽力帮助。春节到了，我代表小蚂蚁志愿服务队，给老人们拜个年，祝老人们健康长寿。”

志愿者们和老人们拍照留念后，志愿服务队开始返程。上了车，方远问：“下午有事吗？我知道你平时很忙，难得休息。”

章思敏说：“还有点私事。”

方远说：“不重要的话，就一起去放松一下。菱湖市有一个世外桃源，我们搞了一个沙龙，我带你感受一下。”

章思敏：“在哪？”

方远：“一会儿我带你去。”

章思敏说：“好吧，我也去体验一下不一样的生活。”

到了奥体中心，章思敏打了郭梓峰的电话，说下午她还有点事情，去装修公司的事情改天吧。

车子经过菱湖师范大学，开进了一个叫“风上坡”的院子。这里绿树成荫，亭台楼榭中有序摆放着精致的桌椅。陆陆续续，三三两两的人也走了进去。迎面挂着一个额匾，上面写着“诗词阁”三个字。里面便是一间大厅，还有一个精致的小舞台，下面有十几排座位。

进来的人在座位上坐了下来。台上有人在朗诵，是一首诗歌。一首结束，台下回以热烈的掌声。这时，一位中年男同志走上了舞台，开始声情并茂地朗诵起来：

不是一切大树
都被风暴折断
不是一切种子
都找不到生根的土壤
不是一切真情

都流失在人心的沙漠里
不是一切梦想
都甘愿被折断翅膀
不、不是一切
都像你说的那样
不是一切火焰
都只燃烧自我
而不把别人照亮
不是一切星星
都仅指示黑暗
而不报告曙光
不是一切歌声
都只掠过耳旁
而不留在心上
不、不是一切
都像你说的那样
不是一切呼吁都没有回响
不是一切损失都无法补偿
不是一切深渊都是灭亡
不是一切灭亡都覆盖在弱者头上
不是一切心灵
都踩在脚下、烂在泥里
不是一切后果
都是眼泪血印，而不展现欢容
一切的此刻都在孕育着未来
未来的一切都生长于它的昨日

期望，而且为它斗争

请把这一切放在你的肩上

二十二

风上坡曲径通幽，可谓是一个难得的好地方。

1887年，英国、法国和西班牙等国家在菱湖兴建了几栋西洋建筑，英国驻菱湖领事馆就修建在风上坡顶。1935年，菱湖市政府在风上坡旁修建师范学校，几经扩建，也就成了后来的菱湖师范大学。自此，风上坡与文化教育有了很深的渊源。2012年，经菱湖市人民政府批准，风上坡老城区被打造成风上坡文化产业园，并被列入市重点文化产业项目。

章思敏以前没有来过这里，今天一来，感觉有点震撼。他们坐在“诗词阁”里听着台上的人在朗诵诗词，方远小声说：“这个厅原来是英国人建的会客厅，早年是菱湖市作家协会会员创作基地，后来就闲置下来，现在经过改造成了会员读书、交流的场所。因为有了一些影响，所以逐步对外开放，吸引了不少文人。大家坐在一起，喝喝茶，聊聊天，看看书，有兴趣的还会朗诵自己创作的或者名家的诗歌。”

章思敏说：“嗯，这里的环境真不错。”她心想，文人就是有情趣。

方远问：“你愿意经常来吗？”

章思敏笑了笑，说：“好，有机会就来。”

方远喝了一口水，说：“我也上去朗诵一首。”说着，健步走上舞台。

延伸，向天边外

无尽的路呵

多少人丈量过，无人问津

也无人知晓

弯弯曲曲的小径

安静地记录着

一步一步的脚印

却也风干在岁月里

树木是路的风景

鸟鸣山更幽，那也是

路边风景里的歌者

洒落在山野里浪漫的乐音

曲径通幽

那是连接山外的一个

必经之通道

在空旷原野上，江南的烟云里

浑厚、低沉的男中音，声情并茂的朗诵，赢得了台下一片掌声。章思敏也忍不住为他鼓掌。她一边鼓掌，一边思索着最后一句“在空旷原野上，江南的烟云里”。她仿佛看到了烟雨绵绵的垂柳下那个遥不可及的地方，在诗歌里，在梦里，竟然这么美。她爱上了那个美丽的地方。

那是她永远珍藏着、不能触碰的地方，但是，今天方远触碰到了。

台上又上来一位女士，她在朗诵之前，播放了配乐，显得更加梦幻和艺术。

方远走下舞台后，没有回到原来的座位，而是招手示意，叫章思敏到后面的座位上。章思敏端着茶杯，和方远走到了后面。

章思敏说："挺好的。"

方远问："是诗歌好，还是朗诵得好?"

章思敏说："都好，都好。感觉在这里待着很放松。"

方远说："外面有长廊，后面有竹林，下面还有藏酒的地下室，有机会我带你去转转。"

章思敏说："难得的书生意气、激扬文字。"正说着话，手机响了，是郭梓峰打来的。

郭梓峰问她现在在哪里，她说还和小蚂蚁志愿服务队在一起。

方远说："事情太多，没有安静的时候。"正说着，章思敏的电话又响了，这回是社区的书记胡清源。胡书记说，明天周一区长到家园社区去慰问，叫她做好接待工作。

章思敏有些坐不住了，她说："咱们回去吧，明天还要上班，希望早日看到你的大作。"

方远说："书出来，我第一个送你。"

章思敏说："要签字啊。"

方远笑了笑，他们就此告别。

二十三

郭梓峰会议结束后，就等着章思敏联系自己，可等了两个小时也没有消息。和装修公司约好的时间，看来又泡汤了。下午无事，他便一个人去了装修公司，选了几个方案带回去供章思敏最后敲定。出了装修公司，郭梓峰一个人在街上转悠，觉得心里空落落的，猛然想起了贺志远，他拿起手机，问贺志远在哪。

贺志远说："在家休息，开了一上午的会，感觉有点累。"

郭梓峰说："当上一把手了，肯定压力也跟着来了。"

“你怎么没事似的？在哪呢？”

“我在市里，要不晚上喝一杯？”

“好啊，等会把晚饭做好我就过去。”

“我订好地方发地址给你。”

贺志远有个好习惯，下班回家总是先把饭菜做好，即便自己出去吃饭，也是如此。开始的时候是为了讨好老婆，后来变成了一种习惯。为此，郭梓峰笑话过他，把老婆惯坏了。

郭梓峰已经有十多天没有见到贺志远了。当上街道办事处副主任，就算是跨上了一个新平台，过去不曾关心的事情，现在都要留心，要考虑的事情自然多了。今天太阳出来以后，雪化得差不多了。他想起来明天道路肯定要结冰，立刻打电话通知党政办主任，明天上班就要安排街道机关干部上路清除冰雪。

街上新开了一家叫“江鱼馆”的饭店，饭店虽然不大，但味道还不错，郭梓峰便把地址发给了贺志远。他进去先点了一条江鲳鱼，一个牛肉火锅和一盘炒青菜。

半小时后，贺志远赶了过来。

贺志远问：“今年打算结婚吧？”

郭梓峰说：“下午去装修公司，本来喊思敏一起的，哪知道一早随小蚂蚁志愿服务队去南山敬老院慰问了，现在不知道回来了没有。”

贺志远说：“她做公益，你可要支持。”

郭梓峰说：“那是肯定的。”

贺志远说：“上午开了党工委会议，安排了一些事情。现在大家都忙，事情多，会议多。拆迁工作不好做，拆迁户要求高，甚至有不合理的要求，既要符合政策，又要满足群众要求。”

上午召开了党工委会议，街道班子成员每人身上都有任务，郭梓峰头上也有拆迁任务。所以，以后下班，他还要抽时间去做拆迁户的工作。区里几个重大项目都在南城街道落户。

酒上来了，两人边喝边吃边聊。

贺志远说：“我们街道办还差一个党工委副书记，现在抓党建任务重，搞党建、宣传是你的强项，你做这项工作很适合。我向区委组织部长推荐了你，他说等区委集中研究人事问题时再议。”

这话说得不假。党工委副书记这个职位郭梓峰还是能够胜任的，就看有没有机会了。一路走来的这些年，贺志远和郭梓峰工作上相互配合，生活上相互照顾，已经很默契了。现在，郭梓峰真的要倚靠贺志远这棵大树了。

郭梓峰说：“向阳街道的工作主要是围绕社区建设开展，要是我能去向阳街道工作，凭着我俩的默契程度，工作肯定会有新起色。”

贺志远说：“我也是这样想的。”

郭梓峰上洗手间后直接去收银台买单，收银员说，单买过了。

“这个贺志远，我喊你吃饭，你倒好，先把单买了。”正在心里嘀咕，郭梓峰看到范红梅和一位男人坐在卡座吃饭。范红梅正在专心说话，男人仔细地听着。郭梓峰赶忙走了出来。

贺志远也从包厢出来了，笑着对郭梓峰说：“在我家门口吃饭，当然我来买单，等你到向阳街道来工作再好好请我。”

郭梓峰说：“一定！我就等着请你了。”

贺志远说：“多和区委组织部联系，多汇报工作，好好干！肯定有机会。”

他们边说边走了出去。外面寒气袭人，道路已经结冰，街上行人稀少，路灯暗淡，整座城市好像也被冻了起来。

二十四

在年三十的前几天，贾美珍的癫痫病又发作了，和往常一样，没有任何征兆。

章翰文打了120，把她送到了医院。医生说，术后癫痫还是有可能会复发，便开一些药带了回来。这次贾美珍发病，章翰文是亲眼见到的。看到贾美珍突然倒下去的那一刻，章翰文心里难过极了，他感到死亡随时都在等着她。

年三十晚上，章翰文喊贾美珍来吃年夜饭，并当着儿女们的面宣布，开年后他要和贾美珍登记结婚，让贾美珍住到家里来。

章思慧和章思敏表示支持，章思聪张着嘴，想说什么，话又咽了回去。

章翰文看着儿子说：“你们忙起来都找不到人，你妈一个人要是跌到哪里爬不起来，怎么办？”

贾美珍打断章翰文：“你是医生？和你在一起，你就能保证我不犯病了？病生在哪个人身上，都是没办法的事。我也不怪子女，他们也有自己的生活。”

章翰文继续说：“你们有意见就发表，都不出声就当你们同意了。我这也是发扬民主。”

贾美珍说：“你就不问问我的意见吗？”

章翰文说：“你是病人，以后的监护权交给我，不需要跟你商量。”

贾美珍说：“婚姻法规定，结婚自愿，你还没问我同意不同意呢！”

章翰文说：“那我问你，你同意不？”

贾美珍说："我不同意，甚至我还没考虑呢。"

"先前你不是和我说，遂了孩子们的心愿吗？"

"先前是先前，现在是现在。"

"你也不能拆我的台吧！这事我们再商量，你们先有个思想准备，这个事情年后还是要办的，也请贾美珍同志做好思想准备。红梅，你婆婆呢？等她回来我们就开饭。"

范红梅说："我们先吃，别等她了。"

章翰文说："平常也就算了，过年嘛，大家一道吃热闹。"

程志浩人坐在饭桌上，心里却想着别的事情，以至于章翰文宣布自己要结婚，他也没在意。他的手机里不时地传来"紫色的风铃"发来的信息："你在家过年吗？方便的时候给我回个信息。"

程志浩心想，张美娟又怎么了？要是家人这个时候看到这样的信息，他怎么也解释不清楚。

又来了一条："今年我女儿没回家，我一个人过年，好寂寞啊，想你。"

这样提心吊胆的，还叫人过不过年啊？他起身去了卫生间，索性关了手机。

回到桌子边，女儿海欣过来了。章翰文问："海欣，还有四个月就要高考了，目标是哪个学校啊？"

海欣说："不知道。"

章翰文说："不知道可不行啊，既要有目标，又要有方法。听你妈妈说，你的成绩比较稳定，好好干。"

程志浩说："从高三开始，她妈妈每天晚上就陪着她学习，天天熬夜。"

海欣说："那叫陪吗？那就是监视。"

程志浩和章翰文还在说海欣高考的事情："海欣这学期成绩稳

定，在班上都是前十名。她自己心高，想考个‘985’高校，目标城市是广州、上海。”

章翰文说：“就在离家近的城市不好吗？女孩子跑那么远，家里人也不放心啊。”

程志浩说：“这孩子早就想飞出去了。她说，上大学就要离我们远远的，省得还继续听我们唠叨。”

章翰文说：“从现在开始，你们要多关心她，成绩要稳定，情绪更要稳定。”

章翰文又问：“周妈回来了吗？”

章思敏说：“这个老太太每天起早贪黑，也不知道在忙什么。”

章翰文说：“兴许遇到了熟人。”

范红梅说：“她在车库附近遇到茅山镇的同乡，那个人和我婆婆是亲戚，在这里遇到熟人不容易，所以多聊了两句。”说话间周妈回家了。

章翰文宣布开始吃年夜饭，章思慧、范红梅、章思敏忙活着端菜、倒酒、摆餐具。

章翰文对章思敏说：“今年年夜饭，我们增加了周妈和你贾姨。明年年夜饭我们还要加人，但主要看你。”说完看着章思敏。

章思敏扮个鬼脸，说：“一定！新年一定把自己嫁出去。”

周妈坐在范红梅身边，看着一家人其乐融融，直夸章翰文福气好，子女孝顺，家庭和睦，一家人不仅对范红梅好，连她这个外人也没怠慢。

章翰文说：“你住在这也不要见外，你和红梅缘分没尽，情同母女，就让红梅照顾你，你就把心放在肚子里吧。”说完，先给周妈夹了菜。

一家人其乐融融，从工作谈到家庭生活。章翰文在酒精的作用下，红光满面，滔滔不绝。

范红梅双手端起酒杯，走到章翰文跟前说：“我敬大姨父和贾姨一杯酒，祝大姨父和贾姨身体健康，祝大姐大姐夫家庭幸福，祝表妹早日结婚，祝海欣金榜题名，祝思聪和小文生意兴隆。承蒙大姨父的关心，没把我、军军和我婆婆当外人。”

章翰文端起杯子说：“红梅，我们本来就是一家人嘛，你这样一来，就把自己当外人了，我们一道喝，也祝你事业有成。”

章思敏对范红梅说：“还祝你早日找到如意郎君。”

程志浩也站起来，说：“红梅，你不是找了新的单位吗？拿出自信出来，祝你在工作中得心应手，事业有成。”

章思敏说：“我们家红梅就是能干，在城里打拼两年完全变了个人，祝你早日过上幸福的日子。”

章思慧端起杯子说：“希望我们每一个人都能心想事成，希望大家都能得到幸福，长长久久的幸福。来，干杯！”

吃完饭，章思敏和郭梓峰去看电影，范红梅跟随新单位金世纪房地产开发公司去海南旅游。

自从范红梅告诉大家换了一家新单位，一家人都为她高兴。在章翰文的眼里，推销酒毕竟不是固定工作。能进房地产公司就是有了一份固定工作，工资福利自然就提高了，春节还安排员工去海南旅游。一家人对范红梅的勤奋努力有目共睹，只是范红梅的文化水平低，担心职场复杂陷阱多，怕她吃亏。

范红梅吃完饭，和大家一一告别。她对儿子军军说：“妈妈不在家，要照顾好奶奶，一定要听爷爷和小姨的话！我要出差几天，回来会给你带礼物。”交代完后她就拖着行李箱出门了。

章翰文心想：金世纪房地产开发公司真是慧眼识珠，还真选对了人！红梅做事认真，这两年的推销工作也锻炼了她的能力。

此时，外面“噼里啪啦”的鞭炮声增添了些许年味。章思慧收拾好桌子，章翰文和程志浩重新坐下来。程志浩知道，老人喝了点酒喜欢说话，他就是忠实的听众。耐心地听老人说话，也是体现孝心。章翰文和程志浩又聊起了门面房装修的纠纷来，后来他又上了一次门，刘文军仍然还是那种态度：即使检测没问题，还是不能施工。章思慧收拾好厨房，带着海欣回家了。程志浩说再坐一会儿，回家之前到小区里转一下，虽然晚上安排了人值班，但是他还是要去看一看。

说话间，章翰文的手机响了起来。只听章翰文说：“在我这……好，好。”说完把手机递给了程志浩。

程志浩接过手机“喂”了一声。

电话里传来急促的声音：“程经理，你快过来，真要出大事了，小区着火了，打你电话一直关机。”电话是付伟明打来的。

程志浩赶紧一边开机，一边跑向火灾现场。

远远的，一片火光冲上了天，把天空照得通红，火光之外便是黑烟滚滚，烟雾从窗户、楼道直往外冒，周围人群嘈杂声一片。有人在火灾刚发生的时候就报了警。此刻，消防车的警笛声由远及近……

这时，程志浩的手机又响了起来。他看着手机里显示的名字，感到一阵恼火，要不是她不停地发信息，他怎么会关掉手机呢？差点误了大事。他倒要听听她到底要干什么。

“你终于接电话了。永别了——我要去另一个世界了，和你做最后的告别，毕竟你是我喜欢的人。在这个万家团圆的时候，我跟你以及这个世界永别了——”声音很微弱，气若游丝一般有气无力。

程志浩有点不知所措，但冷静下来后，他很快就判断出：张美娟出事了！他冲着电话喊："你怎么了？怎么了？"

"永别了！"

他毫不犹豫赶紧朝着张美娟家奔去。他一路狂奔到15号楼，路上，他打了付伟明的电话，说自己有点事，叫他紧盯着火灾现场，有情况立刻和他说。

二十五

年夜饭吃完后，郭梓峰就在小区等着章思敏。两个人先前就约好，除夕晚上去万达影城看电影。

郭梓峰在小区转悠着，一边等章思敏，一边查看小区的卫生和机动车停放的情况。也许是过年的原因，小区的车辆明显增多，路面乱停乱放的车开始增多。

小区的安全问题也是郭梓峰分管。大年三十，街道虽然安排了机关干部和社区工作者巡逻值班，但是郭梓峰还是不放心，特地增加了值守人员。他心想，等电影看完再回来巡查一遍，以确保万无一失。

章思敏打来电话，让郭梓峰在小区门口和她会合。他们坐上公交车，来到了市中心的万达影城。下车后，大街上有点冷清，没有太浓的节日氛围，小摊小贩也不见了。这个时间点，大多数的人都应该在家中享用年夜饭。

他们来到万达影城的前台，正准备买票。这时，郭梓峰接到胡清源的电话，说小区发生了火灾，值班的社工发现后已经打了报警电话，大家要马上赶过去。郭梓峰立即打程志浩电话，想询问一下现场是什么情况，可是程志浩手机关机了。到底什么情况？

郭梓峰问章思敏："你姐夫去哪儿了？"

章思敏说：“我出来的时候他还在家，你打我爸电话问问。”

郭梓峰打了章翰文电话，章翰文说程志浩刚刚得到小区失火的消息，现在已经赶去了现场。

“思敏，我们赶紧回去。”

两人上了一辆出租车。路上，郭梓峰把家园小区发生火灾的消息向街道办事处的赵书记汇报。赵书记指示他立即赶到现场，保证救火现场的安全，有消息及时报告。

等到他们赶到火灾现场，消防车已经停在小区门外。小区道路两边停满了汽车，别说消防车，就是车身稍大一点的车都很难通过。胡清源大声指挥着，联系业主让停在道路两边的私家车全部开走，消防车最后勉强通过，在对现场情况有了了解以后，消防人员开始展开灭火，火势逐渐得到控制。

郭梓峰这才想起来有程志浩这么一个重要的角色，忙问付伟明：“程志浩呢?”

付伟明说：“他来是来了，接到一个电话又急匆匆走了。”

郭梓峰问：“去哪了?”

付伟明说：“说是去了15号楼……好像有事，很急。”

郭梓峰问：“什么15号楼？你说清楚点。”

付伟明看了看章思敏，将郭梓峰拉到一边，说：“程经理好像和15号楼的一位女业主关系很近，不知道有什么急事，叫我在这里盯着，具体什么情况我也不清楚。”

胡清源叫章思敏马上去社区办公室，将小区户况信息找出来，查看失火楼栋的居民信息，立刻派人逐户清查。

郭梓峰打电话给程志浩：“喂，志浩吗？你在哪?”

程志浩说：“我在小区，这边有点紧要的事情，现在不方便说。”

“到底是什么事？怎么不能说？你知道吗，小区里发生了火灾，我们还不知道里面的人员情况，你这个负责人不在现场，你清楚你在干什么吗?”

“我不是跟你说了吗？我这里事情也很紧急，也是人命关天的事，人都快不行了，要死人了。”

“死人了？死什么人？这里发生的是火灾，里面还不知道有没有人员伤亡，你赶紧过来。”

“我暂时过不来，消防车已经到了，付伟明在那盯着是一样的，有事你跟他说。”说完就匆匆挂了电话。程志浩火急火燎的，那是因为真的发生了急事，张美娟在家吃安眠药自杀了。

这几年，每逢春节或者暑假，张美娟女儿都从北京回来。今年她女儿在北京实习，找了工作，也有了男朋友，自然就没有回家。大年三十，张美娟感觉孤苦伶仃，她一个人自斟自饮，一边喝酒，一边听着电视机里的欢声笑语，不禁潸然泪下。这么多年努力经营的家庭，现在自己居然落到如此境地，她越想心里越失落。毕竟自己才五十出头，怎么就过得如此凄凉？她给程志浩发微信想寻求安慰，结果程志浩也没有回复，给他打电话，他也不接。她想：难道这世上的男人都这么无情吗？她突然感到这样活着太没意思，当场决定结束一切。她吞下一整瓶安眠药，可又心生后悔：我的女儿，她知道了不知会急成什么样，我不能给她增加痛苦，怎么办？打电话给程志浩！她拼命拨打程志浩的电话，可是程志浩的手机一直处于关机状态，再打，还是关机，她就继续打……程志浩终于接电话了。她很激动，这个电话既是和程志浩告别，也是在向程志浩求助。打完电话，张美娟像是完成了一项重要任务，紧接着就昏迷了过去。

来到张美娟家，敲门没人开，打电话没人接，没办法，程志浩只好找了一家开锁公司，好在开锁公司就在小区附近，认识程志浩。打开房门，张美娟已经不省人事了。他立刻报警，打了110和120。

他在等救护车的时候，郭梓峰打来电话，他根本没有听进去郭梓峰说了什么，毕竟人命关天啊。

张美娟应该还有亲属，他拿起张美娟的电话，在联系人里找到了“女儿的爸爸”，这个电话应该就是她老公的。对！打电话给她老公，这样他就能安然抽身了。

拨通电话，程志浩告诉对方张美娟在家自杀了，叫他赶紧赶过来。

对方有些不知所措，只说了一句“知道了”。

二十六

家园小区发生火灾的时候，刘金坤和范红梅正坐在赶往机场的大巴车上，准备飞往海南。接到张美娟自杀的消息，刘金坤觉得有些扫兴，和身边的范红梅说：“老婆出事了，我得回去，你到了机场和小王一道出发。”

“啊？你老婆是不是知道了我们一起出去了？”

“她不知道。”

“那她究竟出了什么事？”

“可能是自杀。”

“那我们一道回去吧，真出了人命，到时候大家都不好收场。”

“那我们回去吧。”

他们在服务区转乘另一辆车赶回菱湖市。

四十分钟之后，刘金坤打张美娟的电话，还是程志浩接的，询问他张美娟现在人在哪。

程志浩说，人已经送到市立医院，正在接受抢救。

程志浩一边坐在抢救室外的椅子上等待，一边看着手机里家园小区业主微信群，里面有火灾现场的图片，还有围观群众的评论留言，几乎是骂声一片。有的责怪物业公司管理不到位，楼道里的杂物清理不干净；有的责怪居民素质差，楼道里乱堆乱放杂物，还将私家车停在消防通道上，以致消防车无法快速到达火灾现场，影响火情控制；有的爆料火灾起因，说是有居民在楼道里焚香导致的，也有人说是有居民乱放烟花导致的。

刘金坤带着范红梅赶到医院，范红梅说："我这时候出现恐怕不合适，还是先走吧。"说完上了一辆出租车回家了。

刘金坤来到抢救室，程志浩说："我是家园小区物业公司的经理，我姓程。你爱人在家吃了安眠药，我发现以后就报了警，现在人还在抢救室抢救，估计没有生命危险。你在这照应着吧，小区发生了火灾，我得赶回去。"说完，程志浩便匆匆离开了医院。

刘金坤走进病房，张美娟虚弱地躺在病床上，眼睛还没有睁开。

程志浩走出医院，上了一辆出租车，赶紧和付伟明联系。他询问了火灾现场的情况，并说自己马上赶来现场。

付伟明说："街道的郭主任、社区的胡书记都还在现场，现在楼道里火已经扑灭了，但烟还很浓，一时半会散不掉，等烟雾散了，再组织保洁人员清理现场。"

程志浩到达火灾现场，将火灾情况通过电话报告给了物业公司高总。高总说："有什么新情况立刻向我报告。"

程志浩说："好的。"

郭梓峰把程志浩拉到边上，问："你到底怎么回事？刚才去哪了?”

程志浩说：“小区有个业主在家自杀了，我把她送去了医院。”

郭梓峰问：“人怎样了?”

程志浩说：“经过抢救，已经没有生命危险了。”

郭梓峰问：“男人女人?”

程志浩说：“女人。”

郭梓峰说：“想不到啊，你还有这能耐！你看这事弄得，大姐知道吗？章思敏刚才还来这里找你，好在胡书记安排她到社区找资料去了，不然肯定会露馅。她那脾气，要是知道你的破事，保准回家炸了锅。”

程志浩说：“怎么了？业主自杀和我有什么关系?”

“没有关系你能放下这边的事情不管跑过去?”

“毕竟人命关天，她要是不打电话给我，我能去吗?”

“她为什么给你打电话?”

“不是你想的那样，我们真的没什么。”

“你就别自欺欺人了。如果没你什么事，她自杀过后为什么偏偏给你打电话？你是她什么人？这事先不说，你赶紧安排人上楼查看住户情况，看看火灾有没有造成人员伤亡和其他损失。”

浓烟渐渐散开。程志浩带着保安人员和保洁人员上楼查看情况。电梯已经停运，人行楼梯被水淋湿了，水顺着台阶往下淌。他们一层一层查看，在16层楼道发现地上躺着一个人。程志浩的心立刻提到了嗓子眼儿，他打电话把情况告诉了楼下的郭梓峰，叫他赶紧报警同时拨打120急救电话。16层住户家的门开着，他们进去搜寻，也没有发现其他人。社区胡书记电话联系章思敏，叫她查一下23号楼一单元1603的户况信息。消息传来，这户住着一位73岁的老人，名叫朱大水。老人独居，儿子叫朱隶敏，住在市区其他小区。

章思敏电话联系到了老人的儿子朱隶敏，说老人出了意外，人已经送到市立医院，叫他们立刻赶过去。

程志浩和付伟明送老人去医院，郭梓峰在社区等消息。其实，老人被发现时已经没有了生命体征。事后很多人猜测：可能是楼下发生火灾，老人想开门出逃，被烟雾熏倒后窒息死亡。

老人的儿子赶到医院，得知老人已经去世，表示不能接受这样的事实。他说，老人晚上在自己家吃完年夜饭就回家了，仅仅过了几个小时，怎么就成了这样？早知道这样，他无论如何也不让老父亲回家。

程志浩将老人已经去世的信息告诉了郭梓峰和物业公司的高总。

郭梓峰紧接着向街道赵书记做了汇报，赵书记叫他们通知物业管理人员马上到街道办事处开会，商量解决方案。

二十七

深夜，刺骨的寒风迎面吹来，直往领口里面钻，吹在脸上刀割一般地疼。郭梓峰、胡清源、程志浩从家园小区火灾现场往南城街道办事处赶。

进了会议室，打开空调，顿时让人感到暖和了许多。郭梓峰从办公室拿出几盒方便面，烧了一壶开水，几个人都饿了，一碗热面下肚，胃也舒服了很多。新年的钟声即将敲响，此时的小会议室里灯火通明，新的一年竟然以这种方式悄悄来到。

赵书记和高总几乎是同时来到了会议室，大家坐下来，郭梓峰汇报了火灾的大致情况：16楼73岁的独居老人叫朱大水，可能发现起火想外逃，结果被浓烟堵在楼道内，最终窒息死亡，现在已经联系到老人的儿子。

赵书记问："在起火到消防车到达现场这段时间，我们做了哪些工作？"

胡清源说："我们社区值班人员接到楼栋长电话后，就立即报警，并电话通知了我，我立刻往现场赶；同时，物业人员也接到了居民电话，立刻到地下负一层开启了消防联动系统。街道、社区、物业工作人员陆续都赶到现场。但消防车在进人小区后由于道路不畅耽误了时间，但时间不长，私家车被疏散后消防车抵达现场实施灭火。"

赵书记问："耽误了时间，哪怕很短，也是物业公司管理不到位。"

胡清源说："我们先是想办法联系了车主，后来为了抢时间，消防车强行通过，造成一些私家车车身有擦痕。"

赵书记说："死者家属那边，我们要注意动向，毕竟老人不在了，我们要主动关心帮助。明天社区和物业人员主动联系死者家属，送点慰问金。"

程志浩说："我们回去就安排。"

高总说："了解一下死者家属的诉求，及时汇报，不要急着表态。"

程志浩说："我知道。"

赵书记说："物业要主动担当，高度关注死者家属的情绪。有矛盾，我们共同面对，千万不能拖着不解决，不能小事拖成大事，拖出大矛盾就不好解决了。"

高总说："赵书记你放心吧，我们明天上午就开始处理善后，如果家属的要求在合理范围内，我们一定会承担，不会再给政府添麻烦。”

赵书记说：“你们一夜没休息，先回去休息一会吧。郭梓峰，你将情况汇报给区安监局，我马上向区主要领导报告。”

郭梓峰说：“好，我尽快将情况汇报上去。”

走出会议室，天仍然是黑的，但有烟花在天边亮起，噼里啪啦的声音越来越密，仿佛在告诉人们：新年来了。

程志浩回家洗洗睡下已经是清晨五点了，后来他是被电话吵醒的。电话是物业值班人员打来的，说死者家属到物业办公室门前搭灵堂，已经把物业办公室的门堵起来了。程志浩一骨碌爬起来，此时已经是上午十点。洗漱过后，他赶往物业办公室，并在路上将情况向社区书记胡清源作了汇报。

物业办公室门口，几个人正在搭灵堂。保安人员正在阻止，双方僵持着。见程志浩来了，保安吴成斌说：“发生这样的事情，我们也不愿意看到。昨晚救火我们也忙了一夜，大家都尽力了。你们先把灵堂撤掉，有话我们好好说。”

死者家属中一位主事的四十多岁的高个子男子站出来，自我介绍道：“死者是我的姑父，昨晚老人突然去世，我表弟悲痛欲绝，现在还没缓过神，人已瘫倒在家。我姑父是被你们害死的，在这里搭灵堂，就是让其他业主看看你们物业公司到底有多么不负责任。”

程志浩说：“我们非常理解你们的心情，上午也是要准备和你们联系……”

高个子男子说：“说得好听，要是我们不来，你们会主动联系我们吗?”

“只怪我，早上一躺下就睡沉了，直到刚刚才醒。”程志浩说道。

“你就是程经理？我们就在物业公司门口搭灵堂，以表达对物业管理的不满。”

这时程志浩手机响了，是社区胡书记打来的。胡书记让他把死者家属喊到社区会议室，大家坐下来沟通一下，另外先准备5000元慰问金。

程志浩请示了物业公司的高总，高总同意了，叫他先和死者家属沟通，有结果再汇报。

程志浩一边邀请死者家属到家园社区坐下来商量解决方案，一边安排付伟明准备5000元现金带到家园社区来。

来到会议室，胡清源已经坐定，他是奉街道郭梓峰主任的要求先和死者家属见个面，了解一下家属的诉求。物业人员先谈，有什么结果再汇报，这个时候如果街道直接顶在前面，下一步谈判就没有回旋的余地，不利于问题的解决。

付伟明将装钱的信封交给了程志浩。

社区胡书记首先介绍了社区、物业的参会人员，对死者家属表示同情和慰问，并将提前准备的慰问金交给了死者家属。高个子男子接过信封，放在桌子上，说：“早上到物业办公室，保安说社区和物业的工作人员昨天忙了一夜，我对你们的辛苦工作也表示感谢。老爷子躺在太平间，表弟还在悲痛之中，家也不成个家了，所以我先来问你们要一个说法。”

胡书记说：“对这起突发的意外事件，我们理解你们的心情，既然事情已经发生，我们总要面对，大家本着实事求是的精神来解决。”

高个子男子说：“胡书记，你不能这么说。我们认为这不是意外事件，而是一起责任事故。小区业主群里的讨论想必大家也看到了，我们认为小区道路不畅、延误灭火时间是导致事故发生的主要原因。还有，你们的消防联动系统到底起没起作用，最佳救火时间物业工作人员在哪?”

会场一下子静了下来，他的话不是没有道理。

程志浩说：“起火后，老爷子自己开门逃生遇到烟雾，导致不幸事件的发生。物业当时处置也是及时的。”这时，他的手机里传来“滴答滴答”的微信提示音，他打开一看，是“紫色的风铃”。

胡书记说：“你们家属还有其他意见吗?”

高个子男子说：“人就这么无缘无故地死了，我们家属都无法接受，这次事件给我们带来很大的精神打击。为了讨回一个公道，我们要求赔偿七十万元。”

会议室里一片寂静。

胡书记说：“我开始也说了，既然事情发生了，大家要本着实事求是的态度来处理，至于你说的七十万元赔偿，我们也要和物业公司商量，看他们到底在这次事故中要承担多少责任以及承担的能力。我把我们社区、物业负责人的电话给你，你也留下联系方式，便于今后沟通解决。”说完递过去纸和笔。

高个子男子拿起笔，记下了胡书记、程经理的电话号码。

胡书记说：“你们先办理后事，老人家还是要先入土为安，接下来的事情我们再处理，相信会有一个妥善的解决方案。”

之后，高个子男子站起身来，走出了会议室。

胡清源和程志浩面面相觑。胡书记说：“我们要赶紧向街道郭主任汇报。”

电话打通以后，郭梓峰说马上来社区办事处，叫程志浩把物业高总也喊来。

郭梓峰来了之后，胡清源汇报了死者家属要求赔偿的金额，还说死者家属特地提到了消防通道被堵和怀疑消防联动系统失灵的事情。

听说死者家属要求赔偿七十万元，大家都感觉不可思议。但对方抓住了他们的软肋，知道他们的消防通道出现了问题。实际上，郭梓峰刚上任不久，前任分管消防安全的老战友贺志远也说过消防隐患的事情，只是小区车辆年年增加，整治起来太难了。

消防通道被堵是个问题，但不是致人死亡的唯一原因。该单元有54户居民，火势也不大，只要待在家里，关好门窗，也是安全的。死者由于害怕，盲目往外跑，被烟雾熏倒，没有基本的自救知识，自己也存在重大过失。所以，作为有过失的一方，死者家属提出七十万元的天价赔偿，也是没有道理的。但是，现在该怎么办?

二十八

程志浩在处理这个棘手问题的时候，张美娟还是发来好几条语音消息，趁着上厕所的时间，程志浩点开了：

“对不起，谢谢昨晚你救了我一条命，不然我已经不在这个世上了。”

“我不知道是怎么回事，估计是喝酒以后断片了，只知道自己快要死了，还想和你告个别，打了好几次电话你都关机。”

“我还在医院，以后你就不要管我了。”

郭梓峰拐弯进厕所，正听到一个女人的声音，而这个声音就是从程志浩的手机里传出来的。见郭梓峰进来，程志浩匆匆关了手机。

郭梓峰说：“我问你，这是怎么回事？都这个时候了，你还有这心思？思慧姐不知道这件事吧，要是知道了，你也不得安生。”

程志浩说：“我……我们没有什么，我们真的没有什么，不是你想象的那样。”

“那你到底是怎样?”

“没怎么样。”

“稍等一下，马上去你办公室，我来好好听听你的故事。”

到了程志浩办公室，郭梓峰找个椅子坐下来，说：“说吧，怎么回事。”

程志浩说：“你别这样，就好像我们真的有什么事情一样。”

郭梓峰说：“说吧。”

程志浩说：“这个女人是15号楼的楼栋长，她腿受伤后行动不便，我帮过她，她很感激，没事经常和我联系。”说完程志浩抬头看了一眼郭梓峰。

郭梓峰一脸狐疑地望着他，“后来呢?”

“没了。”

“没了？就这么简单?”

“就这么简单。”

“你糊弄我是不是？再说说她为什么自杀，而且自杀后还找你?”

“她和她丈夫关系不好，大年夜酒喝多了，想想生活没意思，就自杀了，吃的是安眠药，吃完之后给我打了电话。”

郭梓峰说：“我知道了，她和她丈夫关系不好。你和她真的没有关系？如果有关系，赶紧妥善地处理好这摊子事，好好地回家过日子。听好了，这事到此为止，特别是现在这个特殊时期。”

虽然是大姐夫，此时程志浩也像犯了错误的小孩子，没有了大姐夫平日的派头。

朱大水的灵堂搭在了程志浩家附近的草坪上。程志浩每天都去探望并点上一炷香，为他们帮忙做点事情。老人的儿子朱隶敏说：“这几天把老爷子后事办好，我再找你们谈。我希望你们拿出你们的诚意，负起你们该负的责任。”

程志浩只能赔笑脸，忙说：“好的，好的。”

三天后，朱隶敏在高个子表哥的张罗下，将老父亲的遗体送去火化，灵堂也撤掉了。

程志浩在当天中午接到朱隶敏的电话。朱隶敏在电话里问：“上次我们家属提出的赔偿要求，物业公司考虑得怎样了？”

程志浩说：“你们提出的补偿金额实在是太高了，我们还是要坐下来再商量商量。”

朱隶敏说：“我们提出的要求你们还没有商量？好吧，再给你们一天时间考虑，考虑好后答复我。”说完挂了电话。

程志浩心想，最好等几天，这几天春节放假，等假期结束再向相关领导汇报。

但是，没等到程志浩汇报，就在三天后，郭梓峰打了程志浩的电话，叫他迅速赶到区政府。

原来，朱隶敏在没有等到程志浩的答复后，就带着家人跑到区政府。高个子男子带队，组织了二十多位家属来到区政府办公室反映问题：家园小区大年三十楼道起火，烧死了一位老人，竟无人过问！

还是春节放假期间，值班人员立刻向分管副区长汇报。分管副区长还在亲戚家拜年，得到消息后立即赶回区政府办公室，同时向区委书记、区长作了电话汇报。

区长大发雷霆，质问南城街道的赵书记是怎么回事。赵书记将具体情况作了汇报，并说明之前也开过协调会，死者家属要求赔偿的数额过大，正在商谈解决方案。区长还是将赵书记狠狠批评了一番，认为他们在这件事情上处理不妥当，不能主动化解矛盾，并吩咐他们立刻派人到区政府办公室解决问题。

赵书记电话打给了郭梓峰，让他和物业工作人员一道去区政府碰头。到了区政府，高个子男子说：“他们物业公司简直是形同虚设，大年三十晚不做好安全防范，楼道失火消防车竟然开不进去，导致救火时间延误，老人被烧死。我们找物业公司，物业公司没有态度，我们只有来找政府帮忙解决。你们一直都说人民的利益无小事，难道死了人的事情还没人管?”

副区长耐心地和高个子男子说：“这样，你们先去南城街道办事处，坐下来心平气和地谈。双方都要为对方考虑一下，毕竟事情已经发生了，大家也不愿意看到这个结果。你放心，我们政府会督促物业公司妥善处理好这件事情，你们现在和郭主任一道回去。”

郭梓峰说：“我们还是到社区办公室协商解决吧。程经理，你和高总汇报一下具体情况。”

程志浩电话和高总取得了联系，说：“家属已经闹到了区政府，上次他们说的七十万元赔偿金好像没有让步的意思。”

高总说：“先让街道和社区出面谈谈看，一有结果就跟我汇报。七十万，这不是讹人吗?”

谈判是在家园社区小会议室举行的。胡书记安排业主委员会的章翰文参加协调会。朱隶敏作为直系家属第一次参加协调会，郭梓峰首先介绍了年三十当晚火灾情况和处置情况。他说：“火灾发生后，物业、社区都积极行动，报警并组织灭火。我们在信息掌握和行动方面，都是迅速的。”

高个子男子说：“据我们后来的调查，这次我姑父遇到不幸，主要是灭火时间延误，消防联动系统不起作用，这就说明你们物业公司是有责任的，有责任就要承担责任。我们说的七十万元包括死亡赔偿金、丧葬费和精神损失费。”

章翰文说：“朱师傅的不幸，我们社区和物业公司都感到难过。

将心比心，我们觉得物业公司应该承担责任，但物业公司这几年运作得也不是很好，还在争取政府补贴。能否互相让一让，让他们有能力承担，这才能真正解决问题。”

高个子男子说：“那你们认为赔偿多少合适呢?”

大家都看着程志浩。程志浩心里想，到现在为止，高总还没有松口，自己又不能擅自做主。

胡清源小声问：“高总的意思呢?”

程志浩说：“没具体说，要么我再问一下。”他出去打电话给高总，进来又小声告诉了胡书记。

大家都在看着程志浩，程志浩说：“公司这几年一直亏损，我们愿意补偿二十万元到三十万元，你们看怎样?”

高个子男子站了起来说：“看来你们是没有诚意，算了，今天就谈到这。做主的不来，来的人又不做主，下次所有领导都上班了我们再谈。郭主任，在这，你是最大的领导，我不是说你官小，我们希望下次谈，来一个能做主的，好不好?”

一行人走出了会议室。看着高个子男子和朱隶敏离开的背影，程志浩隐隐有些担心，不知他们还会做出什么事情来。

二十九

程志浩过上了惊恐的日子，他不知道明天和麻烦究竟哪一个先来。果然，两天后，家园小区年三十火灾致人死亡的消息充斥各个网络，跟帖的、评论的……舆情迅速发酵，一时成了菱湖市特大新闻。

领导层层责问，区长得知后又大发雷霆，要求纪委马上介人调查，彻查不作为、乱作为，一旦发现问题，严肃处理。短短几天，全民关注把南城街道推到了风口浪尖。赵书记把郭梓峰喊到街道办公室商量对策，问郭梓峰接下来如何处置。郭梓峰说，找一下朱家的熟人，通过熟人劝导，先平息风波，再谈补偿。赵书记点点头，想起了退休教师章翰文，看看他能不能帮上忙。

从赵书记办公室走出来，郭梓峰来到章思敏家，向章翰文讨教。章翰文说："现在朱隶敏既然开口提出要求，而且步步紧逼，应该是做了充分的准备，这时候再怎么谈，主动权都在他手里。听章思敏说，他是哪个学校的老师?"

章思敏说："查了户况信息，是市十三中学的老师，叫朱隶敏。"

章翰文说："我来找一下区教委的人，看能不能找个中间人说上话，私下里沟通一下。"

郭梓峰说："那就最好了，不然在会议室里根本谈不拢。"

由于春节放假，章翰文一个一个电话找，终于通过区教委的有关领导找了一个中间人，他就是在市十三中学的老教师庄老师。

早年，章翰文和庄老师一道进修过。在省城师范大学进修期间，两人住在一个房间，后来他们虽然不在一个学校共事，但也常有联系。

章翰文电话联系到了庄老师，接到电话的庄老师很激动，说："上次我们聚餐，几个人说到了我们当年去省城进修的情况，都说到了你。听说你退休了，现在享清闲了吧?"

章翰文说："哪里是享清福哦，还在社区帮忙。哪天有机会，你召集一下大家伙儿，我们聚一下。"

庄老师说："好。"

寒暄了一番，章翰文切入正题："你们学校的朱隶敏，朱老师，你熟悉吧?"

庄老师说："熟悉熟悉，最近家里出了事情，老爷子去世了。你找他有事?"

章翰文说："真的有事，还是大事。我想见你，你住在哪里，把地址发给我，我马上到你家里，有重要的事情和你商量。"

章翰文到了庄老师家，把事情详细说了一番。庄老师说："说起来朱老师还是我的学生，我们又是在同一个学校工作，他对我还是尊重的，我来试试看。"

庄老师出去打了个电话，一会儿回到客厅，对章翰文说："他听了我的劝告，答应不去政府闹，不上网发帖，不再提出过高的要求，但是希望尽快处理好。"

章翰文起身握着庄老师的手说："感谢庄老师。"

庄老师说："我说了我们两人的关系，这个面子他不会不给。在这吃饭啊，好不容易来了一次。"

章翰文说："吃饭就改天吧！两个女婿还在等我的消息呢，改天我们再聚。"说完，章翰文离开了庄老师家。

第二天，双方见面商谈，以三十万元的赔偿金结束了这场风波。

赔了三十万元，高总免不了心疼。这天，付伟明向他透露了年三十晚上火灾的一些细节，当然少不了添油加醋，重点说到火灾发生时程经理外出长达3个多小时，直到火全部扑灭后才到现场，是他这位副经理带着物业人员冒着生命危险配合消防队员灭火的。

高总问："程志浩3个小时干吗去了?"

付伟明神秘地笑笑，小声说："程经理在小区15号楼有个情人，他经常去她那里幽会。年三十晚上，听说那个女的为了程经理闹自杀，吃了很多安眠药，程经理把她送到医院交到她丈夫手里才回来的。"

高总把茶杯重重地摔在桌上，“这程志浩心真大，小区发生火灾，他还有这等心思。”

高总好像想起了什么，问道：“是不是那个送锦旗的女人？住15号楼。”

付伟明说：“对，对，就是她。还是个富婆，很有钱。”

高总说：“这件事你不要四处宣扬，会影响公司形象。”

付伟明说：“我只和你一个人说，但外面的风言风语已经传开了。”

送走了付伟明，高总越想越气，狠狠地将烟蒂在烟灰缸里摁碎。这么大的损失，这么被动的局面，你程志浩还没有及时到场，简直将公司的利益置之脑后。他想，拿掉程志浩经理的职务，叫付伟明顶上。

第二天，安居物业公司以重大事故并给公司造成重大损失为由，撤销了程志浩家园小区项目经理的职务，由付伟明担任。得知消息后，程志浩觉得一阵委屈，但同时也感到浑身轻松了许多。

三十

章翰文得知程志浩被免去经理职务后，一点也不感到奇怪：出了这么大的事情，造成了恶劣的影响，物业公司还赔了钱，总是要有人承担责任的。按照他的推测，安居物业公司也许会把程志浩调离家园小区，安排到其他地方，如果仍然放在家园小区工作，对公司、对程志浩本人都不合适。

但是，安居物业公司就这么决定了：程志浩回到原来的保安部工作，具体工作没有明说，没有明说就是一般的保安。

公司派了一位副经理来到家园小区，组织召开家园小区物业全体工作人员会议。会上宣布付伟明担任家园项目经理，程志浩调到保安部工作。宣布的时候，说明程志浩为保安部的副队长，但副队长几乎和一般保安一样，白班和夜班轮流转。

付伟明在会上要求全体员工要保持积极的工作态度，尤其是保安，将这次火灾作为沉痛的教训，居安思危，思想上绷紧弦，一定不能麻痹大意，遇到任何隐患都要及时报告，及时处置；安排所有的保安除了巡查以外，按照包保，全面排查楼道安全隐患；清理楼道乱堆放的杂物，请求社区宣传配合；自己将重点联系政府部门，维修消防联动系统，再不给安居物业公司增添麻烦。

程志浩很惊讶，原来付伟明也有当领导的潜质，说起话来一套一套的，安排工作也是头头是道。他在心里暗自笑了，他之前还准备和他好好谈谈，不要公私不分，随便收取别人的好处，公司利益高于个人利益……这些话现在轮到付伟明说给他听了。

会后，程志浩和付伟明办理交接手续。说是交接，其实也就是将桌子的钥匙交给付伟明而已。各种文件资料不是挂在墙上就是锁在抽屉里，无非告知一下在什么位置。抽屉里没有多少个人物品，不！底下抽屉里，有一块烫手的山芋——张美娟送的手表。他拿起了那个盒子，准备收起来，付伟明看到了："呀，这不是名表吗？不会是程经理收受的贿赂吧？"

程志浩笑笑，说："你放心，这个东西和公司没有关系，是我的个人物品。"

付伟明说："我相信程经理有这个高度。"

程志浩到保安队队长吴成斌办公室，算是报个到。吴成斌过去是程志浩手下，彼此关系还不错。吴成斌说："大家都知道，火灾发生后你一直都在一线，特别是和死者家属谈判，你承受了不小的心理压力，也一直没能好好休息。这几天你先在家休息，如果有特殊的事情，我打电话给你。”

程志浩点了点头。他走到了保安部的休息室，把手表盒子放在了自己的工具箱里。工具箱里满是油污，脏兮兮的，他把手表盒子放在了最下面。

自从当了家园项目经理以来，程志浩自知没有为家庭做过什么，里里外外都是章思慧一个人在忙活，他感到有点对不住妻子。回家后，他打开冰箱，准备做饭。回头一看餐桌，原来妻子已经把饭菜烧好了，此刻正在去接女儿放学的路上。

妻子和女儿回到家，看到程志浩早早下班在家感到不太习惯。章思慧昨晚才听丈夫说，今后不再当这个经理了。在章思慧看来，丈夫不当经理，以后上下班就有规律了。她想：这个经理有什么好？拿钱不多，事情不少，责任很大，整天提心吊胆，就这还出事。只是爸爸有点失落，说程志浩算是个老实人，一直是干实事的，怎么当了经理就出事了呢？真的是运气不好。

吃完午饭，女儿照例休息了一会儿。程志浩主动洗了碗，对章思慧说：“你休息一下，下午我送海欣去学校。”

章思慧问：“你休息几天？”

程志浩说：“没定，休息几天再说。以后上夜班的话，白天时间就多了，我就负责接送海欣。”

章思慧又说：“学校通知，高考倒计时100天要搞一个动员会，要求家长都要参加。要是你能请假的话，我们俩都去，给海欣鼓鼓劲。”说完，章思慧到房间里午休去了。

程志浩把海欣送到了学校，回来的路上接到张美娟的电话。张美娟说下午要见见他，有话和他说。

程志浩拒绝了，说有事不方便。

张美娟说：“我到物业办公室去找你，他们说你被免职了，这几天在家休息。我是跟你说正事，你现在在哪?”

程志浩说：“我在市一中附近。”

张美娟说：“那你就在附近的咖啡厅等我，我马上就过来。”

程志浩提前赶到咖啡厅，将车子停在了咖啡厅门口。他坐在车里没有下去。张美娟下车时，穿着红色毛呢大衣，戴着一顶帽子，围巾裹着半张脸。程志浩看她下车，也跟着下了车。两人进了咖啡厅找了一个卡座坐了下来。

张美娟说：“你还好吧?我感觉特别对不起你。大年三十晚上，我酒喝多了，闹出这样的事情，害你丢了工作。”

程志浩纠正道：“我没有丢工作，只是换了一个更轻松的岗位而已。这事与你无关，你也别自责。”

张美娟说：“我都知道了，你不用瞒我。我的公司也需要人，你要是愿意的话，就到我公司来。你要是不愿意来，我帮你开一个公司，你自己创业，我给你启动资金，等你赚了钱再还我。你放心，我不会因此纠缠你的。”

张美娟的话提醒了程志浩，安居物业公司是逼他自己辞职吗?他默默听着，没有出声。

张美娟说：“我今天去了物业公司，现在的付经理好像对你很不友好，和我说话也是阴阳怪气的，所以我断定……”

“断定什么?”

“他以后一定会找你麻烦。”

“我知道。”

“那你有什么打算?”

“你的公司我不会去的，这样只会引起更多误解。至于开公司创业，你还真提醒了我。我凭着这些年积攒的物业管理经验，自己可以开一家物业管理公司。”

张美娟喝了一口咖啡，问："看来你已经有目标了，这我就放心了。你很敬业，在物业公司干了这么多年，积累了很多经验，我相信你能干好。资金的问题你放心，你需要多少，我给你准备。"

程志浩拿勺子在咖啡杯中搅拌着，始终没有喝。他说："我现在就是担心资金问题，注册资金和启动资金，没有一百万元也需要五十万元。"他抬头望着张美娟，"你愿意帮我？"

张美娟用欣赏的目光看着他，说："愿意，我支持你！你一定行的。"说着情不自禁地抓起程志浩的手。

程志浩说："那我也不客气了，你给我准备五十万作为注册资金和启动资金，算你入股，或者算融资借款，入股就分红，融资就算利息，你搞一个合同。"

张美娟说："好的，最近就把资金给你准备好。"

程志浩说："那就这么说定了，走吧，回去我还要做一些前期准备工作。"说完，他们一前一后走出了咖啡厅。

三十一

程志浩此刻很兴奋，他仿佛就要进入人生一个崭新的阶段，他想象着自己所向无敌，然后满心欢喜地收获创业成果——一个崭新的、生命力旺盛的公司即将出世。

他接到郭梓峰电话。郭梓峰问："你在哪？"

他说："在市里，准备回家。"

郭梓峰说："你去风雅茶楼，我马上到。"

程志浩问："有事吗？"

郭梓峰说："没什么事，想和你聊聊。"

其实，程志浩这个时候也想找郭梓峰聊聊，想不到，郭梓峰倒是先给他打了电话。他走进风雅茶楼，郭梓峰还没到。他找了一个房间，打电话给郭梓峰，郭梓峰说已经到了，正在外面停车。

郭梓峰是从街道赵书记办公室谈完话后直接来的。赵书记说，家园小区火灾事情虽然已经处理结束，但纪委启动了问责机制，区长在区委常委会上要求对家园小区火灾事件进行责任追究，考虑到郭梓峰是刚刚提拔的，又是在试用期，建议先免去他的职务。

郭梓峰感觉心一直往下掉，掉进一个深不可测的深渊。赵书记看着脸色大变的郭梓峰，问道：“你有什么要求?”

郭梓峰全身瘫软，问道：“我感觉太累了，如果可以考虑的话，能不能把我调到稍微清闲一点、压力小一点的部门工作。”

赵书记打量一下郭梓峰，说道：“说真的，你还年轻，正是干事的时候。人总要遇到挫折的，你要正确面对。”

坐在赵书记对面，郭梓峰想：身负的责任和风险如此重大，我努力做事有什么用？但一刹那，他似乎也想通了：所有的努力，都离不开运气，运气差，再努力也白费。只有这样想，他才能释然一些。

“赵书记，你向区委建议一下吧，这几年我工作压力大，想调整到区直部门工作。”郭梓峰最后说。

赵书记说：“那你自己写一份报告。没有接到正式认命之前，你先在街道负责安全工作。”

郭梓峰答应了。

事后，郭梓峰写了一份要求调到区直部门工作的报告交给了赵书记。其实赵书记也知道，郭梓峰的这份报告纯粹是赌气。

人在倒霉的时候，总会想起同伴，尤其是同样倒霉的同伴。走出了赵书记的办公室，郭梓峰立刻想起了程志浩，便给他打了电话。

程志浩给郭梓峰倒了一杯茶。

郭梓峰说："我被撤职了。"

程志浩盯着郭梓峰看了半天，"你？刚提的副科，就这么撤了？"

郭梓峰说："志浩，我想到清闲一点的部门去工作，我算是看透了。你还打算在物业公司继续干？"

程志浩说："我准备辞职，自己注册一家物业公司，到时候你给我当顾问，给我指点指点。"

郭梓峰说："行啊。"

这个时候，郭梓峰突然也冒出辞职的念头，而且很强烈。他想，在机关当干部，路越来越窄，还不走运，他感觉要被这个圈子抛弃。

程志浩说："老爷子对我们俩都失望了，一个也没能给他挣到他想要的面子。"

郭梓峰说："你别和老爷子说我被撤职了，省得他揪心。"

程志浩说："这纸能包得住火？再说了，思敏还能不知道你的事情？"

郭梓峰说："走一步是一步吧。志浩，我现在感觉不好面对老爷子，我真怕伤了他的心，不然，我也想辞职。"

程志浩说："你还是做你的机关干部，哪怕不升职，起码稳定。我和你不一样，自从干了这经理之后，没有好好在家待过一天，成天还提心吊胆的，拿的钱不多，担的责任还不小。所以，我决定辞职自己出去干。如果我干得好，你再辞职，我俩联手干一番大事业。"

郭梓峰说："谢谢你的提醒，辞职的事，我会慎重考虑的。"

这时，程志浩接到章翰文的电话，叫他晚上早点过去吃晚饭。

郭梓峰随即也接到章翰文的电话。程志浩答应了，他知道，岳父这是召集大家商量他的事。四十多岁了的人了，工作、家庭都要岳父操心，他自觉有些羞愧。

放下电话，两个人相视一笑。郭梓峰说：“老人家叫我劝劝你，要是知道我被撤职了，不知道又会叫谁再来劝我了。”

程志浩问：“那就再让我来劝你，我们连襟嘛。”

程志浩和郭梓峰分别开车去了章翰文家。郭梓峰说：“我去家园社区，思敏找我估计是新房装修的事，最近忙一直没时间，明后天是周日，趁着这机会去装修公司看看，顺便把我工作调整的事情告诉她。”

程志浩直接去了章翰文家。上楼时，他打电话跟妻子说，叫她晚上接上女儿到岳父这边吃饭。

章翰文正在厨房忙活，程志浩忙洗手帮忙。章翰文说：“下午社区召开物业、业主委员会、社居委联席会议。你们物业新经理付伟明参加了。会议之后，他特地找了我，说你先休息几天，他再找一下高总，把你调走。我也跟他说了，把你放在家园小区也不合适。我想，不行的话，我叫社区胡书记找一下高总。”

程志浩说：“等一段时间再说吧，不管公司怎么安排，总是有它的道理。”

章翰文说：“从管理的角度来说，这样的人事安排是不妥的，对工作也不利。”

平时家里来人都是范红梅忙前忙后，今天不见了人影。程志浩问：“今天红梅怎么不在家？”

章翰文说：“现在红梅在一家房地产做销售，忙得要命。有时晚上还得陪客户看房，她做事就是认真，不过卖房都是有提成的。”

章翰文围上围裙，亲自操刀掌勺，拾起了多年做菜做饭的手艺。

三十二

郭梓峰出现在家园社区居民服务大厅时，章思敏的同事打招呼说："郭主任，是来找我们胡书记的吧？胡书记不在办公室，来之前没有和胡书记联系吗？"

章思敏接过话，说："今天是本人召见。我们去二楼谈。"说着站起身，走出服务大厅，带着郭梓峰上了二楼的小会议室。

章思敏给郭梓峰倒了一杯水，递过去，"郭主任，有什么情况要向我汇报吗？"

郭梓峰说："还真的有重要情况向你汇报。但今天是你召见我的，你先下指示，下了指示我再向你汇报。"

章思敏笑了笑，说："你先说吧，我先听听你的。"

郭梓峰说："好，今天赵书记找我谈话了，街道办副主任估计干不成了，火灾的事情得有人担责。这次让你失望了，对不起啊，我不是做官的料。"

章思敏说："我早就说过，干不干副主任对我来说无所谓，只是我们家老爷子要失望了。"

郭梓峰说："如果老爷子不问，你就先别说。"

章思敏说："知道了，我不会没事找事的，但你的事老爷子迟早会知道的。还有呢？继续说。"

郭梓峰说："还有？没有了。"郭梓峰不敢说他写报告要求到区直部门做轻松一点的工作。

章思敏说："我想听你自己说，而不是我问你才说。"

郭梓峰问："到底什么事情？"

章思敏说：“关于程志浩的事情。”

郭梓峰说：“大姐夫不也是被‘撸’了，现在当保安了。”

章思敏说：“我问你，你得正儿八经地回答。大年三十晚上火灾发生的时候，我大姐夫到底是怎么回事，他不在现场到底去了哪儿？”

“那天晚上你不也是在现场吗？”

“我在，当时我也没在意他在不在，后来胡书记叫我到办公室查户况信息，我就走了。”

郭梓峰意识到了，章思敏说的是那天晚上程志浩离开火灾现场去救人的事。

郭梓峰说：“你说的这件事，我也问过大姐夫，他说和那个女人纯粹是物业和业主的关系，除此之外没有任何关系。再说你大姐夫这个人，你还不了解吗？他有这个胆子吗？”

章思敏说：“你说，你到底还有多少事情瞒着我？”

郭梓峰说：“我没瞒你。我问过大姐夫，没有问题。如果有问题，还不及时向你汇报吗？”

章思敏问：“捡衣服的事是怎么回事？”

郭梓峰说：“大姐夫说，他去小区巡查，看见一件衣服掉在地上，是15号楼上一个女人的，那个女人向他招手示意，他把衣服送了上去，然后就认识了。”

章思敏说：“后来没发生其他情况？”

郭梓峰说：“没有。”

章思敏说：“大年三十晚上程志浩和那个女人到底发生了什么事情，那个女人才闹自杀？”

郭梓峰说：“也是巧合。那个业主酒喝多了闹自杀，求救电话打到他的手机上，他能不接？接了能不救？到了那个现场，他就走不掉了。他打电话报警，打120把她送到医院，就是这么回事。”

章思敏说：“好啊，这么多事情都不告诉我，你还不是在隐瞒我?”

郭梓峰说：“你不要冤枉我好不好，我哪有什么事隐瞒你？我总不能听风就是雨，没有证据就冤枉你大姐夫吧？晚上老爷子喊我们吃饭，你晚上亲自问他。”

章思敏说：“我才懒得问他，问他能有结果吗？我从你这了解事情真相，搞外围调查。你放心，我不会冤枉一个好人，但也不会放过一个坏人。但愿他没事，如果有事，我不会饶了他。你看大姐多辛苦，他居然还有这个心思?”

郭梓峰说：“这个事情到此为止，别把家里弄得鸡飞狗跳，亏你还是社区干部。不利于社会稳定、家庭团结的事情，我们要坚决制止。”

章思敏说：“我知道。但你要保证今后什么情况都要向我汇报，尤其是涉及我们家庭成员的，不要相互隐瞒，要及时汇报。”

郭梓峰说：“好，我记着就是了。你看明后天休息，我们一起去装修公司。再不安排怕来不及了。”

章思敏说：“好吧，明天我们去装修公司看看。”她起身看看手表，下班的时间到了。

章思敏和郭梓峰跨进家门的时候，家里人正忙里忙慌地乱成了一锅粥。范红梅的儿子军军到了放学时间还没有回家。章翰文打老师的电话，老师说早就放学了，学校里也不见军军的影子。章翰文又打范红梅的电话，电话一直占线。

一会儿，范红梅打来电话，说军军被他爸爸从学校接走了，晚上就住在他爸爸那里，第二天周六顺便带他出去玩玩。

章思慧说：“这周昌盛接孩子也不提前说一声，害得大家都着急。”

章翰文说：“周昌盛有进步，知道陪陪儿子。儿子应该经常和爸爸在一起，红梅也应该支持，夫妻俩虽然分开了，但孩子还是应该享受父爱的。”

这时，周妈进了门，听说孙子军军没有回来，忙问怎么回事。章翰文说：“军军被他爸爸接走了。”

周妈嘴里骂了一句：“这挨千刀的，干事还是毛毛糙糙的。”

章思敏边端菜边说：“我们吃饭吧，红梅姐刚才打电话说晚上加班不回来吃了。”

章翰文说：“红梅真是固执，一个人带着孩子这么辛苦。周昌盛要是成了器，痛改前非了，两个人复婚，日子也能过。”

周妈见大家对儿子态度好了一点，脸上也有了笑容。

程志浩说：“我晚上不喝酒，还要开车接送海欣。以后这段时间我来接送海欣，让思慧放松一下。”

章思敏说：“大姐夫这是在讨好大姐呢，还是在补偿大姐呢？大姐在你们家可是劳苦功高，你可要多多关心，别只顾着自己。”话里话外，透出一股咄咄逼人的气势。

程志浩说：“我知道。以后只要我有时间，家里的事情我就多分担一点。”

章思慧说：“我早就说，不当这个经理就是好，正常上下班，家里又能照顾到。这经理啊，钱不多拿，事情又不少做，责任不少担，何苦来着？”

章翰文说：“志浩啊，才下来呢，你肯定不适应。你先干着，到时要是不习惯，我找一下胡书记，叫他和高总说一下。梓峰，你也能和高总说说。”

郭梓峰说：“好，我来找找高总。把大姐夫调出去，省得在这里干得别扭。那个付伟明，看样子有点不太厚道吧？”他转脸问程志浩。

程志浩说：“付伟明是喜欢贪便宜的人，原来经常私底下在广场收一些场地费让商家搞促销，钱收了就进了自己的腰包，大家对他都有意见。我说过他，所以他对我有意见。”

章思敏说：“在社区广场搞促销很是影响我们的工作，搞得我们很被动。”

程志浩说：“以后我上我的班，跟谁也没冲突，付伟明也不会难为我。梓峰，你就别找高总提我这个工作的事了。”

三十三

章翰文让郭梓峰找一下高总，把程志浩调到别的岗位。郭梓峰心想，说了也是白说，自己现在已经不是街道副主任了，他高总现实得很呢。其实，高总因为赔了几十万元心里不舒服，把程志浩故意晾在那里，目的就想让程志浩难堪。

郭梓峰陪老爷子喝着酒，不敢透露一丁点儿他即将被免去街道副主任的消息。老爷子以为程志浩降了职，就算处理了这件事。借着酒劲儿，章翰文和郭梓峰聊着工作，叫他把整个街道安置小区的安全工作抓起来，毕竟安全是最大的事情。

郭梓峰心里想着，现在的工作也只是过渡，等他的报告得到区委组织部同意，他就不会再待在这个岗位上了。他越来越感觉自己不适合在官场上混，或者说他根本就没有官运。他辛苦升到副科级，可又弄丢了。所以，这就是命！命中无时莫强求啊。

章思慧问：“梓峰，你们新房装修的事情准备得怎样了？”

郭梓峰说：“我和思敏商量好了，明天就去找装修公司。”

章翰文对章思敏说：“装潢过后总还要晾几个月，所以要抓紧时间安排。”

章思敏说：“知道了，你们恨不得立刻就轰我走。”

章思慧说：“不小了，能嫁了。我像你这么大，海欣都上幼儿园了。”

章思敏说：“看来你们都不肯留我。”

章翰文说：“结婚以后回家照样欢迎。”

程志浩吃完饭就送海欣去了学校。郭梓峰因为心里有事只喝了一点酒，章翰文说：“再喝一杯，你平时还是有酒量的。”

章思慧说：“既然今年就要结婚了，总要考虑优生优育，从现在开始不要喝酒，戒几个月。”

郭梓峰说：“对！从明天起，戒酒！”

吃完饭，章思敏和郭梓峰下楼散步去了。

天气渐渐地变暖了，春天的气息越来越浓。小区里的木棉花含苞待放，在树枝傲娇地抖动着；青草的气味散发开来，一股甜甜的、湿润润的味道扑鼻而来。郭梓峰有一种被捆绑的感觉，这种无形的捆绑不仅将他的手脚绑住，还把他整个身子绑住，使他动弹不得。他渴望松绑，渴望慢一点的生活和轻松一点的工作环境。

章思敏在想：我这就要结婚了吗？要离开我的爸爸，离开我的家了？她想起了内心深处无数次出现过的那个地方，她觉得自己仿佛就是浮萍，一直漂着漂着……她没有根，不知从哪里来，也不知最终要到哪里去。她最初从哪里来的？是不是很遥远？抑或就在不远的附近？梦里的那个地方，总是萦绕在她的心头。

郭梓峰问章思敏：“你在想什么？”

章思敏说：“总感觉到一丝丝伤感。”

郭梓峰说：“我也是这种感觉，一种很压抑的感觉。”

章思敏想起了方远带她去的“风上坡”，她说：“明天带你去一个地方，让你放松一下。”

郭梓峰以为是郊游踏青，说：“那我们上午早点去，把装修的事情定下来再开车子出去，跑跑周边的小县城。”

章思敏说：“就在市区，保你喜欢。现在不当副主任了，也没必要赶时间了，你就偶尔享受一下慢生活吧。”

郭梓峰抓住章思敏的手说：“谢谢你的支持。今后我们俩干好自己的工作，过好自己的日子。”

章思敏说：“今天和你说的事情，你要关注一下。”

郭梓峰问：“你大姐夫的事？我感觉志浩不是那样的人。他那个人，有事全都写在脸上，胆子小。”

章思敏说：“老实人才会迷惑人，你也属于老实人。”说完眼睛停留在郭梓峰的脸上。

郭梓峰说：“我也让你误会了？”

章思敏说：“别紧张。说正经的，江湖险恶，世事难料。总之，你留意一下，一有消息立马和我说。”

走到小区北大门，两辆车交会时，他们俩同时看到一辆奔驰车上，范红梅坐在副驾驶座位上正向小区大门驶去。郭梓峰是第二次看到范红梅和这个男人在一起，前一次是在饭店。他后来才知道，那个男人是她的老板。他并没有把前一次在饭店看到范红梅和她的老板一起吃饭的事情说出来。他说：“红梅现在混得真不错，老板都亲自送她回家。”可心里在想：红梅单身，是不是和老板有不同寻常的关系？

章思敏说：“红梅姐敬业，能为老板创造业绩，老板这是在收买人心。”转念一想：老板对红梅好，不会另有企图吧？红梅可是离异单身。

三十四

范红梅坐在刘金坤的车上也看到了小区门口的章思敏和郭梓峰。她以为他们没有发现自己，叫刘金坤快点开过去，她怕被章思敏看见，引起误会。

自从去了金世纪房地产开发公司，范红梅比过去忙多了。但她还是下班就回来，回来就做饭做菜。姨夫一家需要她操持，何况还有婆婆在，她不多付出点心里也不安。她早起晚睡，一有时间就把家里收拾得妥妥帖帖，即使再忙，她也不会回来得太晚。

今天下午，她接到电话，看是周昌盛打来的，便挂断了。后来手机又连续响了两次，她还是没有接。想起周昌盛，在茅山的那种痛苦经历便浮上心头。她恨周昌盛，恨铁不成钢，恨他没有责任，对他也是彻底地失望了。

自从下决心跟定刘金坤，她就不想再和周昌盛有一点瓜葛了，她怕周昌盛还像以前那样没完没了地纠缠自己。见她不接电话，一会儿，周昌盛来了短信：儿子军军我接走了，正好周末，我带他玩一下。

范红梅好一阵紧张，军军被接走了？接到什么地方呢？周昌盛又想打什么歪主意？她正准备打电话，周昌盛的电话打了进来。

周昌盛在电话里说：“我刚才去学校等军军放学，我把他接到我住的地方。明天周六休息，我带他去市里玩玩。你晚上能过来吃饭吗？我现在住在景苑小区，我在小区物业上班了，工资待遇都好，现在我也稳定了，你能过来吗？”

范红梅说：“你接军军，事先也不和我说一下，征得我同意了吗？”

周昌盛问："你来吗?"

范红梅说："我不去。你明天下午把军军送回来，他还要补课，还有作业要写。"

周昌盛说："好吧。"范红梅能听得出，周昌盛由于一直感到愧对自己，每次和自己说话都是低声下气。

范红梅挂了电话，抬头叹了一口气：这个周昌盛真是阴魂不散，老是纠缠自己，哪天才是个头啊？可她又想，毕竟军军是他的儿子，切断他们的联系也是不可能的。她急忙给姨夫打了个电话，说周昌盛想儿子了，把军军接到他住的地方去了，叫他们放心。

范红梅也想了很多：和刘金坤在一起，她会一心一意对他，换取他对儿子的关心，儿子可以随便上补习班和兴趣班，以后就不会因为贫困而输在起跑线上。可是刘金坤是什么人？以后会不会朝三暮四？如果她的婚姻再有闪失，她该怎么办？更何况，刘金坤还有一个法律上的妻子，那个闹自杀的妻子。她想，有机会要和刘金坤说清楚，免得她在不知不觉中成了第三者。

到了下班时间，范红梅坐着没走。刘金坤下班经过大厅，看到范红梅坐着发呆，走近她问道："怎么下班还没走呢?"

范红梅说："我想坐一会儿，今天有点累。"

刘金坤问："是不是遇到了什么事情？要不要找个地方一起吃个饭?"

范红梅想到军军晚上也不在家，就点头表示同意。刘金坤开着车，问范红梅晚上想吃什么，范红梅说没有什么想吃的。刘金坤说那就去喝茶吧，他们去了一个茶楼。

刘金坤问："今天你怎么了?"

范红梅心里烦，但不愿意说出来，嘴上说没事。

刘金坤说："满脸的心事还说没事。是不是家里的事情？你前夫……”

范红梅没出声，刘金坤就更坚信是她前夫来骚扰她了。

刘金坤问：“你婆婆住在这边还好吗?”

范红梅说：“还好。”

刘金坤问：“那你前夫过来吗?”

范红梅说：“我没告诉他。他要是知道了，还不天天有借口往这边跑?”

刘金坤说：“我准备和我老婆谈离婚的事，等我离婚了，我们就能在一起了。你放心，我会给你名分的，等我离了婚，就和你领证结婚。”

范红梅问：“以前不是说等你女儿结婚以后你们才能离婚吗?”

刘金坤说：“现在不同以往了，我估计我老婆有了新感情，想法和以前不一样了。”

范红梅问：“她要是有了新感情，就一定会离婚。”

刘金坤说：“我也希望她有新感情，这样我们都能开启自己的新生活。”

范红梅问：“你能确认吗?”

刘金坤说出他的推断：大年三十晚上妻子闹自杀，他去了医院，从那个程经理手里拿过手机以后，他查看了她手机里的通话、短信、微信聊天记录，联系较多的人竟然就是程志浩。看了年三十那晚的微信聊天记录，他当时就断定和妻子有关系的人就是程志浩。他和范红梅说这些，是想要给范红梅信心，他们美好的未来即将到来。

刘金坤没有回答范红梅的话，反问道：“你是不是和物业公司程经理认识?”

范红梅说：“是啊，他是我大姐夫。”

刘金坤说："他人品怎样？"

范红梅说："人很好啊。"

刘金坤问："他对他老婆怎样？"

范红梅说："也很好。"

刘金坤说："如果我说他是贪图别人钱财的人，你信吗？"

范红梅问："你说的究竟是谁？"

刘金坤说："我说的是你的大姐夫——物业公司的程经理。你想啊，四十来岁的男人竟然和五十多岁的富婆搞在一起，不是图钱，难道是图色吗？"

范红梅追问道："你是说和你老婆好的人是程志浩？"

刘金坤说："你不要激动，回家暂时也不要说，我是觉得他们之间存在不正常交往，聊天记录很暧昧，但这对于我们来说是好事啊。"

范红梅说："你别胡说，我大姐夫可是好人，他和大姐感情好得很，是不是你老婆出来祸害人？"

刘金坤说："我老婆在外面乱来我都不生气，你怎么还生气了呢？我告诉你，感情的事情是说不清楚的。"

范红梅这一刻就想离开，把这个信息告诉——告诉谁呢？告诉谁都不合适，但她又不能不说，她不想因为这件事闹得家里鸡犬不宁。她要想办法查一下事情到底是真是假，可又怎么查呢？事情没有搞清楚之前，绝不能让大姐知道。她对刘金坤说："我们回去吧。"

刘金坤把范红梅送到家园小区，进了小区，车子像往常一样在章翰文家的单元门口停下，然后转弯直接绕了出去。范红梅上了楼，看到章翰文在客厅看电视，见家里没有其他人，她没有忍住，火急火燎地说："姨父，不好了！大姐夫在外面可能有了人。年三十小区失火的时候，有个女人在家自杀，是大姐夫送到医院的……”

章翰文使劲朝她使眼色，可是范红梅并没有领会到，一口气全部说了出来。范红梅的声音不高，但很清楚，当她说完回过脸，章思慧正目瞪口呆地站在半掩的厨房门口，呆呆地看着她。

范红梅问：“大姐……”

章思慧说：“你说，那个女人是谁？他们在一起多久了？”

“不是，我是说……”范红梅顿时脸色煞白，语无伦次，“我不知道，我在瞎说……”

三十五

章翰文站起来问道：“红梅，你是不是听谁在搬弄是非？”

范红梅吓得不敢出声。

章思慧呆坐在客厅的沙发上。

章思敏这时也进了家门，但是她并没有感觉到家里气氛的异常，开玩笑地说：“红梅，你现在混得还真不错！晚上开着大奔送你回来的是你的老板吧？”

范红梅小心翼翼地“嗯”了一声。

章思敏半天才缓过神来，发现气氛不对，特别是姐姐的脸色很不好看，忙问：“你们……这是怎么了？”

章思慧问：“思敏，你知道程志浩有外遇吗？”

章思敏没有马上说话。

“是不是你们都知道这件事？”章思慧说，“只有我一个人还被蒙在鼓里？”

章思敏说：“这件事没有被证实，也许是假的。”

章思慧说："什么意思？那么，是不是也许是真的？"

章思敏说："大姐，我就和你直说了吧，外面是在传年三十晚上有个女的在家闹自杀，大姐夫作为物业负责人报警送她去医院，也是正常的，这里面是不是隐藏着什么事情需要证实。我问了郭梓峰，郭梓峰也说不能肯定他们有不正当的关系。这种事情不能听外面瞎传，我们要相信大姐夫。"

范红梅不知道章思慧今天晚上没有送海欣去学校，冒冒失失地把这件事情捅开了。她后来解释是自己多虑了，不应该疑神疑鬼的，叫大姐别往心里去。

章思慧回到家时，程志浩和海欣还没有回家，她洗洗先上了床。

程志浩回来的时候，章思慧只是说自己身体不舒服，对海欣说："今天晚上你爸爸陪你做作业，做夜宵给你吃。"

程志浩把手机放在房间里充电，然后去卫生间洗漱，见章思慧躺下了，他轻轻地关上房门。

章思慧哪里睡得着？她头脑里闪过的是范红梅说的话和章思敏躲躲闪闪的言辞，可偏偏这个时候程志浩的手机"滴答滴答"响起微信的信息提示音，吵得她心里格外烦躁，这个时候谁还在找他呢？她点开微信：

"志浩，这几天考虑好了吗？你要是自己创办公司就抓紧时间，要是不想创业就到我的公司来，还是那句话，到我公司来你当老总都可以。"

"你要早做安排，不要错失机会。"

"怎么不回我信息啊？你在干吗？"

章思慧的眼泪掉了下来，她实在忍不住了，抓起手机，推开房门，"啪"地把手机扔在客厅的地板上。

“这么晚了，还让不让人休息，你自己看看，这话语软软的，可甜呢，看来你是不想和我过这日子了。”

女儿害怕地站在房间门口，看着满脸泪水的妈妈。

程志浩捡起地上的手机，“怎么了？什么吵着你了？”

章思慧说：“程志浩，你不能欺人太甚，你自己做的好事还在装什么？在外面玩够了还不过瘾，回到家还不消停？”她看到女儿站在门口，声音软了下来，“海欣，没你的事，做作业去吧，把门关上，我来给你做夜宵。”

程志浩自知是张美娟发来的微信被章思慧看见了，躲在房间里关了手机，继续充电。章思慧穿好衣服，帮女儿关好房门，然后坐在客厅沙发上，她后悔自己刚才没有控制好情绪，她告诫自己：再怎么样，都不要爆发，女儿还有一百多天就要高考了，忍着！无论如何都要忍着！

晚上海欣吃夜宵的时候，章思慧就坐在她的对面，眼睛红红的。海欣问：“妈妈，你这是怎么了？”

章思慧说：“没事，这段时间还是我来陪你，你爸爸陪你我不放心。”

海欣说：“我是问你眼睛怎么红了啊？”

妈妈说：“熬夜熬的，睡一下就好了。”

程志浩知道章思慧一定发现了手机里的信息，误会了自己，他想跟她解释，但早上起来他发现床上没有人，推门出去，便看到章思慧蜷缩在沙发里睡着了。

他蹑手蹑脚地走到沙发边，轻轻地提起滑下来的被子，盖在章思慧的身上。看她仍然睡着，他便走进厨房，但不知道早饭该怎么准备，要准备什么。他开始洗漱，声音吵醒了章思慧。

章思慧起身叠起被子，把沙发抚平。

这一夜章思慧没有睡，整夜都在想程志浩出轨的事情。她不明白，自己到了四十多岁，身边一直老实本分的丈夫一夜之间就有了别人，她的世界顿时坍塌了下来。

昨天晚上，范红梅火急火燎地说出这件事时她很震惊，但看看周围人的反应，她感觉大家其实都早已经知道了。大家还在安慰她，说是误会，但是昨晚的微信消息狠狠地抽了她一记耳光，把程志浩出轨的事给坐实了。事已至此，她也不再说什么了，她一再提醒自己要淡定，淡定！她要和平时一样，甚至比平时更要平静，因为女儿高考是天大的事，没有什么事情比这件事更重要。

早上，章思慧强压着心里的怒火，和平常一样准备了一家人的早饭，当然也包括程志浩的，然后喊女儿起床。今天周六，女儿要去一家培训机构补习数学。数学是海欣的短板，现在能补多少是多少，哪怕能提高一分半分都是好的，所以补总比不补强。早饭做好摆在了桌上，她又开始擦桌子拖地。自己没有一点胃口，等海欣吃完早饭，她拿起钥匙，开车准备送女儿去补课。

在她出门的时候，程志浩还说了一句："我来送海欣去补课。"

她没有出声，海欣也没出声，母女二人开了门出去了。

外面暖洋洋的，温暖的阳光从树叶的缝隙里透出来。家园小区虽然是安置小区，但绿化一点都不比高档小区逊色。小区的主干道两侧都栽满了树，绿油油的草坪铺满了整个小区，在阳光的滋养下，那些植物你追我赶地往外钻，显得格外生机勃勃。

她发动了车子，车子在路上行驶，她还是精神恍惚。这样的状态开车不行。回去叫程志浩来开？还是自己硬顶着吧，她心里有一股不服输的劲儿。

海欣说："妈妈，你是不是生病了？你难受吗？"

妈妈说："嗯，这一趟我送，中午叫你爸爸来接你。"

海欣问：“昨晚听见你们俩吵架，是爸爸惹你生气了吗?”

章思慧说：“妈妈这段时间太紧张了，不好意思啊，你爸爸不听话，我就发了火，以后不会了。你要好好学习，特别要准备好高考，只有一百多天了，读了十几年的书，吃了那么多的苦，一定要考个好一点的学校。”

海欣说：“嗯，我知道，妈妈为我付出了这么多，我不会让你老人家失望的。”听到女儿喊她“老人家”，她有点失落，是的，女人到了四十多岁了，还不是老人家吗?

海欣进了补习班，章思慧没有马上离开，她感到头很重，想在车子里休息一会儿，缓解一下心中的压力。现在女儿不在眼前，她的泪水再也忍不住了。她想起过去，和程志浩结婚前，爸爸曾说程志浩老实，没有花花肠子，跟了他，他会一辈子对自己一心一意的。当时她也这样想，程志浩虽然没有殷实的家境，没有帅气的外表，甚至还呆头呆脑的，但他不会惹出花花事情来。这么多年来，她一直也是这么认为的，凭此他们过着平静的日子。

想不到，人是会变的。难怪女人们戏说：男人靠得住，猪都能上树。程志浩当了经理才几天啊?在外就能有女人?她想搞清楚究竟是怎么回事，可又担心自己承受不了。

她昏昏沉沉地边开车边想着心事，就在家园小区大门口拐弯处，被前面急速开过的货车拦腰撞上了。章思慧的车在马路上打了一个旋儿，她的头重重地撞在了方向盘上，顿时失去了知觉。不一会儿，120急救车就赶来了，把她送去了医院。

章思慧被送到医院的时候，家里的人谁也不知道。

三十六

章思敏趁着周六休息，和郭梓峰去了装修公司，双方很快谈妥了：装修公司负责免费设计，设计完以后，方案经他们确认后开始施工，装修材料的品牌、价格他们也一一确认并且签了一份协议，下周一开始实地测量，签订正式协议。

从装修公司出来，郭梓峰跟着章思敏上了车。

章思敏带他去了风上坡。郭梓峰说，他以前听说过风上坡，好像是一个葡萄酒的酒庄，在菱湖师范大学隔壁。

章思敏说："风上坡十分幽静，要是静下心来在里面待上一天，也是一种享受。"

郭梓峰说："现在大家都忙于生计，哪有那么多闲人啊?"

章思敏说："偶尔来来也挺好。"

车子从菱湖师范大学门口旁边一个不显眼的侧门进去，进入了茂密的绿荫处。停车的地方便有亭台水榭，林荫道上，有拿着书的，有捧着茶杯的，三三两两悠闲地边走边聊。

章思敏带着郭梓峰去了读书会，他们在后面的座位上坐了下来。台上有人在朗诵：

阳光附在透明玻璃上
散漫的钟声敲响了正午
街角，让人偎依
街角湿透了心
暖风　淡云　还有弥漫的咖啡
拥挤在人海
也能投向春风的怀抱

叶在这里流浪
随风华丽落幕一场
如水的月色盈满了马路两行
路人在这里停步
街角在流年时光的大海里
静静地驻足在原地
我想离开街角后
下一站会去某个海岛
和街角一样，容纳短暂与漫长
连念起那些名字，也能在贝壳里听到回音

章思敏正沉浸在诗的意境中，手机突然响了起来，是章翰文打来的，她走到门口接电话。电话里，章翰文急切地说，章思慧在家园小区门口出了车祸，现在人已经送去医院了，叫她马上赶过去，他们也正在赶往市立医院。

她挂了电话，向郭梓峰招招手。章思敏说："我们赶紧去医院，姐姐出了车祸，正在医院。"

郭梓峰问："人要不要紧？"

章思敏说："还不知道呢。"

他们立刻赶到了市立医院。在急救室的走廊里，章思敏看到了焦急等待的章翰文。

章思敏问："怎么回事，人没事吧？"

章翰文说："你姐姐早上送海欣补课，回小区转弯进门时被对面驶来的一辆货车撞上了。"

章思敏问："姐夫知道吗？"

章翰文说："知道了，已经在赶来的路上了。"

程志浩急匆匆赶来，气喘吁吁地问："人呢？"

章翰文说："在急救室。"

程志浩说："都怪我，早上她要送海欣去补课，我说我去，她没让，我也就没再坚持了。"

医生拿着单子过来，说："章思慧家属，过来缴费，病人马上需要手术。"程志浩急忙拿着单子去缴费。

章翰文问："医生，我女儿的伤势严重吗?"

医生说："病人的腿在车内被挤压造成了骨折，身上也有骨折，需要手术。"

签完字缴过费后，一家人都在手术室外焦急地等待着。过了很久，章思慧才被医生从急救室推了出来，送到了病房。

章思敏赶紧靠近床边，说："大姐，你吓死我们了！接到爸爸的电话，我腿都软了。"

章思慧慢慢地睁开眼睛，神志还不清楚，只是隐隐感到浑身哪儿都疼。在刺耳的急刹声中，她没有了知觉，那一刻她感觉自己已经死了。人在刹那之间死去是好事，没有知觉，没有痛苦，没有牵挂。可是，在通往死亡的路上，她硬是被医生拖了回来。不是，是亲人们的呼唤召回了她。

她慢慢地睁开了眼睛，眼神在章翰文、章思敏、郭梓峰的脸上停留，但是从程志浩脸上快速滑过。

章翰文看到她睁开眼睛，说："好了，醒了就好。思慧，你好好休息，没事就好。家里的事情从现在起就交给志浩了，你安心地休息吧。"

章思慧没有看程志浩，自顾自地说："你马上去接一下海欣，中午吃了饭再送她去英语补习班，你去吧。"

章思敏说："大姐，你只管自己的身体就是，这些事情本来也是大姐夫该做的。以后也别大包大揽了，家里的事情也不是你一个人的事。”

程志浩赶忙应承说好。

章翰文转身对程志浩说：“你送完海欣，有时间就来医院陪陪思慧。这几天要把海欣照顾好，不然思慧住院心里也不安。”

程志浩说：“我这就去，你们放心好了。”说完便离开了医院。

郭梓峰说：“你怎么去？”

程志浩说：“我打车。”

郭梓峰递过车钥匙：“开我的车吧。今天周六，打车不好打。海欣按时上课要紧。”

程志浩接过车钥匙，离开了医院。

章翰文想起什么似的，追了出去，喊住了程志浩：“你还是接了海欣去我家。我来给红梅打电话，叫她多准备点饭菜。”程志浩答应了。

章翰文又打电话给范红梅，说程志浩接海欣回来吃饭，然后再带点饭菜送到医院给章思慧。

范红梅说：“好。那你们吃饭怎么办？”

章翰文说：“你就别管我们了。”他刚挂掉电话又接到电话，贾美珍也赶到了医院探望章思慧。

章翰文说：“贾姨马上到，红梅等会儿送吃的来。思敏，你们回去吧。”

“那我晚上早点来陪大姐。”她凑近章思慧说，“大姐，我走了，晚上再来。”

章思慧艰难地点点头。

这时，贾美珍也赶到了医院。她是听到小区邻居议论才知道章思慧出了车祸，贾美珍看章思慧嘴巴干，便倒了点开水，用小勺子喂给她喝。

三十七

从补习班出来后，海欣觉得头脑发胀。高考越来越近，她觉得压力越来越大。她知道妈妈的期望值高，每次她取得进步，妈妈就认为她的成绩还有提升的空间，要知道这个时候，每前进一小步，有多么的难啊。她在平时妈妈停车的地方没有看到妈妈的车子，就站在路边等着。

等得有些着急，她便拿出手机打电话给章思慧，电话是章翰文接的。章翰文说："你妈妈出了点意外，现在在医院，你爸爸去接你，你再等一下。"

海欣问："严重吗?"她顿时变得焦急起来。

章翰文说："现在已经在医院，没事了，你放心吧。"

海欣说："我要听我妈妈说话，你让我妈妈接电话。"

章翰文说："妈妈正在休息，你放心吧。"

海欣更加着急了："我妈妈到底怎么了啊?"

章翰文说："你放心，你爸爸也快到了，他找不到你会打你电话的。"

海欣刚放下电话，就看到程志浩从不远处停着的车子走上下来。

看到程志浩，海欣问："我们现在去医院看看妈妈吧。"

程志浩说："我们先去外公家吃饭，下午还要去补习英语。"

海欣说："去补习英语之前，我想先去看看妈妈。"

程志浩说："好吧。"

程志浩此时感觉自己为女儿做得太少了，女儿上学很用功，妻子跟着女儿后面操劳更辛苦，他暗自下决心今后一定要为妻子和女儿多做一点，眼下紧要的就是和思慧解释清楚，他和张美娟真的没有任何事情。在他看来，他和张美娟过去就是物业工作人员和业主的关系，是大家都误会了，人们都有猎奇的心态，好像都盼望着别人出点什么事情，闹点什么笑话来，好给平淡的生活增添一些乐趣，而全然不顾别人的感受。现在，他自己也紧张起来，刚才看到章思慧躺在病房里伤心欲绝的样子，他的内心很是自责，他给自己的家人心理上带来了伤害，给家里添了乱。

程志浩到了岳父家，范红梅开门就问："大姐现在怎么样了?"

程志浩说："腿受伤了，身体有骨折和肌肉拉伤，脸部淤血，医生上午做了伤口处理，现在在打点滴消炎，还需要观察静养几天。"

范红梅说："大姐这么好的人，肯定不会有事的。"她转身去厨房端菜，"思敏他们马上也回来，你们先吃吧，海欣吃了要去补课的。"

海欣说："吃完饭我要去看我妈。"

范红梅说："那我跟你们一道去。"

范红梅把程志浩叫到一边，说："对不起，大姐夫，昨天是我多嘴，这才惹得大姐误会，昨晚我想了一夜，很是自责。"

程志浩问："你是听谁说的?"

范红梅说："那个女人的丈夫。"

程志浩说："她丈夫？我们之间真的没事。红梅，你当时怎么不先问问我呢？假的真不了，真的假不了。"

章思敏和郭梓峰回来了，范红梅招呼大家吃饭。吃饭的时候，没有人说话，家里很安静，每个人都知道章思慧发生车祸和程志浩有着某种关联，但谁都没有再提起。程志浩吃完饭放下碗，章思敏也放下碗，把程志浩叫到房间里。

章思敏说："今天大姐算她命大，捡回了一条命，如果要是更严重呢，估计家里不会这么平静。大姐夫，你是老实人，我爸爸说话不会太直接，怕伤着了你。但是，他没说并不代表他没怪你，你必须意识到，这次车祸根源是你。"

程志浩认真听完章思敏的话说："这都是误会，等思慧伤养好了我会好好解释……"

章思敏摆摆手："你别着急，听我说，这事不需要解释，有就是有，摆在那里跑不掉；没有就是没有，别人也诬陷不了你。所谓清者自清，时间能证明一切。我这里需要你承诺，不要再伤害大姐，你能做到吗？"

程志浩点头应道："我知道，我能做到。"

章思敏说："你比我年长，肯定比我懂得多。大姐不能再受到伤害，否则我们不会坐视不管的。"

程志浩频频点头，此时除了点头好像任何解释都是多余的，而且他所有的辩解也都会被质疑，他真的意识到了这个问题的严重性。

章思敏又对范红梅说："你下午去医院让爸爸和贾姨回家，我晚上去陪大姐，我去的时候给大姐带晚饭。"

范红梅说："我下午把军军接回来，晚上就没事了。要不我晚上陪大姐，你休息？"

章思敏说："我和大姐说好了，要不你明天去陪护。"

范红梅答应了，带上备好的饭菜跟着程志浩和海欣出门了。

进了病房，海欣看到妈妈躺在床上，喊了起来："妈妈，你这是怎么了？"

章思慧艰难地转过头："妈妈这是在偷懒，想歇几天，你自己学习还要抓紧，不要放松哦。"

范红梅打开饭盒，说：“我带了点排骨汤，来喂大姐喝。”

章思慧说：“我刚吃了馄饨，现在不想喝，等会儿再喝吧。”

章思慧还是放心不下海欣，“我没事了，在医院观察两天就能回家，这两天你要听爸爸的话，学习不能放松啊。”

海欣表态说：“我知道，我会努力的。你看你，脸都肿了，疼吗?”说完伸手摸摸妈妈的脸。

章思慧说：“谁叫妈妈不小心呢？过几天妈妈就回家了。你快去补习班上课吧，明天上午还要补习数学，下午在家好好睡一觉。”

海欣说：“明天下午我来陪你，就在这里写作业。”

章思慧说：“明天下午在家补觉，星期一好好上课。”

章思慧对程志浩说：“车子被拖到修理厂去了，你和交警队联系一下，再和保险公司联系一下，看后期如何处理，这事就交给你了。”

程志浩说：“好，我送完海欣之后就去交警队，再去保险公司，你就放心吧。”接着喊海欣，送她去补习班。

海欣凑近妈妈说：“妈妈安心养病，我走了。”说完和程志浩一道出了门。

范红梅接到章思敏的电话。

章思敏问：“你是听谁说程志浩在外面有女人的?”

范红梅支支吾吾回答说：“我也只是听说，没有事情就好。”她不好直接说出刘金坤，深追下去，她和刘金坤的事也会被挖出来。

章思敏不依不饶地问：“你和我说实话。”

范红梅说：“都是听说的，也没有证据。”

“这样不负责任地瞎传，我们是不是都在欺负志浩这个老实人?我上午还问了志浩，他也说是误会。我跟他把话说白了，如果他真的有什么事，我绝对不会给他好果子吃的。”

范红梅心虚地挂了电话，暗暗下了决心：以后跟刘金坤要保持距离，叫他回家好好过日子，不然刘金坤的老婆缠上程志浩，家里还要出更大的事情。

范红梅看章思慧睡着了，轻声走出病房，在走廊的椅子上坐下。她看看时间，已经快4点了，周昌盛还没有送军军回来。她打周昌盛的电话，周昌盛说他买了军军喜欢吃的鸡翅，晚上做可乐鸡翅给军军吃，还问范红梅要不要来一起吃。

范红梅一口回绝了："大姐出了车祸在医院，我在医院陪护，去不了。"

这时电话又响了，是刘金坤打来的。

刘金坤问她："在哪，晚上有空吗？有空的话晚上一起吃饭。"

范红梅说："我大姐出了车祸在医院，我还在陪她，晚上出不去。"

要是没有大姐这档子事，刘金坤为她画出的蓝图可能很快就要实现。她也有追求幸福的权利，也有被呵护、被温暖的需求。和周昌盛离婚这么多年，身边没个男人，日子过得寡淡不说，一个人也很艰辛。可是，如果自己投进了刘金坤的怀抱，得到了殷实的生活和情感的幸福，刘金坤的妻子就会死缠着程志浩，章思慧如果因此被抛弃，她的内心将无法承受。

临近傍晚，郭梓峰和章思敏来了。看到范红梅在走廊坐着，便问："你怎么在外面？大姐呢？"

范红梅说："大姐睡得正香。"

章思敏说："你回家吧，我们在这陪着。"

三十八

章思慧睡了整整一个下午，她真的太累了，睡梦中出现了她和程志浩刚见面时的情景。程志浩穿了一套新西服，还打了领带，这行头怎么看怎么不像他自己的，好像是借了别人的。事后她才知道，为了这次见面，他第一次自己去挑衣服。第一次章思慧自然是没有看上他，章思慧虽然家住郊区，可上学都是在市区，穿着打扮和城里人差不多。章翰文的家教严，章思慧上学是绝不允许早恋的，即使上了大学，她也没有过恋爱的经历，直到工作，她才意识到自己这么大竟然还没有谈过恋爱。可她生性腼腆，给人高冷的感觉，也是因为她长得好看，条件稍微差一点的男孩子不敢问津，暗恋她的同学江小刚也阴差阳错擦肩而过，她的恋爱就耽搁下来了。倒是章翰文慧眼识“珠”，在众多的介绍对象中相中了程志浩。程志浩出身农村，朴实肯干，当时在市房管局下面的测绘企业工作，中专生能够到这个单位工作也是凭实力的。

章思慧开始不同意，觉得程志浩土里吧唧的，人太老实没出息。章翰文倒不这么认为，以他的经验，人老实才好，他认准的人还能有错？难不成他还能害自己的女儿？章思慧没有更多的理由拒绝，听从了爸爸的建议。

结婚第二年，女儿海欣出生。在月子里，都是程志浩夜里起来喂奶粉、换尿布，小时候海欣生病，半夜都是程志浩送去医院，他围着女儿跑前跑后，章思慧也认为章翰文有眼光，会识人，也庆幸自己找了个好老公。

后来程志浩所在的企业改制，人员都要分流，分流出来的人进入刚成立的安居物业管理公司。程志浩家庭没背景，也被分流到了物业公司工作。渐渐地，他开始忙起来，用他的话来说，没有背景，只有凭实力，只有比别人多努力才能有出路。自从他在物业公司上班以后，家里的重点工作开始转移，家务、女儿的学业全部交给了章思慧打理。

章思慧醒来的时候，天已经微微黑了，她浑身一点力气也没有，感觉肚子有点饿。章思敏给她喂了饭菜，吃饱了之后，觉得人也精神了许多。

范红梅走出医院给周昌盛打电话，询问军军什么时候回来。周昌盛说，军军还在吃饭，等吃完饭送他到家园小区。范红梅说她现在在市立医院，如果近的话，叫他把军军送过来。

周昌盛说："我就住在市立医院东大门对面的景苑小区，你现在来，我下楼去接你。"

范红梅说："不用了，你把具体地址发给我，我直接过去。"

出于好奇，范红梅想去周昌盛的住处看看，于是按照周昌盛发来的地址找了过去。景苑小区是菱湖市的一个高档小区，里面的设施和管理都是一流的。到了门口，范红梅敲了敲门，儿子军军跑出来开门，拖着她进去，一边走一边炫耀："这是爸爸的新家。"

这是一间两居室的房子，装修了一番，家里的设施也都齐全。

周昌盛介绍说，他现在就在本小区的物业公司上班，这房子是物业公司给他和另一个员工租的。他的工作就是保安，工作轻松，工资还不低，他想好好干，挣钱买房子，在城里扎根。

其实，这个房子是周昌盛和同事李乾坤合租的，为了自己有面子，故意说是公司为他们租下的。范红梅安静地听着，没有出声。她对军军说："我们走吧，回家，明天还得上围棋兴趣班。"

军军和周昌盛说再见。周昌盛说："军军，下周再来。"

周昌盛送他们出门，问："听军军说我妈住在你那儿？改天我去看看她老人家。”

范红梅说：“你都不管她了，还去干吗？你要是去，就把她直接接走。”

周昌盛说：“我这里不是不方便吗？等我们买了房子，再接她和我们一起住。”

范红梅说：“你想得真美，谁跟你是我们？我跟你说，你别找不自在。我和军军、你妈都是寄人篱下，你就是不替我想，也要替军军想。你要再去闹，连我和军军都没有地方住了。”

周昌盛像泄了气的皮球，没了声。和范红梅重归于好的路上，充满着荆棘，但再艰难，他都不会放弃。

一路上，军军说：“爸爸带我出去玩了，买了好多好吃的东西。爸爸和另一个叔叔同住，那里住得可舒服了。爸爸还说，等过几年，他就在这个小区买一套大房子，把我们都接过来，我也有自己的房间。”军军说得摇头晃脑，好像那栋房子早就在那里等着他似的。

天渐渐地黑了下来，马路上的喧嚣、灯光的朦胧把夜涂抹得有些诡秘。

范红梅拉着军军说：“大姨进了医院，我们去看看大姨。”

军军说：“好吧。”

范红梅带着军军进入病房，章思敏正和章思慧聊着天。此时的章思慧脸色好了许多。范红梅说：“听说大姨在医院，军军非得要来看看大姨。”

军军说：“大姨好。”

章思慧说：“军军好，军军今天到爸爸那里玩得开心吗？”

军军说：“我爸爸住的房子好漂亮，现在他也上班了，今天带我出去玩的，晚上还烧了可乐鸡翅，味道可好了，我下次还去。”

章思敏说："你爸爸现在真厉害，这样下去也不错。前段时间我还说他，看来人都会改变的。军军，你下次去了，要鼓励你爸爸好好地干。"

军军说："我爸爸还说，等他买了大房子就接我和妈妈过去一起住。"

范红梅说："听他吹牛。买房子是这么简单的吗?"

章思敏说："说不定还真的有奇迹发生。你们回家吧，现在时间不早了。"

范红梅说："那我带军军先回家。大姐，你就安心休息吧，明天想吃什么打电话告诉我，我烧好送来。"

章思敏说："郭梓峰，你也回家吧。你打车带红梅姐和军军回家，明天要抓紧时间和装修公司对接，我没时间陪你去了。"

郭梓峰说："好吧，有问题及时向你汇报。"说完和范红梅母子离开了医院。

郭梓峰出了医院的门，接到贺志远的电话，贺志远问关于对他的工作安排是否知情。

他看看范红梅在旁边，怕她听到什么回家多嘴，老爷子听后担心，便对贺志远说："等会我打给你。"出租车来了，他丢给司机50元钱，对范红梅说："钱我付了，我还有事，你们先回去吧。"

支走了范红梅，郭梓峰又打电话给贺志远："你在干吗？方不方便，我过来。"

贺志远说："我还没回家，正在路上，你过来吧，我马上到小区了，我就在小区门口等你。"

郭梓峰去过贺志远的住处，打了个车赶过去，正好在小区的门口碰到了贺志远。贺志远问："既然赵书记找你谈话了，你要有心理准备，世事难料。"

郭梓峰说：“通过火灾这件事我也想通了，有的事情就是命中注定，强求不来的。”

歇了一会儿，贺志远说：“喊你来就是告诉你，区里的会议定了，可能有几个部门涉及人事调整，区排灌站缺人，你有可能去那里。”

郭梓峰心想，除了汛期，排灌站几乎没有差事，他是写过报告，想到清闲的区直部门工作，可那时也是一时赌气。他嘴巴上说：“也好。”

贺志远说：“不管在哪，慢慢来。一开始肯定不适应，过段时间，你再去组织部看看，换一个适合你的岗位。”

郭梓峰点点头。

三十九

章思敏等章思慧吃完了晚饭，打水给她洗脸，为她擦洗身体。

章思敏说：“大姐，以后你就不要这么拼了。就是不出车祸，你的身体也不允许这样折腾，你太辛苦了。”

章思慧说：“还有一百多天海欣就要高考了。等海欣上了大学，我也能轻松了。海欣要是上了大学，我就上班去，工作的人有了精神寄托精神会好一点。”

章思敏说：“你要记着，往后家里的事情你就让大姐夫做，你别不放心。”

章思慧说：“我今后只为自己和海欣活着，其他的都要放下。”

章思敏说：“我们都要活出自我来，如果一个女人只有家庭、孩子、丈夫而没有自己，迟早会被淘汰的。”

章思慧说：“这么多年了，我的圈子只有工作和家庭，有时和海欣一道出去，孩子都嫌弃我落伍了。”

章思敏说：“你知道就好。等海欣上了大学，你要留点时间给自己，自己快乐才是最重要的。”

章思慧说：“我下午睡了一觉之后，感觉好多了。我一个人在这也没事，你回去休息吧。”

章思敏说：“那我哪放心？我今天晚上的任务就是陪你。我要是走了，爸爸还不骂死我啊。”

章思慧说：“那你晚上就在我床边和我挤一挤，明天好有精神和梓峰一道忙你的正事，男人总是粗心大意。”

章思敏想想也是，忙打电话给郭梓峰，说家装公司上门量房时告诉她一声，她也去现场看看。

晚上章思敏在床边睡了几个小时。一大早范红梅就送来了馄饨，章思敏吃了馄饨就往新房赶。章思敏想，他们幸福的小窝就要开始装修了，这段时间郭梓峰不再担任街道办事处副主任，会议也少了，她会督促他腾出时间来关注一下家装进度。

周一街道分管干部的党工委副书记正式和郭梓峰谈话，区里研究的人事调整暂缓实施，所以他的工作还是在街道办，暂时担任街道安监办主任，负责街道安全生产工作。这样的安排也是有点出乎郭梓峰的意料，因为他写了报告，想到工作轻松一点的区直部门工作。

安全工作是在他这一个多月以来开始接触的新领域，责任重大。但无论如何，在这个岗位上，必须得认真履职。他每天下午带着街道安监办的工作人员每个村居跑，特别是有安全隐患的地方，给物业公司下发整改通知单，并督促整改到位。

关于消防联动系统的事情，郭梓峰和区住建委等相关部门对接，区政府也在制订招标计划，将此事提上了议事日程。虽然上了议事日程，但消防管道都是在地下，想找到哪个地方漏水，真不是容易的事。他们找了一家公司，一段一段地关阀试验。

这天下午，装修公司打电话要签订装修协议，正好郭梓峰带着街道安监办一帮人在社区互查安全，因为脱不开身，他只得把时间往后推。章思敏知道后十分生气，心想：好你个郭梓峰，现在不当副主任，没有那么多的会议了，办事还这么拖拖拉拉的，你还说你急着要结婚，我倒要看看你要拖到什么时候，我是不会催你的。

由于章思慧发生车祸还在医院，程志浩这几天一直没上班，跟保安队队长吴成斌请了几天假，说接送海欣。因为程志浩只是向吴成斌请了假，没有向付伟明请假，付伟明心里不痛快。几天后，付伟明把吴成斌批评了一顿，说两天以上的假必须向他本人提出书面申请，何况程志浩快一个星期没来上班了，也没向他请假，公司有公司的规矩，吴成斌没有这个权限批准。吴成斌说程志浩妻子出了车祸在医院，孩子要上学，家里实在走不开。付伟明说：“每个家里都有这样或者那样的事情，如果都不能克服，我们公司不全部乱了吗？”吴成斌打电话给程志浩，叫他来公司向付伟明请假。

程志浩立刻打电话给付伟明，说家里有紧要的事情脱不开身，再等几天过来上班。

付伟明说：“家里出了什么事情？需不需要派人给你帮忙？你毕竟是我的前任领导，有事情尽管和我说一声，我也好给你安排。你什么也不说，我怎么知道你家里有事？”

程志浩说：“付经理，就算我口头辞职了，等几天来递交辞职报告。”

就这一句话，他辞职了。

那一刹那，他感觉自己解脱了！他来找郭梓峰商量对策，他决定要办公司，要创业，他要启航。人的过激举动，有的时候真是逼出来的，在那一刻，他没有其他的选择。

程志浩说："我当务之急是先注册一个公司，你在政府部门待的时间长，请你给我出出主意，再说你比我注重细节，很多事情指望你给我把关。"

郭梓峰说："大姐知道吗？她还在医院吧？"

程志浩说："快出院了，我还没跟她说。准备工作还没做好，这件事暂时不能告诉她，更不敢和老爷子说。我想抓紧时间，省得他们为我担心。"

郭梓峰说："要成立一家物业管理公司也行，你毕竟也干了很多年，有这方面的经验。行！这个想法很好，我支持你。"

程志浩说："有你把关，我更加有信心，今天晚上帮我好好谋划一下。"

程志浩打电话给章思敏，说上班走不掉，叫她接一下海欣，然后叫范红梅到医院给章思慧送吃的。他安排好这些事情以后，拉着郭梓峰，说找地方好好聊聊。郭梓峰开着车子，两人找了一家小饭馆。

郭梓峰放下了负担，舒展了心情。他们就像两个玩火的孩子，本来一个人是不敢点火的，要是两个人一道玩，互相鼓励着，胆子就大了些，什么事情都敢想敢做。他们想着：干就干他们都熟悉的，物业管理不仅能做小区管理、写字楼管理、道路保洁，还能做菜市场管理，物业管理目前的市场需求量很大，现在都是招标，如果中标就从招收员工开始干；没有中标，只是浪费了制作标书的费用，没有其他损失。

他们喝着酒畅谈着，仿佛不远的将来，公司辉煌的成就就在面前。程志浩的公司就在这酒酣耳热间成立了，他决定第二天就去办理注册手续。兴起时，程志浩兴奋地朗诵道：

怅寥廓，问苍茫大地，谁主沉浮？携来百侣曾游，忆往昔峥嵘岁月稠。恰同学少年，风华正茂；书生意气，挥斥方遒。

郭梓峰接着继续大声朗诵：

指点江山，激扬文字，粪土当年万户侯。曾记否，到中流击水，浪遏飞舟？

这一晚，程志浩和郭梓峰都喝多了。

四十

章翰文做了饭菜送到医院。这几天，章思慧身体恢复了一些，生活也能自理，家里人仍然来轮番陪护照料饮食起居。

此时病床上的章思慧，身体虽然好多了许多，但程志浩出轨给她带来的精神上的痛苦时时刻刻折磨着她，比身体上的伤痛更要强烈。住院的这几天，她每每想到这个问题，都是以痛苦而结束，始终没有想出一个解决的办法。现在，她要忍到海欣高考结束，等海欣上了大学，他们俩立刻离婚，做个彻底的了断。

章翰文走进病房，说："一大早红梅就去市场买了骨头熬了汤，味道鲜着呢。你今天感觉好多了吧？"

章思慧移了移身子，说："好多了，医生说这两天我就可以出院了。"

章翰文说："那就好，那就好。还是回家好，省得我们两头跑。回去后，多休息少做事。"

章思慧说："爸，我和程志浩的事情要做一个了结，想听听你的意见。"

章翰文说："我们现在还不能确认志浩有问题，万一我们错怪了他，怎么办？我想，你现在最紧要的任务是调养好自己的身体，再看他的表现，在做重大决定之前，必须慎之又慎。”

章思慧说：“爸，我就实话实说吧，那个女的经常给他发暧昧信息，如果没有私情，怎么会搞暧昧?”

章翰文说：“你暂时不要下结论，我再和他谈一次。出院回去后，你就先住在我家里。”

章思慧说：“这段时间也辛苦你老人家了，等我出院了，多给你帮忙。海欣还有三个多月就要高考了，什么事都没这件事重要。”

章翰文说：“孩子上学也要顺其自然，不要给她太大的压力，只要尽心就行。”

章思慧说：“知道了。等我出院了，我想把小文、思聪、思敏喊到一起，把你和贾姨的事情定下来。”

章翰文说：“红梅现在上班忙，你贾姨这段时间也经常来帮我做做饭。她这个病说犯就犯，思聪和小文都指望不上，就怕她哪天发病没人知道。”

外面响起了敲门声音，章翰文看到一个男子拎着个果篮站在门口，问：“这是章思慧的病房吗?”

章翰文问：“你是……”

来人说：“我是章思慧的同事，姓江。”边说边往里走。

章思慧听到是江小刚的声音，赶忙坐起身子，叫了一声：“江主任，这么忙你怎么还来了啊? 快进来吧。”

江小刚进来，放下了果篮，说：“听说你遭遇了车祸，我们大家都很担心，没什么大事吧?”

章思慧说：“没事，也快出院回家了。快坐，快坐。”

章思慧忙介绍道：“这是我们单位的领导，江主任。”

江小刚向章翰文点点头，说：“我是她的同事，也是她的高中同学。”

章翰文说："听思慧说过。自从我们家海欣上了高三，单位领导一直很照顾思慧，真是十分感谢。"

江小刚说："哪家都有事情，应该的。况且孩子高考也是大事，也就这关键的一段时间。"

章思慧脸上露出了微笑，说："还是老同学好，在工作上照顾我。"章翰文起身让江小刚坐下。

江小刚说："伯父不知道吧，我刚上大学那会儿还去过您家里呢。那年的春节，外面下着雪，我还丢给您一张小纸条，上面写着我的电话号码，记得吗?"

章翰文的大脑快速运转着。慢慢地，他好像记起了什么似的，"有二十年了吧，好像是。那个人就是你？一个很腼腆的毛头小伙子，当时我你问找思慧什么事，你就是不说，丢了一张纸条就走了，后来小纸条也被我弄丢了。我寻思着，要是有事你肯定还会来的。"

章思慧说："你知道他去找我干嘛吗?"

章翰文说："我哪知道？我问了，他没说嘛。"

章思慧说："那时他去找我，是想和我谈恋爱。"说完大笑了起来。

江小刚满脸通红，说："可惜没缘分。"

章翰文说："那时你们就像我外孙女海欣这么大，时间过得真快啊。"

章思慧脸上露出微微的红晕，好像沉浸在被人追求的幸福之中。可是，那种幸福，她没有真正地体会到。一个女人，没有真正地谈过一场轰轰烈烈的恋爱，就是一种缺憾。

少女时代，情窦初开，对爱情朦朦胧胧的向往既奇妙，也甜蜜。只是章翰文不允许她早恋，她十分乖顺，对男同学的示好一律不理不睬，即使后来她上了大学也不例外，唯有眼前的江小刚有些特殊，不是说她对江小刚有多爱慕，只是江小刚经常围在她身边，渐渐没有了陌生感，甚至有了想接近的冲动。和同年龄的小伙伴比起来，她没有体会过恋爱时怦然心动的感觉，她的爸爸手里有一根指挥棒，指到哪里，她就走到哪里。那时候，她渴望着江小刚来找她。江小刚来过，可是阴差阳错，他们错过了。青春的岁月，匆匆的年华，就这样离她越来越远。二十多年过去了，那种神秘的感觉在她的心田里只停留过片刻。

章翰文叹了一口气，说："你们也都步入中年了，难怪我们老了。人到中年事事忙啊。"

章思慧说："江主任，上次还说请你吃饭，一直没时间，感谢你这段时间对我关照。等高考结束，请领导多给我安排一些工作任务。"

章翰文说要回去，和江小刚打了招呼就走出了房门。

等章翰文走后，江小刚感慨地说："我们高中毕业已经二十多年了，真是弹指一挥间啊！那时，你是班里的班花，我们几个男生都喜欢在你眼前晃来晃去，但你总是冷面相对，我们只能望而却步。"

章思慧感叹道："真是时过境迁。"

江小刚说："想想那个时候真有趣，对生活和爱情总是铆足了劲儿，对未来总是很向往，现在已经找不到年轻时候的那种劲头了。"

章思慧说："尽管年轻时候的很多想法都无法实现，但总是令人向往。都过去了，我们已经进入中年了，美好的回忆终将成为历史。"她想到了自己，不知不觉人已经到了中年，全身心付出的家庭如今快要分崩离析，不禁潸然泪下。

江小刚问：“你怎么了？有什么心事吗？”

章思慧说：“在家人面前，我在尽量克制，怕他们为我担心。我以前认为我很幸福，但是我最近才知道，我的家庭快保不住了，我不知道怎么办才好。”

江小刚说：“什么？你说什么？”

章思慧擦了一下眼泪，“他只是一个保安，我从来没嫌弃过他，这么些年来我也给足了他面子。可是，就他这样的人居然还有外遇。”江小刚递过纸巾，她接过来擦去脸上的泪水。

江小刚说：“你能确认吗？这种事情需要证实的，最好静下心来谈一下。即使你丈夫出现了状况，你也得保重好自己。你现在最大的任务就是养好伤，别的事情不要多想。”

章思慧说：“现在只有这样了。医生说了，等两天我就要出院了。这几天人躺在医院里，心里还想着家。”

江小刚说：“不管遇到什么困难，你记着，老同学站在你身后，永远支持你。”

章思慧说：“谢谢你。”

章思慧从江小刚的眼睛里看到了无限温柔和怜惜。但她为什么要在江小刚面前说丈夫出轨的事，她不该什么都往外说，说完她就有点后悔了。

四十一

两天后，章思慧出院了。章思敏直接把她接回了家。但惦记家的章思慧，只住了一夜，第二天吃了晚饭就回了自己家。

回到家，她发现家里已经乱得不成样子了：沙发上、凳子上放着程志浩的臭袜子和脏衣服，地板上一层厚厚的灰尘……她现在还不能做家务，只好打电话喊范红梅过来帮忙。

章思慧到家的时候，程志浩正趁着天黑去了物业保安休息室。之所以选择晚上，他还是想给自己留点面子，他这个下台的经理与往日的下属见面总有点尴尬，晚上人少，避免了很多不自在。他和值班的保安打了招呼，开了柜门，取走了自己的私人物品，包括张美娟送的那块手表。

他从物业办大门的那条主干道走出，转弯向小路走去，这时一个熟悉的声音从背后响起："程经理，真巧，你也在散步吗?"

他没有回头，只是放慢了脚步，是张美娟!

张美娟问："晚上吃过饭在家没事，在小区里散散步。注册公司的事情搞得怎样了?"

程志浩说："正在准备材料，已经搞得差不多了，现在只差启动资金和注册资金。"

张美娟说："我不是跟你说了嘛，我有闲置的资金，先给你用，合作方式你来定。先给你50万，我现在就回家给你拿银行卡，你去小竹林等我。"

程志浩说："谢谢张总，就算我借你的，回头打个借条给你。"

张美娟说的小竹林在主路的拐角处，是个僻静的地方，一阵风吹过，小竹林"哗哗"作响，没有月亮，也没有星星，远处的高楼透过一丝亮光。

过了一会儿，张美娟来了，夜色中她的脸看不出血色，但掩饰不住见到程志浩的兴奋。

张美娟说："这几天我也打听了，注册一家物业公司注册资金要100万，今天先给你50万，明天再给你50万。你放心，你做这一行准行，我看好你。"

程志浩说："谢谢你在我困难的时候支持我。"

张美娟说："别总说谢谢谢谢的，我也是看中你是个潜力股，期待着你的公司早日开业，早日竞标成功。"

程志浩从张美娟手里接过银行卡，心里顿时底气十足。回到家，他决定要好好表现一番，帮忙做家务，他想等到章思慧心情好一点再好好解释他和张美娟的关系：所有的一切都不是她想象的样子，他们之间真的什么都没有，张美娟至多只能算是他事业上的支持者。当天晚上，他兴奋得整夜无法安睡……

第二天，章思慧在家里收拾柜子，看到了那块手表，这可不是一般的手表，她上网查了一下，应该是情侣表，每只都要好几万。她出门买菜，有邻居神秘地把她喊到一旁，说昨晚有人看见程志浩和张美娟在小区一道散步。章思慧听到邻居的"好心提示"后，又一次崩溃了。

为了不影响海欣做作业，她把自己和程志浩关在房间里，细数着程志浩的种种不是。程志浩事先想主动和章思慧谈一次关于他和张美娟的事情，哪知章思慧竟主动兴师问罪，他当然要为自己辩解。章思慧闭起眼睛直摇头："你不要说了，我问你，这块手表，不，情侣表是怎么回事？那只女款在谁的手上？"程志浩竟呆呆地立在那里，无言以对。

章思慧失去理智了，她大叫道："离婚！离婚！"

程志浩说："你真的误会了，我们之间一点关系都没有，请你相信我。海欣还在备考，有什么事情不能小点声吗？"

章思慧无法控制自己的情绪，大叫道："等海欣考完大学就离婚！"海欣把推开的房门重重地关上，章思慧这才意识到没有控制好自己的情绪，追到海欣的房间，海欣哭了起来："我不考大学了，我考上大学你们就离婚，我还考什么考？"说完，把桌上的书重重地摔在了地下。

程志浩看到局面无法控制，忙打电话给章翰文求助，自己则去了小区的2号楼。

四十二

章翰文接到电话立刻起身赶过去，进了门，家里一片狼藉，凳子倒在地上，撕碎了的纸片散落在地上。章思慧蹲在地上捡着书本和撕破的试卷，一张一张叠起来整理好，眼泪扑簌簌地往下掉。

章翰文问："怎么了？"

章思慧动了动嘴角，用衣袖擦了擦泪水，没有出声。

章翰文走近海欣的房间，推了推房门，门从里面反锁着。他敲了敲门："海欣，开门啊，我是外公，你把门开开好吗？"

海欣打开了房门，眼泪汪汪地走出来，章翰文把海欣搀到了客厅。

章翰文问："你们这大半夜是怎么了？折腾得没完没了，看把海欣吓得，志浩呢？"

章思慧没回答。

章翰文给程志浩打电话："你到哪去了？"

程志浩说："我在2号楼，家里我也没办法呆了，这几天我就和肖启明一起住。"

肖启明接过电话说："章主任，程经理和我在一起呢。"

章翰文放下电话，对章思慧说："你刚出院，身体还没有恢复，现在最重要的是照顾好自己，知道吗？志浩工作上不顺心，你也要理解，你总不能踩着人家尾巴不放吧。有些事情迟早会弄清楚的，不要妄加猜测，不要着急。你看看，海欣还有几个月就要高考了，你们干吗非得争个是非对错？都消停下来吧，难道以后就说不清楚了吗?”

章思敏打电话，问章翰文这半夜人跑哪去了。章翰文说：“在你大姐家呢，马上回来。”

章思慧听到爸爸怪自己不消停，想辩解，可是见海欣在身边，她强忍住了。她心想：不管怎么样，我再忍几个月，一切都等海欣顺利高考完再说。

海欣说：“爷爷，我考上大学，他们就要离婚，家就散了，那我考大学还有什么意思呢?”

章翰文说：“这是谁在胡说？是你爸爸还是你妈妈？还离婚?混账话。”

章思慧挤出一丝笑，说：“海欣，这是妈妈说的气话，气你爸爸的，你不要当真。”

海欣说：“你们躲在房间里背着我说的话，还能有假？反正我不参加高考了，我也想开了，上了大学以后还得找工作，不如不上了，我就不相信不上大学就找不到工作，外面不考大学的人多着呢。”

章思慧说：“你这孩子，正是上学的时候不好好上学，以后想上学也没有机会了。海欣，妈妈答应你，这一辈子都不会和你爸爸离婚的，我们就守着你。”说着就哭了起来。

章翰文说：“你妈妈都这么说了，你就放心吧。再说，他们要是离婚，外公也不会答应的。”

章翰文说：“海欣听话，早点睡觉吧。明天该上学的上学，该上班的上班。”

海欣说：“我明天就不去上学。”

章思慧哭了起来：“你要让我怎么做才能原谅妈妈？妈妈知道错了行不行啊？妈妈被你爸爸气糊涂了，也就随口一说。”

章翰文说："海欣，考大学是你自己的事情。不考了，之前的努力也就白费了，最后还是自己吃亏，是不是?"

海欣说："你们别管我了，我也长大了，你们先管好你们自己的事情。"

章翰文看这架势，觉得应该先缓缓，便说："你们洗洗先睡觉吧，有事明天再说。"

第二天海欣没去学校，章思慧和老师说海欣生病了，请几天假。海欣在家睡了一天，章思慧焦急了一天。当天晚上，海欣出门喊小涛一起玩，小涛父母也离异了，和爷爷奶奶住在一起。

小涛以为海欣真的生病了，惊讶地问道："你病好了吗?"

海欣说："我没生病，我不想上学了。我爸我妈等我上大学就要离婚，我还上什么学?"

小涛说："你爸爸妈妈也要离婚啊? 真是的，不知道他们大人怎么想的。"

海欣问："你爸爸妈妈离婚，你很难过吧?"

小涛说："是啊，可我有什么办法呢? 爸爸一个家，妈妈一个家，就我没有家。"

海欣哭了，小涛找出纸巾递给她。海欣说："以后你多陪我玩。"

小涛说："他们越是这样，我们越要好好学习，我们指望不上他们，只得靠我们自己，明天去上学。"

海欣想通了，她要去上学，还要好好学习。回到家，她和妈妈说："我明天去上学，不是为你们，是为我自己，以后我住校，不回家了。"

海欣看着妈妈难过的样子，没有说话。章思慧说："行，明天送你住校，每天给你送吃的去学校。"

海欣说："不需要，学校有食堂。"

第二天一早，章思慧早早地把海欣送到学校，办理了住校手续。

程志浩搬到2号楼和肖启明住到了一起。肖启明知道程志浩辞职办公司，他是学设计的，做一些招标设计在行，所以下班后总是帮助程志浩。

程志浩说："目前公司还在筹备阶段，材料你多看看，给我多出出主意。"

肖启明说："程经理，你的物业公司需要人吗？需要的话我就去你那里干。"

程志浩说："当然需要，尤其是像你这样的专业人才，等公司正式运行，你就来。睡吧，明天还上班，你现在要和付伟明搞好关系，他毕竟是项目经理，要尊重他。"

肖启明说："我知道，程经理。你办公司，需要我跑腿或者需要什么材料，尽管找我，什么公司章程、股东协议等文件材料，我都很熟悉。"

程志浩说："谢谢你，到时候我肯定需要你的帮忙。"

他洗了一把热水澡，然后把筹建办公司的思路理了一下。他现在要做的，就是克服一切阻力，把公司办起来，混出点模样，在岳父家真正能抬得起头来。岳父一家人虽然对自己表面客气，但他认为从心里他们还是看不起自己的，章思慧这么多年也是对他颐指气使。如果他是成功人士，他是单位领导、公司老总，一家人会对他另眼相看的，所以，他必须成功。他已经从张美娟那里借来100万，等新公司注册成功，他就是公司老总了！他越想越兴奋，这里就是他梦想开始的地方。对！公司的注册地址就在家园小区2号楼，今后他就在这里大展宏图。

四十三

这天上午，程志浩还在睡梦里就被郭梓峰的电话吵醒，郭梓峰问他现在在哪。

程志浩说：“在公司，你过来。”整个晚上他都在想着创办公司的事情，他已经把和肖启明住的地方当成了新公司的办公地点。

郭梓峰问：“公司？在哪个公司？你在哪里？”

程志浩自己也笑了起来，索性就当真了，说：“我现在就在志浩物业管理有限责任公司，地址在家园小区2号楼。”

郭梓峰说：“我马上过来。”

程志浩起床洗漱，一会儿郭梓峰进来了。程志浩说：“从今天开始，家园小区2号楼一单元301，这里就是我公司的地址。今天开始，我们就围绕既定的目标前行！”

郭梓峰说：“说正经的，思敏一早打我电话，说你这几天家里又发生战火了。你怎么老是扯不清啊？昨天一天海欣没有去上学，你知道吗？”

程志浩说：“我不知道。”

郭梓峰说：“好在就一天，海欣今天早上又去学校了。你要多安抚大姐，她那里不能出问题，家里一定要稳定。”

程志浩说：“发展才是硬道理，我想了很久，只有自己先发展起来，才能挺起腰杆。哎，我现在是看透了，男人有了自己的事业才能扬眉吐气。现在我的工作重点是公司启动和招揽业务。”

郭梓峰说：“好心提示你，稳定最重要。”

程志浩说：“知道，只有稳定才能发展，没有稳定的环境，什么事情都做不了。”

郭梓峰说："你这一套一套的跟谁学的？关键是做。"

程志浩说："当前最重要的任务是创业，等成功了，我就有话语权了。"

郭梓峰说："希望你早日创业成功。"

送走了郭梓峰，程志浩喊来了肖启明。他们去了菱湖市市场监督局，咨询注册新公司的相关事宜。

两个人从菱湖市招标办的网站寻找物业管理、劳务承揽、菜市场管理等招标项目，一笔一笔地记下来，然后再去管理单位现场考察。跑了两天，一点进展都没有，人却累得要死。

这天下午，程志浩和肖启明从外面回到公司，感觉工作没有任何进展，便打郭梓峰电话，请求他的帮助。一会儿，郭梓峰赶了过来。

郭梓峰说："干脆，我也加盟你的公司吧。"

程志浩说："只要你愿意，我是欢迎的。"

郭梓峰问："找我有什么事情？"

程志浩说："我和肖启明跑了几天，没有任何进展，你给参谋参谋。"

郭梓峰说："慢慢来，哪有轻而易举的事情啊？万事开头难，没有进展，说明你们功夫没到家，今后我有时间可以帮你多跑跑。"

程志浩问："怎么？工作又有变动？"

郭梓峰说："是的，我现在要到区排灌站上班，那里相对清闲一些。"

程志浩问："不是在街道安监办吗？怎么又换了？"

郭梓峰说："区里最近定的。我在南城街道干得也没意思，没个前途总要图个清闲吧？"

程志浩说："清闲好，你兼我们的公司顾问，等公司运行正常了，就给你发工资。你有资源，熟悉政府工作，有你的加入，公司如虎添翼。”

郭梓峰说：“纯粹帮忙，不拿薪水。”

这时，章思敏敲门进来，问道：“这几天看不到你们俩，都在忙些啥呢？”

郭梓峰说：“我来给大姐夫帮忙。对了，正有事向你汇报……”

没等郭梓峰说完，章思敏说：“向我汇报？笑话！自己要求到清闲一点的排灌站上班，事先都不跟我说一声，装修的事情一直拖到现在也不跟进，以后你的事情不要跟我说。还有你，程大经理，程总，你是真糊涂还是假糊涂？现在经济形势这么不景气，企业竞争这么大，你说开公司就开公司？郭梓峰，今后你是你，我是我，你的事情与我无关。还有你程志浩，我姐和海欣你都不管了是不是？你们俩就作吧。”说完扭头走了。

程志浩问郭梓峰：“调动工作的事情你没有和思敏说？”

郭梓峰摇摇头，“没有，还没有来得及说。”

程志浩说：“改天上门解释一下。思敏比较开明，会理解你的。”

郭梓峰说：“看来你的公司只能是背水一战了。我们现在去新亚农贸市场实地考察一下，他们正在公开招标。”

程志浩说：“好！普遍撒网，重点捕捞，只要有水，我们都得捞一网，说不定能捞到小鱼小虾呢。”说完，他们三个人一起去了正在招标经营权的新亚农贸市场。

新亚农贸市场是一个规模中等的菜市场，经营蔬菜、白肉、水产、净菜、干货等，人流量很大，但是内部环境杂乱。郭梓峰担任街道文明办主任时，对农贸市场内部管理有过系统的考核，他对程志浩说：“这个市场管理欠缺，要是我来经营的话，首先要规范经营人员行为，引导他们养成良好的习惯，这样环境肯定会有很大改观。”

程志浩说：“文明创建是你的主战场，市场管理是你的强项，积累了很多经验。”

郭梓峰决定去菜市场三楼的办公室，了解一下农贸市场招标的具体事宜，接待他们的是资产管理委员会的曹书记。

郭梓峰说：“我们看到了你们的招标信息，觉得这个市场有潜力，所以来现场看看。”

曹书记似乎很有同感，说：“每次文明创建检查都让人头疼，关键是我们对市场管理没有抓手。上次招标，高价中标后导致承包价格过高，中标单位赚不到钱，只能涨摊位费，经营户也是怨声载道。”

程志浩问：“这次招标不是以最高价中标吧?”

曹书记说：“以合理价就是以贴近中间价的中标。能来现场考察并和我接触的单位，你们是第一家，看来你们准备还很充分。你们是哪家公司?”

郭梓峰说：“志浩物业管理有限公司。我们也准备报名参与投标，今天到现场来就是想了解一下市场的情况，回去测算一下成本。”

他们在谈话的过程中，肖启明拿出本子，边听边做着记录。

和曹书记谈得很投机，程志浩和郭梓峰对于农贸市场招标信心满满。和曹书记告别后，三人又去了市场，将摊位数量、摊位费用等相关情况深入了解一番。忙完这事，他们三人找了一家小饭馆坐了下来。这次报名参与招标是公司第一次出手，很关键。他们将全力以赴，根据招标要求，精准核算，这样报价才会更加合理。

吃过晚饭，三个人出门上了车。郭梓峰的车子从新亚农贸市场停车场驶向主干道，拐弯时一辆车“咣”的一声直接撞到了郭梓峰的车子上。程志浩首先从副驾驶位子上下来查看车子损坏情况，肇事车辆的车主也下了车。程志浩闻到了对方身上一股浓烈的酒气，便小声问：“你喝酒了？”

对方把程志浩拉向一边，从手包里拿出一张名片，说：“师傅，真对不起，这是我的联系方式，我还有事，得赶紧走，你修好车就打我电话，费用我承担，请你相信我。”说完，一溜烟地离开了。

郭梓峰问：“他和你说什么了？怎么走了？车子撞了要赔啊。”

程志浩说：“那个小子是酒驾，我们车修好了再找他吧。”

这时程志浩手机响了起来，是好久没联系的小舅子章思聪，电话里章思聪有气无力地说：“姐夫，快救救我。”

程志浩问：“你现在在哪？”

章思聪说：“我在茅山镇，你要救我。”

程志浩说：“你发个定位给我，我马上来。”

四十四

车子驶出了市区，往茅山镇方向驶去。

程志浩边开车边自言自语：“思聪这大晚上的会遇到什么事呢？这家伙一直不务正业，不知道又捅了什么娄子。”

按照章思聪发的定位，车子开了半个多小时才到。这是茅山镇的一条主街，此时的章思聪正坐在一个小面馆外面。

程志浩问：“你这是……？”

章思聪说：“给我买点吃的吧，我快饿死了，吃完饭再和你说。”

炒了两个菜，下了一碗面，章思聪狼吞虎咽地吃了起来，看样子是饿极了。

郭梓峰问：“你是不是遭绑架了？”

章思聪只顾埋头吃，也不理会，不一会儿吃完了，便自行上了车。

程志浩又问了一句：“到底出了什么事？”

章思聪哭了起来：“你们不知道，我已经两天没吃饭了。反正我也活不成了，你们把我带回去随便丢在哪里都行，明天我就要去见阎王了。”

郭梓峰问：“有事你慢慢说，这到底是怎么了？”

程志浩说：“我先送你回家。”

章思聪边哭边说：“家可回不了，我已经无家可归了。我赌博输了很多钱，根本没有办法还，只有死路一条。”

郭梓峰问：“输了多少钱？小文呢？她知道吗？”

章思聪说：“她知道，她也参与了。”

郭梓峰问：“小文人呢？”

章思聪闭起眼睛，喃喃自语：“我俩分了，债也分了，人我不知道在哪……”

车子很快开到了市区。郭梓峰对程志浩说：“这几天老人家为你和大姐的事也够心烦的了，思聪的事情暂时不要告诉他，等搞清楚到底发生了什么事再说。”

程志浩和郭梓峰停好车，把章思聪送到了一家快捷酒店，安顿他在酒店住下来，已经是凌晨一点多了。郭梓峰回去了，说明天一早再来。程志浩留下来陪着章思聪。

第二天，章思聪没有了前一晚要死要活的样子，他对程志浩说：“能不能借钱让我把债还了？”

程志浩说：“你先说，到底发生了什么事。”

章思聪做梦都不敢想，短短的几个月时间，竟然发生了这么大的变故。开个棋牌室，每天挣点钱过日子，也没有大问题，但贪欲吞没了这夫妻俩。那次遇到任老板以后，一切都发生了重大改变。

任老板来玩过几次麻将后，提出借他们的棋牌室搞赌博，给他们高额分成。桌上全是红彤彤的百元大钞，光抽水，每天都有几万元的进账，章思聪夫妻俩合不拢嘴。小文偶尔也玩一把，开始赢了不少钱，可后来不知怎么回事，一赌就输，越输越想扳本，结果押上了房子，哪知利息没几天翻了一番，真是赔了夫人又折兵。前两天，任老板带着几个兄弟把他丢在茅山镇，临走时特地告诫他：报警没有用，这是民间借贷，有借条为证，他根本翻不了天。

程志浩没有说话，心想：这个坑太深了，任谁也无能为力。

郭梓峰感到事态严重，说："报警！这是典型的敲诈勒索，再说赌博也是违法的。"

章思聪说："报警？那还不是找死？"想起这几天受的罪，他不禁打了个寒颤。

程志浩问："小文呢？你们怎么没有在一起？"

章思聪说："我的房子没了，还欠了这么多钱，我哪能管得了她啊……"

郭梓峰说："赶紧报案。这事太大了，延误了时间不好解决。"

章思聪说："不能报案，要是报案，我就死定了！毕竟是我借了人家的钱，房子抵押都是我同意的。你们不知道，任老板本事大，心眼狠，弄不好我又要被他们带走……"

程志浩说："这样吧，你先住到2号楼，在我的房间支个小床，先安顿下来再说。钱的事情，我们回去商量看怎么办。"

四十五

程志浩开车到2号楼，把章思聪安顿好后和郭梓峰一起回了家。

章思慧问程志浩："昨晚不回家也不说一声，这日子你真的不想过了吧?"

郭梓峰说："大姐，这可不能怪志浩，昨晚我们俩在一起忙到半夜，我说打电话和你说一下，志浩怕太迟打扰你休息。思聪出事了，出了大事了。"

程志浩给章思敏打电话，叫她过来，说有重要的事情商量。

章思慧急切地问："思聪怎么了?"

程志浩说："思聪欠了100多万元的债，昨晚上被债主带到茅山镇一个偏僻的地方，他现在的处境很糟。出这么大的事情，大家商量一下看怎么帮他?"

章思慧问："怎么欠下这么多钱? 这要是让爸爸和贾姨知道了，还不被活活气死?"

章思敏赶了过来，听说章思聪出了这档子事，立即说道："报警啊，典型的诈骗、敲诈，还有非法拘禁。"

郭梓峰说："我也建议报警，但思聪害怕债主报复。如果不报警的话，在不惊动老爷子的情况下，我们只有想办法把欠的钱还上。"

章思敏说："那用他的房子抵押办贷款，剩下的不够我们再想办法。"

程志浩说："他的房子已经抵押掉了，还欠现金100多万。"

章思敏惊得眼珠子快要掉下来了。

郭梓峰说："现在说什么都晚了，志浩的意思是，别惊动老爷子，我们自己先想想办法。”

章思敏说：“你们知道，之前钱俊治病花了不少钱，我这几年也没攒多少，一共10万元不到，我凑个整数，去银行全部取出来。”

郭梓峰说：“我有一些，先拿出来救急。”

章思敏说：“你的钱，不，我们所有人的钱，都是借给他，叫思聪打欠条，以后都是要还的。”

按照章思敏的要求，章思聪给借款的每个人都打了一份欠条，关于如何还款，那都是以后的事情了。事情解决了，章思聪的精神也好了很多。他给卓越培训中心老总李总打电话，说还想回培训中心上班，请李总考虑一下，结果人家一口回绝了。他又拨打小文的手机，电话通了，他问小文现在怎么样。

小文说：“你还有脸来问我?”电话里传出小文的哭泣声。

章思聪无奈地说：“当时我不是也没办法，自身难保吗？我也是……”

小文说：“你只顾自己，不管我的死活了。告诉你，我俩完了。”说完挂断了电话。

在茅山镇的那两天，章思聪被告知任老板少算了小文的欠款，问章思聪愿不愿意认账，章思聪考虑自己已经欠了那么多债，就没有认下小文的那笔账，结果任老板把小文带走了。章思聪想，小文还在气头上，等钱还完了，自然就会好起来的。

过了一会儿，小文又打来电话：“章思聪，我们俩情分已尽，明天把手续办了吧。”

章思聪问：“什么手续?”

小文说：“离婚啊。房子没了，欠了那么多债，以后我住哪儿?以后靠什么活?”

章思聪说：“小文，我们先冷静冷静再说。”

第二天上午章思聪没去民政局，小文电话一个接着一个地打，章思聪始终没接。下午，章思聪回电话问小文在哪，小文大骂他没骨气，关键的时候不像一个男人，她没时间浪费在章思聪身上，她要出去打工，不回来了，说完就挂断了电话。

天渐渐黑了，章思聪走到路边的一个大排档，要了一瓶白酒，喝着喝着就醉了，出门的时候连站都站不住，饭店老板帮他打电话通知了程志浩，程志浩很快赶过来接他。

回到家，章思聪委屈地向程志浩诉说一切，程志浩劝他先睡觉，有事明天再说。

第二天醒来，程志浩问章思聪好点了没有。章思聪说："好多了，大姐夫，我现在也没有工作。你不是在物业公司上班吗？给我找个工作吧，我要先解决自己的温饱问题。"

程志浩说："我辞职了，现在正准备创业。"

章思聪说："那带我一个，我一定好好干，听你指挥。你准备做什么？"

程志浩说："公司还在申请注册阶段。"

章思聪说："那我们就一起干吧。"

四十六

电信公司承租的家园小区商业用房装修问题迟迟得不到解决，公司派人员到区政府交涉，要求解除合同并赔偿损失。区政府办打电话到街道办，街道办又打电话到社区，要求尽快处理。

胡书记找来章翰文商量解决问题的办法。章翰文说："这次纠纷拖的时间比较长，看起来双方都没有问题，但也都存在问题。其实双方都在较劲，我们不能把他们集中在一起来调解，分开谈。"

胡书记似乎想起来什么，说：“对！这是个好办法。”

章翰文说：“分头做工作，两头劝导，找到一个平衡点之后，我们再召集双方坐在一起商谈。”

胡书记接着章翰文的话说：“那就辛苦你了！业主委员会的同志先上门，了解一下他们真实的想法是什么，把意见带回来，我们再商量。”

章翰文喊上业委会的老李和老曹陪他上门去。章翰文说：“事情老是僵着不解决也不是办法，工期耽误了两个多月，都是损失，能不能起草一个协议对装修公司有所制约，比如施工时间等。”

刘文军想，既然业主委员会章主任几次上门，事情早晚得解决，于是提出：开工也行，赔偿这段时间楼上几户居民的损失，签订装修协议，在规定的时间内施工，一旦违反，立刻停工。

章翰文笑了说：“也没给你们造成损失，赔偿什么呢？”

刘文军说：“章主任，你想啊，要是不给点赔偿，那我们就是无故阻止施工，岂不是无理取闹？也就是有过错的一方。给点赔偿，说明在这个纠纷中我们是占理的，不是胡搅蛮缠。”

章翰文问：“赔多少？涉及钱，传出去就不好听了。”

刘文军说：“也是，别人会说我们不就是图点钱吗？”他抓了抓头，没有了刚才的理直气壮。

章翰文说：“我提一个建议，开工前双方签订协议，规定好装修时间，尽量不扰民。同时让他们上门给你们几家道歉以示诚意，你看行不行？”

刘文军说：“那就章主任做主吧。”

装修队中午买了一些水果到楼上几家登门致歉，气氛立刻好转，当天下午，调解会就在社区举行，最后双方握手言和。调解会结束之后，付伟明把章翰文拉到一边问：“志浩最近在忙啥？”

章翰文说：“他不是天天在上班吗？”

付伟明问：“在哪个单位上班？”

章翰文说：“还有哪个单位？不是在你……你们物业公司？”

付伟明说：“你还不知道呢，所以我要跟你说，志浩毕竟是我的同事，我们关系一直不错，您又是我们业主委员会主任，一直支持我们的工作。我还是希望志浩和我们共同工作，他在物业管理方面有思路，有经验，对家园小区又熟悉，只可惜他前几天就辞职了。”

章翰文说：“辞职？有这事？”

付伟明说：“回去跟志浩说，开公司也不容易，如果有困难，随时找我，我给他安排，毕竟家园小区是他多年工作的地方，也是有感情的。”

章翰文说了声谢谢，便回家去了。

走在路上，章翰文心想：这么大的事情都不和我说一声，辞职？你以为自己是二十岁还是三十岁啊？找工作容易吗？说开公司就能开公司？瞎胡闹！意气用事总是要跌跟头吃亏，这么大的人一点都不让人省心。

晚上吃饭的时候，他问章思敏：“你知道你姐夫辞职了吗？”

章思敏说：“我不知道他辞职，只知道他要开公司。爸，他都四十多岁的人了，他自己清楚自己在做什么。”

章翰文说：“四十多岁不知道在折腾什么，有什么资本折腾？不说了，说了我就来气。”

与其说章翰文是跟程志浩生气，还不如说老爷子是在跟自己过不去。当天晚上，章翰文去了2号楼，看到章思聪也在，问：“你在这干吗？”

章思聪说：“姐夫准备开公司，我来看看能帮上什么忙。”

章翰文说："开什么公司？公司就这么好开的？"

程志浩说："爸，我想试试。物业管理是朝阳行业，现在正是上升期。"

章思聪说："是，公司办好了，我也入股跟着一道干。"

章翰文说："你少掺和，上好自己的班，别一天到晚瞎折腾。你和小文有几个月没回家了，没事要去陪陪她妈妈。志浩，开公司不是一句话的事情，付伟明也有让你回公司帮他的意思。"

程志浩说："爸，既然我辞职了，就不会回去了，他的好意我心领了。"

章翰文叹了口气，说："那随你吧。"

章翰文此时有了力不从心的感觉。他老了，儿女们各自有各自的打算，他越来越不懂他们了。

四十七

章翰文在得知程志浩辞职后，又听说郭梓峰被降职，而且被调到区排灌站工作。一个接一个的坏消息让他十分心痛。郭梓峰这时被降职，就是组织上给的处分，这一降，三年内不会再提拔，以后过了年龄再等机会，提拔就更难了。这两个女婿，没有一个让他省心的。

老爷子心情不好，不愿意见到这两个女婿，他们不来，他索性也不管。这段时间，贾美珍的病情也时常发作，章翰文每天都要跑两趟，他想，是时候要考虑自己和贾美珍的事情了。贾美珍是怕拖累章翰文，所以一直不同意和他结婚。

章翰文说："每个人都会有离开这个世界的一天，人老了就是要找个伴儿相互关心帮助，更何况我还比你大，到我老的时候你还能照顾我。”

看到章翰文如此执着，女儿女婿又指望不上了，最终贾美珍答应了。章翰文说，他们结了婚就搬一起住，这样生病也好有人照顾。那天，他们去区民政局办理了结婚登记手续，晚上喊来章思慧、章思敏、程志浩、郭梓峰，大家一起吃了一顿饭就算有了个仪式。

这天晚上，贾美珍烧了几个菜，章翰文拿出一瓶酒，他想喝一杯。端起酒杯，他想起了程志浩，章翰文心想：去年喝酒，经常是两个女婿在身边陪着，你敬一杯，他敬一杯，多惬意！现在只能一个人喝闷酒。

章翰文嘴上说不管子女们的事，但心里还是惦念着。程志浩公司办得怎样？有没有业务？郭梓峰虽然被降职，但和章思敏的婚事还是要抓紧。有时候问章思敏，她也是各种托辞。范红梅换了公司上班，渐渐回家少了，听说她正在筹钱买房。这个时候要不是贾美珍的到来，这个家真的是冷冷清清。他问贾美珍：“小文好久没回来了，她在外面怎样了？”

贾美珍说：“还能怎样？孩子们也不愿意跟我们说，自从我们俩办了事情之后，他们就更不把我放在心上了。”

章翰文说：“只要他们过得好，我们也就放心了。”

说话间，章思敏回到家中。章翰文问章思敏：“郭梓峰工作调动这么大的事情，你不知道吗？你劝过没有？”章翰文声音不大，但语气生硬，充满着责备的口气。

章思敏这几天正为这事气愤不已，一连几天了也不见郭梓峰的人影，中午她上班之前跑到程志浩的住所去找他，没想到，郭梓峰并没有理会她的意思，这使她更加生气。

章翰文继续说着郭梓峰的事：“你说，年纪轻轻的，跑到排灌站去，也不顾及别人怎么看他，真是一点上进心都没有。别人整天忙得不亦乐乎，他倒好，想成天捧着个茶杯过起快退休的生活，成什么体统嘛！”

贾美珍看到章思敏一脸不高兴，忙用胳膊肘示意章翰文不要再说了。章翰文没有理会，继续说：“以后我也不管你们的事情了，你也这么大了，我也烦不了那么多神。”

章思敏终于忍不住了，大声嚷道：“郭梓峰无论做什么事情，已经和我没关系了，跟你们就更没关系了。我们已经分手了！”

章翰文说：“分手？净瞎说。你已经三十岁了，还要折腾什么？再说了，换工作也不是没有工作。”

章思敏说：“你不是不管我的事了吗？”

章翰文说：“是我错了行吗？从现在起，以后是好是坏都是你们自己的事情。我们管了几十年了，也对得起你们了。”

章思敏站起来走进了自己的房间，心里一阵委屈，泪水夺眶而出：“是的，我不要你们管，你们也管不着，以后我是我，你们是你们。我知道，我本身就是……不属于你们管的。”她号啕大哭起来。

贾美珍赶紧敲门安慰章思敏：“你别听你爸爸胡说，他怎么会不管你呢？只是梓峰年轻任性，做事又不和你爸商量。你爸爸也是为了你们好。”

晚上，贾美珍在床上和章翰文说：“思敏今天伤心了，以后不要说她，孩子的事情随她自己。”

章翰文说：“就是说了又怎么了，还不是为了她好？她自己心里清楚，我们从没有外看过她。”

章翰文清楚地记得，那是1986年的春天，一大早，章翰文去买菜，发现菜市场门口有一个篮子，里面还传来小孩的哭声。他拎着篮子到处喊是谁丢的小孩，结果没人应，卖菜的人说："你别喊了，肯定是人家故意丢的，你要是看着可怜就抱回家养吧。"

章翰文看着篮子里的小孩，也就是几个月大，当时菜没买就拎着篮子回家了，老婆也很喜欢。那时大女儿思慧十来岁了，思聪才两岁。思慧特别喜欢这个小妹妹，放学回来就帮着妈妈照顾妹妹。

一家人对思敏的身世都心照不宣，章翰文夫妻更是因为思敏的特殊身世对其格外疼爱。老伴去世前还和章翰文说："思敏这孩子命苦，我们一定要好好地待她，帮她找个好人家。"

渐渐长大的章思敏后来知道了自己的身世，那是她的一个心结，她小心翼翼，不愿触碰。在她小的时候，姐姐章思慧也是格外呵护她，上小学的时候，只要有人欺负她，姐姐都会为她出头，哥哥也会站出来挺在她的前面。其实，她自己也很知足，在这个家里，她感到很温暖。

晚上她怎么也睡不着，脑子里很乱。其实，章思敏也能理解郭梓峰，她也不是势利的人，把职务升迁看得多重，但是事先也没个商量，她觉得自己在郭梓峰的心里可有可无。和章翰文闹了别扭，她自己也后悔，她知道章翰文疼爱自己，总是想把最好的给自己。她想她该主动向章翰文认个错，不该对他发脾气。

四十八

这段时间章思敏工作很忙：社区所有的低保户需要重新审核，低收入人群的证明材料都要完善，她负责的网格的户况信息按照规定每三个月要更新。她脑子很乱，想整理自己的思绪，调整一下自己的状态。风上坡是一个不错的去处，只要置身在风上坡的庭院、长廊，她的心就会立刻安静下来。她要去，最好中午下班时就去，下午请半天假，坐在那里，喝一杯清茶，听一段诗歌，让自己的内心安静下来。

想到就做。章思敏向社区胡书记请了假，说自己下午有事，便开着车去了风上坡。春天的风上坡更加妩媚娇艳。进门后，扑面而来的阵阵暖风吹得人脸上痒痒的，长廊两边多出一盆盆的杜鹃花，在阳光的照射下，像一团团火焰，最引人们注目的是走廊尽头的郁金香花海，颜色娇艳且夸张，红色的、粉色的、黄色的、蓝色的、白色的，绚烂夺目，竞相绽放。

她没有走进诗词阁，而是顺着走廊走到尽头。方远曾说过，走廊的尽头有一个茶亭，可以喝茶、听音乐。她还没有过领略那里的风光呢，所以好奇地沿着走廊走去。越过郁金香花海，上了一段台阶，便是凉亭，她走过去，坐在茶座上，叫上一壶茶。

这里人不多，此时正播放着琵琶曲《春江花月夜》。在大学里，她特喜欢这首曲子，这里面的春、江、花、月、夜，每一个字都是一幅美景，每一个字都蕴含着对于美的遐想，每个字都与春有关，浸透着美的体验。醉人的明月、潋滟的湖水、洁净的天空、汀上的白沙，随着音乐飘浮在她的脑际。她微闭着眼睛，靠在椅子上，静静地享受，迷迷糊糊中她竟然睡着了。

醒来的时候，她面前坐了一个人，正是方远。方远咧着嘴，笑着，她也笑着。

方远说："好一个睡美人啊，昨晚肯定没休息好。"

章思敏揉揉惺忪的眼睛，"你怎么也在这?"

方远说："我经常来，没事就过来转转。不过最近忙，有段时间没来了。"

章思敏说："这几天工作不忙，下午请了假来放松放松。"

方远竖起大拇指说："事情要做，可总也做不完。生命是场旅行，终点不是目的，而是要去体验沿途的风景，不然生命就没有了乐趣。”

章思敏问：“最近在忙什么事？”

方远说：“最近跟着红十字会去了一趟四川，那里条件很艰苦。回来之后，我决定去支教，想在那呆两年。我的书昨天进了印刷厂，这才有时间过来坐坐。”

章思敏想起了自己的身世，说：“以后你要是去福利院，喊上我，我也想去为他们做点事情。”

方远说：“好的，能和美女一道，我很乐意。”

章思敏说：“我跟你说正经的。”

方远说：“我也是说正经的啊。过几天我们要去福利院做活动，到时一起去。”

章思敏说：“好的。不知道那些被丢弃的孩子，他们的父母当时是怎么想的？”

方远说：“谁愿意丢弃自己的孩子啊？总之，各有各的难处吧。”

章思敏一直想寻找答案：她的父母当年为什么要丢弃自己？想不到自己一直纠结的事情，被方远说得轻描淡写。什么各有各的难处？再难也不能丢下自己的亲骨肉啊。

二人听着曲子，旋律悠扬流畅，风格淡雅清新，韵味古朴典雅，意境深远绵长。坐了一会儿，章思敏说：“听说风上坡后山上还有树和竹林，你知道吗？”

方远说：“知道啊，我带你去看看。”

他们俩起身往后山竹林走去，风吹过，竹叶发出“沙沙”的声音。

春天到了，地上透出嫩嫩的青草和野花。竹子边上，竹笋拱出土壤，冒出一个尖尖的头，这里给风上坡增添了一股灵气。

四十九

下午，范红梅接到周昌盛的电话，说晚上接军军去吃饭，想请范红梅也去。范红梅知道周昌盛的心思，便说：“下班再说吧。”

范红梅给章翰文打了电话，说军军放学去他爸爸那里，她和军军晚上都不回家吃饭了。章翰文听后很高兴，跟贾美珍说：“红梅和周昌盛说不定能和好，要是和好了，我们也省心了。”

范红梅还没下班又接到周昌盛的电话，问她什么时候去。范红梅说：“我下班有时间就去，你别等我。”周昌盛也不敢多提要求，匆忙挂了电话。

快要下班的时候，刘金坤喊范红梅去他的办公室。

范红梅进门后，刘金坤示意她坐下，说：“你想要的那个房子，可以去办手续了。”

范红梅说：“我现在首付还没有凑够。”

刘金坤说：“这不是还有我吗?”

范红梅说：“刘总，等我首付凑齐了再说吧。”

刘金坤说：“你怎么这么固执呢？这事在我这儿就是签一个字而已。”停了一下，他又说：“我这有张卡，要么你把首付付了。”说着他递过去一张卡。

范红梅说：“我不能要，我要凭自己的能力买房。刘总，你还是回家和你老婆好好过日子吧。我看我大姐过得不好，心里难受。现在，我大姐夫都搬出去了，两个人这么下去迟早会离婚，我不想和你……”

刘金坤说：“我和我老婆多少年一直都是这样，这和你没关系。

至于张美娟和你大姐夫，那是另一回事情，跟我们之间也没有任何关系。”

范红梅说：“我不想背负着这个骂名。刘总，要是没事，我就出去了。”范红梅匆匆离开了刘金坤的办公室。

范红梅坐在自己的办公室里发呆，在周昌盛电话的催促下，她才出了门。一路上，她反复告诫自己，她的心要从刘金坤的身上收回来，即使挣钱、买房也要悠着点，根据自己的实际能力，切不可盲目冲动。和刘金坤保持距离，但绝不是要和周昌盛破镜重圆，这是两回事，等章思慧和程志浩关系正常了，她才会再考虑和刘金坤的关系。

她去周昌盛那里完全是因为军军，周昌盛是军军的爸爸，他们之间的血缘关系是无法割舍的，军军对周昌盛的依赖也是改变不了的。男孩子必须要有父亲的关爱和鼓励，这才有利于他的成长。即便范红梅对周昌盛怨念很深，但在儿子面前很少提起。她不能只顾着自己的感受，发泄自己的不满，破坏周昌盛在儿子心中的形象，让儿子也怨恨自己的爸爸。

范红梅进人景苑小区，来到周昌盛租住的地方。她敲门进去时，周昌盛父子俩格外卖力地忙碌着。军军搬凳子，周昌盛端菜，像招呼客人一样对待范红梅。

多少年没有吃过周昌盛烧的饭菜了，范红梅看到军军黏着周昌盛，两人快乐地忙前忙后，其实就是想让她高兴，眼前这顿饭是父子二人精心准备的，一家三口也是其乐融融的。

忙好了之后，军军请范红梅人座。吃饭的时候，周昌盛为范红梅夹菜，范红梅躲闪着。他和范红梅说话，范红梅只是听着也没搭茬，他又变成自言自语似的：“我在景苑小区当保安，经理很器重我，除了给我们租房子，还给我们买了五险，每周休息一天，工资也蛮高的。只要不影响军军学习，每周我都可以接军军过来。等两年我赚了钱，凑个首付我们买个房子。”

军军说：“我要大房子，要有自己的房间。”

周昌盛说：“好，买个两室一厅的，给你一个房间。”

军军端起杯子，说：“我们来干一个。”

放下杯子，军军问：“爸爸，我们什么时候搬家啊?”

周昌盛说：“快了，等明年吧。”

范红梅在心里期待着周昌盛的话能兑现，这样就算他们俩不能在一起生活，最起码能让儿子自信。因为家庭的残缺，儿子显得很自卑。

吃过晚饭，周昌盛拿出一张银行卡递给范红梅：“红梅，这是我存的工资钱，交给你收着，反正钱也不多，你就拿着吧。”

范红梅头摇得像拨浪鼓似的：“别，别，还是你自己收着。”

说完站起身来和军军离开了周昌盛的住处。街上路灯亮起来了，照在路旁的花草和树上，平添了几分妩媚，远近的霓虹灯闪烁着，给夜色增添了几分神秘，春天的风柔柔的，吹在脸上暖暖的。

他们走着走着，一辆车停在路边。章思慧摇下车窗，探出头来：“怎么走着回家啊？上来，我送你们到公交车站。”

范红梅拉着军军上了车。范红梅说：“刚刚在周昌盛那里吃了饭，大姐，你这是去哪呢?”自从海欣住校以后，章思慧也不需要来回奔波了，只是隔三差五给海欣送一些生活用品。

章思慧说：“同事送账单过来，我去拿。军军，今天在你爸爸那里吃了什么好吃的?”

军军说：“好多好菜，还有可乐鸡翅，都是我爸爸亲自烧的，可好吃了！我爸说了，明年我们家就要买房子了，大房子，我有单独的房间。”

范红梅说：“别听他的，买房子哪能这么简单，那得多少钱啊？就他那点工资，到何年何月才能买上房？”

章思慧问：“周昌盛在哪上班？干几年，挣个首付钱不就能买房了吗？”

范红梅说：“在小区当保安，能有多少工资？买房子的事，他也就那么一说。”

章思慧说：“只要踏踏实实地工作，慢慢来，总会有起色的。”

范红梅说：“不说他了。大姐，你也不要这么赶，没事多休息，家里有事情，你就跟我说一声，我休息的时候去帮你做。”范红梅见这段时间章思慧夫妻俩没有吵架，程志浩创业很起劲，便问：“大姐夫的公司办得怎么样了？”

章思慧说：“不管他！他要创业，你说我能挡他的财路吗？年轻的时候不奋斗，年纪大了才开始创业，尽瞎折腾。”

章思慧是个要面子的人，和程志浩闹成这样，虽然嘴里没有半点埋怨，但是她自己心里清楚，这个家还能保多久她没有把握。尽管答应了海欣，她不会和程志浩分开，一辈子都不会，那也是一时糊弄小孩子的谎言。

范红梅说：“大姐，男人有事业好，有事业就有方向，有奔头。下个星期我休息，去帮你做家务。”

章思慧说：“不用，我需要你的时候会喊你的。”

章思慧是一个不愿麻烦别人的人，自己能做的事情尽量不去麻烦别人。章思慧说：“好了，这里有个车站，你们就在这下车吧。我的同事就在附近，我就在这等他。”

范红梅母子俩下车后，章思慧把车子开到了咖啡馆附近。

五十

章思慧晚上出来见的人是江小刚。

上午，章思慧接到江小刚电话，说晚上在咖啡馆等她，将单位账单材料送过来，顺便见面聊聊，看看有什么事情可以帮帮她。

章思慧明显感觉到，自从自己出了车祸之后，江小刚的问候比过去频繁多了，每天都有电话或微信。其实，自从得知程志浩出轨之后，章思慧对江小刚流露出一丝依恋，江小刚的关怀使她感觉很温暖。她停好车子，看看时间，这个时候估计江小刚已经到了。她拿出手机，见江小刚正在门口张望，就走了过去。

两人在服务员引导下，走到一个卡座上。江小刚低下声音，问:“腿恢复好了吧?”声音带着温柔。

章思慧说:“还好。要不是你在电话里盛情邀约，我是不会来喝什么咖啡的，弄不好晚上又睡不着。”

江小刚说:“你自己要解放自己，你快乐了，我会在远处观望你，你不快乐，我就会来陪伴你。”

章思慧心想，这么大人了，还这么肉麻，笑了笑说:“谢谢，还真难为你了。”

江小刚递过一个文件袋，章思慧接过后放进自己的包里，那是这个月的单据。

江小刚说:“谁叫我们既是同事又是同学呢！你知道吗?同学情、战友情很珍贵，没有利用关系、利益关系，是最真挚的。”

章思慧说:“谢谢你，江小刚。听你这么说，我还有点不习惯，但还是感谢你，尤其是在我失意的时候，让我感到生活中还有一丝阳光，不然我真的不知道怎样面对生活，面对我自己。”

江小刚说："我们是同病相怜啊，所以也应该抱团取暖。"

章思慧说："我们不一样。你可以走出来，寻找你自己的生活和幸福，毕竟你妻子走了那么多年，你也该重新开始。"

其实，章思慧心里清楚，江小刚的心思还在自己身上，但即使她和程志浩离婚了，她也不会选择江小刚，感情的事情错过了就是错过了。如果她和江小刚在一起生活，肯定会产生一些争执，哪怕一点点的争执，将会破坏他在她心中的那份完美。她不愿意看到自己心里的那份完美被破坏。所以，她想让他不要做无谓的等待。

"女人和男人不一样。"章思慧说，"我自从有了女儿，生活中全部是她，好像没有我自己了。眼看着高考临近，我比她还要紧张。"

江小刚说："我理解你。你也要注意休息，女儿重要，你自己也重要。"

章思慧说："你一个大男人带着一个孩子，生活得井井有条，还真不容易，找一个帮手照顾你们。"

江小刚说："我自己能行，也习惯了。"

章思慧说："一直说请你吃饭，看来只有等女儿高考以后了。"

江小刚说："行啊。海欣这么优秀，高考不会有问题的。"

章思慧说："高考有很多不确定的因素。"

章思慧回家的时候，在小区里碰到了妹妹章思敏。她停下车，问："你怎么还不回家？"看到章思敏脸上的愁云，"是不是和郭梓峰……？"

"没有。"章思敏说，"我想去你家坐坐，和你说说话。"说着上了章思慧的车。到了家，章思敏问："大姐夫还在创业？创业也不能不住在家里。"

"随他便，我也懒得管他了。看来你心事不小，到底怎么了？"

"我快烦死了。"

"什么事情？说出来我听听。"

"今天中午，有一个老人找到社区胡书记，想通过胡书记找爸爸。他说得很清楚，名字叫章翰文，过去当过老师，他说的地址就是我们家原来住的地方。胡书记问他找章老师干吗，他不说。胡书记说，你不说怎么帮忙找？没办法，他告诉胡书记，他就是章老师家小女儿的生父。胡书记叫他丢下电话号码，说找到以后就和他联系。那个人说，本来他不准备来找女儿，只是老伴得了肺癌，时间不多了，想看最后一眼女儿，毕竟母女分离有三十年了，妈妈想女儿也想了三十年。"

为了慎重起见，胡书记先找章思敏谈话，并把来人的电话号码递给了她。接过纸条，章思敏当场就撕碎了，说了一句："下次他要是再来，你就说他找的人早就死了，叫他不要来了。"从章思敏的眼睛里，胡书记证实了她的身世。

章思慧听完以后，问："你的意思是……"

章思敏说："我怕那人继续找，要是找到爸爸那里，不是给爸爸又添赌吗？反正我是坚决不会认的。我有爸爸，也有妈妈。"

"你认不认是你自己的事情，既然不认，你也要和爸爸说清楚。爸爸这个人你知道，心善，耳朵根子软，见不得别人伤心难过，如果知道了反过头来再做你工作，大家心里都不痛快。"

"暂时先瞒着他。"

两天之后，章思敏的生父又去了社区找胡书记。章思敏看到一个老人走进来，胡书记把他带到楼上小会议室。胡书记说："你找的人根本不在我们小区，你以后就不要再来了。"

"我问了几个人，人家都说在这个小区，否则我也不会贸然前来，主要想通过社区帮我引见一下。"

“你说的这个事情毕竟过去三十年了。这么多年，变化都很大，你也要考虑人家愿不愿意见你。”

“上次我也说了，要不是老伴得了肺癌，想见孩子最后一面，我也不会找来，我知道我没脸来找孩子。”

“你要考虑你女儿的感受，这样不是干扰人家的正常生活吗?”

“那我拍张照片行不行，给老伴看一眼?”

胡书记说：“这样吧，我们再继续找，你不要再来了，找到以后我和你联系。”

胡书记送老人下楼时，章思敏用眼角瞄了一眼：老人佝偻着背，穿着一套不合身的衣服，花白的头发乱蓬蓬的……

老人出门后，胡书记喊章思敏到楼上小会议室。

“他知道你们就住在这里，他问了很多人。”

“他怎么说?”

“退了一步，想要一张……你的照片。”

“他还会来吗?”

“不知道。他还是留有余地的，没有到处打听到处说。这是他的号码。”

章思敏想：“下次他要是再来，我亲自跟他说。”

可是这次以后，老人没有再来过。

五十一

范红梅越来越忙，不仅待在家里的时间少了，就是回家吃饭也变得时间不固定。这天晚上，到了吃饭的时间，范红梅还是没回家。贾美珍说：“要不要等红梅吃饭?”

章翰文说：“你看这个红梅，越来越不像话了。回来我要好好说说她，不长记性，不回来吃饭也不打个电话。”

贾美珍说：“肯定是有事情耽误了吧，现在哪一家公司不是忙得昏天黑地的？事情那么多，肯定是忙忘记了，我来打电话问问。”

贾美珍拨通电话，说：“红梅，你晚上还回来吃饭吗？”

电话里声音很嘈杂，范红梅说：“贾姨，你们先吃吧。周昌盛还在我们公司撒酒疯，把我们老总打了，我们在等救护车。”

章翰文听说周昌盛打人，忙拿过电话问：“周昌盛为什么打人？严不严重？要不要我们过去？”

电话里范红梅急切地说：“不需要你们过来，事情正在处理，有事情我再打电话回去，就这样，我先挂了。”

贾美珍问：“谁打了谁啊？现在怎么都这么大火气？动不动就打架，怎么回事？”

章翰文说：“周昌盛到红梅的公司闹事，把他们老板打了。这个周昌盛还真不省心，这才过了几天安稳日子。”

贾美珍说：“前些天我们都在表扬他。要是想和红梅和好，他更要好好表现。这两口子的事情，怎么还打到别人头上了？”

章翰文说：“还不是两人发生争执，误伤了别人。”

章思敏从房间里出来，问：“谁受伤了？红梅姐不回来吃饭了？昨晚我看到他们公司老板送她回家，好像对她还挺关心的。”

贾美珍说：“周昌盛到红梅公司去闹事，打了他们老板，要送医院，看来还挺严重的。”

章思敏说：“周昌盛他胆子也太大了吧？之前还请红梅姐去吃饭，这下又原形毕露了。”静下心来，章思敏回味一下，觉得不对：周昌盛打红梅姐的老板，是不是红梅姐和她老板有什么事情？这样想来，她开始隐隐地为红梅姐担心。

周昌盛打刘金坤，是早晚的事。和范红梅复合的想法，在周昌盛心里越来越强烈，但他的一厢情愿不但打动不了红梅，还使得范红梅更加嫌弃他。他脑子一转，决定跟踪范红梅。跟踪了几次，他发现范红梅下班后经常坐上老板的车子，他打车尾随其后，发现他们一起进人一家饭店，从神态上看两人很亲密，周昌盛这才发现问题所在：原来范红梅不愿意复合，是因为这个男人！

周昌盛到了范红梅的公司，不问青红皂白，抄起一根木棍把刘金坤一阵痛打，公司顿时乱成一锅粥。范红梅也不知情，只见公司一阵混乱。这时，公司员工小王喊道：“范姐，张副总喊你去刘总办公室。”

慌乱中，她跟着小王走向刘金坤的办公室。路过大厅，她看到周昌盛满脸是血，身上散发出浓烈的酒味。

范红梅吃惊地问：“你怎么在这里？你这是……”

看到范红梅，周昌盛更加气盛，嘴里骂骂咧咧：“姓刘的，再敢招惹我老婆，我跟你拼了！老子命不值钱，你的命值钱，跟你拼，老子划算！”

范红梅似乎知道了周昌盛闹事的原因，她走进刘金坤的办公室，只听见张副总训斥保安队队长：“你们是怎么工作的？随便什么人都能进出公司？”

保安队队长怯怯地说：“他说进去找范红梅。”

见范红梅进门，张副总手挥了一下，“你们出去吧。”小王临出门说：“张副总，120马上到。”

范红梅看到刘金坤被人搀扶着斜靠在椅子上，眼眉上方有一块伤口，血顺着伤口往下流，白色的毛巾染红一片。

范红梅说：“对不起，刘总，给你添麻烦了。”

刘金坤问：“这人是你前夫？”

范红梅点点头。

张副总说：“刘总受了这么重的伤，还阻止保安不要报警。你快把他劝走，不要在这里滋事了，影响不好。”

范红梅说：“我这就叫他走。”

刘金坤对范红梅说：“你劝劝他，叫他走吧，不然会吃亏的。”

范红梅看着刘金坤头上的血迹，这一瞬间，她有点心疼刘金坤。他不顾自己的伤，还叫她劝走周昌盛，怕周昌盛吃亏，范红梅心里有些过意不去。

这时小王推门进来：“张副总，救护车来了，把刘总扶上车吧。”

范红梅急忙追问：“去哪家医院？”

刘金坤说：“市立医院。”

范红梅说：“我把周昌盛支走就去医院找你。”

刘金坤点点头，并对小王说：“跟他们说一下，把那个打我的人放了吧。”

张副总说：“刘总，你放心吧，这个事我来处理。”

刘金坤被两个人搀扶着上了救护车，救护车伴着“呜呜”声离开了。

范红梅来到大厅，看到保安队队长正在训斥周昌盛：“你小子胆子不小，看看这是什么地方！是你撒野的地方吗？要不是刘总发话放你，你就要坐牢！”

也许是救护车的声音惊醒了周昌盛，他自己也不知道那一棍子打在刘金坤头上有多重，会不会出危险，刘金坤说要放了自己？说明他不会有事。周昌盛刚才那撒泼的劲头没有了，嘴里喘着粗气。

范红梅走过来说：“你还不走，还赖在这里？等着警察来抓你？”

周昌盛问：“去哪？”

“你看看你，不成样子，找个地方清理一下伤口。”

范红梅知道，出门就有个小诊所。她把周昌盛带了过去，付了医药费，等医生清理包扎好伤口，就把他支走了，自己则匆匆赶往医院。此时，她很担心刘金坤，不知道那么粗的木棍下去，伤势到底严不严重。

五十二

周昌盛这一棍，打伤了刘金坤，也打醒了范红梅。她在心里反复琢磨：为何自己的日子总是过得如此不堪？和周昌盛离婚也有好几年了，她始终还摆脱不了他的纠缠，她觉得自己快要透不过气来。

到了医院，她打小王的电话，小王说刘总正在CT室做检查，叫她去病房等着。范红梅在病房等了很久，刘金坤被推了进来。小王见到范红梅，说：“已经做了检查，有轻微的脑震荡，要先住院观察。”

小王问：“刘总，晚上想吃点什么？我去买。让范姐留下来照顾你，我们几个先回去，明天早上再派人过来换范姐，你看行吗?”

刘金坤说：“我没什么事，你们都回去吧。”

范红梅说：“我留下来陪你吧，留你一人在这，大家也不放心。”

随后小王送来了吃的，和他俩打了招呼就回去了。

范红梅问刘金坤：“要不要和你爱人……毕竟还是夫妻嘛，要是有什么事情，她也应该知道。”

刘金坤说：“这不是没事嘛，吃饭吧。”

刘金坤的手机响了，电话那头问：“我在病房门口，能进来吗?”

刘金坤移了移身子，端坐着起来，叫范红梅开门。

张美娟见到范红梅，没有惊讶，眼睛露出一丝轻蔑。看着躺在病床上的刘金坤，她说：“看来，我来得不是时候。你就这样明目张胆，难怪人家男人会打上门来。”

范红梅说：“你们都误会了，真的，我和刘总没什么。”

张美娟说：“误会不误会对我来说不重要，我已经习惯了，在你之前，他已经让我误会很多次了，我也见怪不怪了。只是委屈了你们，幽会还要偷偷摸摸。我和刘总谈点事情，你是不是……”

范红梅放下饭盒说：“我先出去。”

见范红梅离开了，张美娟说：“我俩名义上还是夫妻，你遇到事情，我也有义务来看看。为了让你能正大光明地寻找爱情，我们俩还是把婚离了吧，免得让人说三道四。”

刘金坤问：“女儿那边怎么交代?”

张美娟说：“先瞒着，能瞒多久算多久。只是……这个女人怎么样？看她年龄比你小不少，你是吃过亏的人，应该清楚吧?”

刘金坤说：“这不关你的事，看你操心操的。”

张美娟说：“笑话，我没工夫给你操心。言归正传，等你有时间了和我联系，这样耗着也没意思，毕竟六十岁的人了，这日子也是数着过了。”

刘金坤说：“我们俩的事情和别人无关，别扯没用的。你起草一份离婚协议，拿过来我签字。”

张美娟说：“好吧，我找个律师，就按照我们原来的约定。我走了。”

范红梅在医院的广场上转了两圈，接到了刘金坤的电话。当她走进病房时，手机响了起来，是表妹章思敏，章思敏问她什么时候回家。范红梅说晚上迟一点回去，先把他们老总安顿好，毕竟是周昌盛打了人家，她心里过意不去。

章翰文隐隐感到范红梅的事情不会这么简单，贾美珍也有同感，这里面会不会真的有事情？贾美珍叫章翰文联系一下周昌盛，看看他怎么说。

章翰文打通了周昌盛的电话，问道：“你今天怎么回事?”

周昌盛说：“大姨父，我闯祸了，中午喝多了酒，越想越生气，下午去了红梅的公司，把她老板刘总打了。”

章翰文问：“你为什么打人家?”

周昌盛说：“姨父，你知道，我一直想跟红梅和好，期待着我们一家三口团圆的日子。我现在也有工作，想通过自己慢慢努力改善生活，然后和红梅复婚。但这段时间红梅一直对我不冷不热，我就怀疑她有相好的。于是我就想办法去盯她，这一盯还真的发现了问题，红梅和她老板经常下班后去吃饭喝茶，两人很亲密，你说要是没有关系，能这么经常待在一起吗？他们要是好上了，我这个家也就没指望了。”

章翰文说：“他们是上下级之间的关系，在一起吃饭喝茶也许是谈工作上的事情，你没有真凭实据不能这么武断。再说了，就算是红梅有对象了，你也不能打人。你们离婚了，在法律上，你们俩已经没有关系了，你这是寻衅滋事，知道吗？寻衅滋事是违法犯罪，要负刑事责任的。”

周昌盛说：“姨夫，我一时头脑发热，没想那么多。”

章翰文说：“听红梅说，人进了医院，是脑震荡。你这样做，不是把红梅往外推吗？你主动给红梅打电话，问问人家伤情，主动承认错误，争取个好态度。要是人家报了案，警察就会找上门。你要是真想和红梅好，就要关心她，关心军军，这么鲁莽可不行。”

周昌盛说："姨父，我听你的，我现在就给红梅打电话，求她原谅，以后再也不鲁莽行事了。姨父，我现在想好好过日子，想给军军一个完整的家。"

放下电话，贾美珍问："周昌盛说红梅和她公司老板有情况?"

章翰文说："他是这么说，可谁知道呢？这事只有他们俩知道，红梅没说，我们也不能瞎猜吧。"

贾美珍为范红梅担心起来，她说："等红梅回来我劝劝她，千万不能做出格的事情。"

周昌盛接了电话，听章翰文这么一说，自己也后怕起来。他想打电话向范红梅道歉，可道歉又有什么用呢?

五十三

周昌盛回到出租房，李乾坤看到他头上的纱布，惊讶地问："周哥，你这是怎么了？是摔的还是被人打的？中午没喝多吧?"中午周昌盛和李乾坤在一起喝的酒。

周昌盛说："别看我喝了那么多酒，我还是去把事情办了。"

李乾坤瞪大了眼睛，"周哥，你说的是真的还是假的?"

周昌盛说："绝对真的，当时就打了120。"

李乾坤说："对，这种人就要给他点颜色看看。"

周昌盛说："我们得多挣钱，让人家看得起。"

章翰文的电话，给周昌盛带来了一丝希望，也为他指明了今后的方向。他想：姨父说得对，要想跟范红梅重归于好，就要有耐心，用极端的方式根本解决不了问题，只会把红梅推得更远。他听了章翰文的话，晚上给范红梅打了电话。

电话里，他诚恳地说："红梅，我知道我错了，以后不喝酒了，请你相信我。只要你们老板不打你的主意，我不会再找他的麻烦，你放心。”

范红梅说：“我的事情跟你无关。周昌盛，你听着，我以后和谁好，都轮不到你来过问。你这么鲁莽，迟早要出大事的。你就等着哪天进监狱吧。”

周昌盛问：“你们老板还好吧？在医院吗？”

范红梅心烦地说：“是的，脑震荡，还在医院住着，很严重。”后面的话，是范红梅吓唬周昌盛的。

听得出，范红梅语气生硬，极不耐烦，只说了两句就挂了电话。

刘金坤问她是谁的电话，范红梅说是周昌盛打来的。范红梅说：“他中午酒喝多了，做了鲁莽的事情，现在也后悔了，打电话是来向你道歉，还问了你的病情。”

刘金坤问：“那你今后有什么打算？”

范红梅说：“我还能有什么打算？带着儿子过呗。”

刘总说：“刚才张美娟说，会尽快和我把离婚手续办了，这不影响我们俩的正常交往。”

范红梅说：“刘总，我现在改变主意了，我不是为我自己，而是为了我大姐。你要想和我发展关系，也得等我大姐家庭稳定了再说。”

刘金坤说：“这是两码事，我就想马上和你结婚。我们没必要藏着掖着，可以大大方方地在一起。”

范红梅不想争辩，说：“时间不早了，你先休息吧，我回去了。你说的这事得慢慢来。”

刘金坤说：“你回去好好考虑考虑。”

范红梅回到家时，已经深夜了。她进门时，贾美珍正在客厅看电视。范红梅一番洗漱后走到贾美珍面前，说道：“贾姨，睡吧，这么晚了。”

贾美珍指着沙发，示意范红梅坐下，她说："红梅，不是我多嘴。周昌盛今天到你们公司闹事，你要注意影响。你姨父打电话问了周昌盛，他说的和你说的不一样。我也知道，你和周昌盛离婚了，你和谁交往他管不到，但你们老板是有家庭的，不管人家家庭幸福不幸福，都不能插足别人的婚姻。"

范红梅说："贾姨，我知道了，我不会做糊涂事的。"

贾美珍说："我也是担心你，怕你受委屈。你的事情，主意还是你自己拿。"

范红梅说："嗯，你费心了，贾姨，去睡吧。"

范红梅担心的不是她和刘金坤的事如何影响自己，即使有影响，她也能承受。她担心的是程志浩是不是真的和张美娟有事，如果有，她就会觉得自己背负着罪过。

张美娟去了医院，看到范红梅和刘金坤在一起，一种醋意在心中升腾。张美娟自然想起了程志浩，一个腼腆老实的男人。她帮助他，一方面是他曾经救过自己的命，更重要的是，她喜欢他。

她在微信上和程志浩联系，问他在干吗，现在有没有时间。很快，程志浩回复说在路上，正要去市场监督局跑一些注册公司的手续。张美娟叫他去咖啡馆，她一会儿过去，谈谈合作的事情。程志浩回复说一个小时后到。她想，她要牢牢抓住他，绝不松手，只要抓住了他，她就抓到了自己的幸福。

五十四

程志浩十分清楚，他利用张美娟对自己的好感来实现自己的创业计划。每次张美娟向他示好的时候，他都装傻，既没有明确拒绝，也没有明确答应。在公司正常运行之前，他还不能放掉这条大鱼。所以，对于张美娟，他表面上还是顺从的。

赶到咖啡馆，一见面张美娟就问：“注册公司的事情进行得怎么样了？”

程志浩说：“材料已经上报上去了，100万资金已经打入公司账户，营业执照很快就会审批下来。”

张美娟眼睛亮了起来，说：“看来你要大展宏图了。”

程志浩说：“关键是有你的支持，现在我还不能明说是你提供的资金，只能说是向朋友借的，免得因为误解而生出事端来。”

张美娟说：“你说得对，我本来就是你的朋友。你放心，我理解你的处境。再说我这也是闲钱，暂时用不着，放在我这和放在你那一样。”

“你放心，这钱不会有闪失。”

“慢慢来，不要急于求成。”

程志浩端起茶杯说道：“张总，谢谢你的慷慨相助，敬你！等公司做大做强了，我得好好感谢你。”

张美娟说：“你的公司发展壮大起来，就是对我最大的感谢。”她的眼睛里泛起了一丝温柔。

程志浩听到这句话，心头涌起一阵暖意，说：“谢谢你。”

这时，章思聪打电话，问他在哪吃饭，怎么不喊他一起。程志浩离开座位接电话，谎称在接待客户。章思聪说，他也要为公司出力，为姐夫分担。程志浩答应下次应酬带他一起。

好久没见到章思聪的章翰文这天突然想起儿子来。章翰文说：“前段时间在志浩那儿见过思聪，他说帮志浩创业，我也没问他们在鼓捣什么公司。”

贾美珍说：“他和小文不是一直都说忙吗，还有时间去志浩那里？今天正好休息，我俩去看看他们到底在忙什么。”

两人出门，贾美珍还特意拉着章翰文去了趟菜市场，买了一些蔬菜水果带着。上了单元楼，到了儿子家门口，门虚掩着，推门进去，原来的棋牌室现在已经空空荡荡，两个装修工人正在铲墙，看样子准备装修。章翰文心想，也没听思聪说过要装修房子啊。

章翰文问装修师傅："房主在家吗？"

师傅说："房主不在家，我们只负责装修，有事你打他们电话。"

章翰文拨通了儿子电话，问："你人在哪呢？"

章思聪说："在家啊。"

章翰文说："我和你丈母娘今天特地上门来看你，就在你家楼下。怎么房子又要装修？又在折腾什么？"

章思聪说："我……我在大姐夫公司。"

两位老人赶到2号楼，章翰文开口训斥道："这好日子才过了几天，又让人不省心。小文呢？"章思聪半天说不出话来。

"房子为什么要装修？"

"我们赌钱输了，把房子抵押给了别人，房子已经不是我们的了。"

贾美珍听完后瘫倒在地，章翰文则气得半天说不出话来。章翰文把贾美珍扶到程志浩的床上。贾美珍醒来之后，接受不了这样的现实，连连说："你们怎么捅出这么大的纰漏啊！"

章思聪见丈母娘情绪稳定下来，便悄悄离开了，给程志浩发了一条微信："姐夫，照顾好爸妈，我走了。昨天接到小文的电话，她在上海那边已经身无分文，她哭着跟我说，要我去接她。我去上海找小文，我们在那边好好干，不混出人样我们就不回来了。"

程志浩在手机上发现章思聪的留言，打电话过去时，手机已经关机了。章翰文摆摆手说："随他去吧，都是成年人了。我们也管不了这么多了。”

五十五

范红梅接到电话，说她的婆婆出了车祸。当她赶到事故现场时，人已经不在了。范红梅大声痛哭：“妈——妈——，你不能走啊！是我害了你……”

周妈的表侄拉住范红梅，不让她靠近遗体。范红梅哭着问：“我妈怎么就被车撞了？”

路边上围了很多人，有人说是肇事货车速度太快，当场就把老太太撞出去好几米；也有的说是老太太横穿马路，车子快到跟前根本刹不住。

周妈的表侄说：“老人好像预感到了会出事，曾经交代过我，说如果自己有什么闪失，不要告诉昌盛，叫你给她送终，活着的时候不想见昌盛，死了也不想见。她在我这一直念叨你的好，说你和昌盛离了婚还照顾着她，是个有良心的人，还说你一个人带着军军不容易。还有，她出去捡垃圾攒的钱都放在我这里了，她叫我转交给你，她的钱我单独存了一张卡，有好几千块钱，我现在交给你。”

听婆婆的表侄这么一说，范红梅哭得更厉害了：“是我害了你啊，妈，我要你什么钱啊，就是给你养老送终，也是我心甘情愿的。我不图你什么，只要你好好的。”

范红梅拿起手机，找到了周昌盛的号码，打了过去：“你快过来吧，妈出车祸了。”

周昌盛说马上请假过来。

周妈的表侄说：“老人说不让昌盛处理她的后事，你怎么还喊他过来啊？”

范红梅说：“我不能这样做，昌盛是老人唯一的亲人，儿子处理妈妈的后事是天经地义的。”

周昌盛赶来的时候，遗体已经被车拉走了，人也散了。周昌盛见过远房表哥，范红梅将老人托人转交的卡递给了周昌盛：“这是妈生前捡垃圾攒下的钱，你拿着吧。还有，下午你去一趟交警队事故科，涉及老人死亡的丧葬费，你去谈吧。老人火化时，你告诉我一下，我带着军军送她最后一程。”

周昌盛接过妈妈的遗物，默默离开了。

老人火化时，范红梅带着军军去见了婆婆最后一面。范红梅哭得很伤心，她为婆婆感到委屈，一生吃了很多苦，从没享过一天福，对自己像对亲生女儿一样没有外心，对军军视若珍宝，婆婆在她最后的日子里也没有得到家庭的温暖。范红梅的内心有一种深深的自责，她怨自己太忙，没有好好地陪伴婆婆，如果她们天天在一起，每天都说说话，兴许老人不会固执地出去捡废品，不会心里有疙瘩。

料理完婆婆的后事，红梅回到家。章翰文问：“都处理好了吧?”

范红梅说：“处理好了。”

章翰文说：“你贾姨知道思聪和小文败光了房子之后，身体大不如前了，一天要犯几次病，现在身边不能离开人，不然我也应该去一趟，送你婆婆最后一程。”

范红梅说：“你要照顾贾姨，家里还有这么多事情，已经够忙的了。我婆婆这边的事，我叫周昌盛自己跑。”

章翰文说：“这几天看你累的，你请假休息两天吧。”

周妈的突然去世给章思敏的心里丢下一枚石子，溅起点点涟漪。她想起了那个自称是自己亲生父亲的人，不知道躺在病床上患有肺癌的女人现在怎么样了，自己不肯去见她最后一面，她一定很失望，人到了生命的尽头，一定是孤独悲凉的。她问了胡书记，那个男人后来来过没有。胡书记说没有。

章思敏说：“他要是再来的话，你就告诉我。”

从章思敏的眼神里，胡书记看到了一丝悲悯。他从桌子抽屉里拿出一张纸，说：“这是那个人的电话号码。”

看了看写有电话号码的那张纸，她叫胡书记打电话过去问问。

电话打通了，胡书记说：“你要找的人，我们找到了，你之前要求见一下或者要一张照片，现在都能做到。”

电话那头千恩万谢后说：“真的麻烦你了。现在什么都不需要了，我老伴走了，她是带着高兴走的。”

“之前不是没找到吗?”

“我儿子在网上找了一张照片，就说是女儿的照片，她当真了。她说，只要女儿过得好，见不见她都放心了。这辈子，只有这件事情是她终身的遗憾，她对不起这个女儿，她一直都在自责。其实，我找的人就在你们社区上班，我是不应该去的，不能影响她，你什么也不要跟她说。”

老人说话声音清楚洪亮，章思敏听得清清楚楚。

胡书记还是把写有电话号码的那张纸递给了她，她接了过来，这回没有丢掉，而是把它夹在自己的笔记本里。

一连几天，章思敏脑子里总是浮现出那个老人的背影。她攥着那个电话号码，在心里想了很久，是不是要联系一下？哪怕问一下当初的真相：为什么要丢弃自己?

这是一个机会，唯一的机会，但又觉得一切已经没有必要了。

章思敏的心挣扎着。终于，她还是拨通了那个电话。

“你是谁?”电话那头问。

章思敏无法回答。

“喂，喂——”

章思敏说：“我想问你，三十年前，你为什么丢掉自己的亲生女儿?”

几秒钟的停顿之后，老人说：“那时，我们已经有了一个女儿，还想要一个儿子，当时的计划生育政策特别紧，结果二胎又生了个女儿，没有办法，只能稀里糊涂地把女儿送到一个菜场门口，看看有没有好心人收养，直到有人捡回家我才放心离开。我还跟着那个人去了他家附近，打听到收养的人是个姓章的老师，才放心地离开了。”

章思敏知道是这个结果，但从亲生父亲嘴里说出来还是无法接受。她说：“你不该来寻她，就当她死了!”

电话那头说：“只要她过得好，我就知足了，我不该去打扰她。我们不该啊——”声音里，有几许无奈和自责。

这之后，章思敏的心里好受多了。她觉得，她对自己的身世已经做了一个了断，她也不再去想那个佝偻着背的老人。

五十六

营业执照领回来的那天，程志浩十分兴奋。他给张美娟打电话，告诉了她这个好消息。张美娟问是不是要庆祝一下，晚上一起吃饭。程志浩说：“现在关键的任务是找业务，等以后拿到业务再说吧。你的资金我一定会让它产生利润，到那个时候，我要好好地酬谢你。”

张美娟说：“我等着你的好消息。”

程志浩又打了肖启明的电话，将公司注册成功的好消息告诉了他，并让他立刻赶过来商谈具体业务拓展事宜。

肖启明说：“我以后改口喊你程总。程总，我现在就想到你公司来上班，先不要工资，和你一起打拼。既然营业执照办下来了，我们接下来就要重点跟进新亚农贸市场的招标项目。”

肖启明拿出前期针对新亚农贸市场招标项目所做的标书。在这个标书中，他们实事求是地测算了各项成本费用，提出了合理的承包价格。程志浩要求肖启明再核对一下招标文件，明天将招标文件送到市招标办。他们好像感到身上有了一种使命，一步步地为成功做准备。

肖启明问：“人员招聘的工作准备好了吗?”

程志浩说：“我已经和吴成斌联系过了，他手里有一些资源，已经把人员资料送过来了。这些人都是附近的失地农民，虽然没有多少专业技能，但经过培训从事保安、保洁工作还是可以的。”

程志浩打吴成斌的电话，约他下班后到江鱼馆，三人一起商量人员招聘的相关事宜。到了饭店，服务员拿着菜单进来点菜，吴成斌此时匆忙赶到，一坐下就递给程志浩一个小册子，“这是登记人员的基本情况，你看看是否有可用之人。这些人大多我都认识，靠得住。”

程志浩说：“太好了。通过你这个平台，我们人员招聘省去不少麻烦。今天，公司营业执照办下来了，公司就算正式成立了。公司还有个投资人，她只投资，不参与管理，但我要对她负责任，公司具体的管理和运行就靠我们仨了。”

吴成斌说：“程经理，谢谢你看重我。”

肖启明说：“物业管理就是服务，多渠道、多方位的服务。”

这时程志浩电话响了起来，一看是章思慧打来的。章思慧在电话中冷冷地说：“明天海欣高考百日誓师，老师要求家长去学校助阵，明天上午9点学校门口见。”

“好，我一定会准时到。”

自从程志浩搬走后，和章思慧没有联系过，他一心想把公司办好，想让她重新认识、接纳自己。放下电话，程志浩对肖启明说：“明天上午你去市招标办送标书。海欣学校有活动，你嫂子打电话叫我去。”说完倒上了三杯酒，递给肖启明和吴成斌，“明天是第一场战役，预祝一切顺利。”

五十七

第二天，程志浩早早准备，提前带海欣去了学校。一会儿，章思慧赶来了，他俩一前一后进了学校的大门。

会场在学校的大操场上，舞台绚丽，鼓声阵阵，气势磅礴。高三年级的学生举着鲜红的旗帜，组成一个个方队依次进入会场。看到爸爸妈妈都来了，海欣十分高兴。

程志浩问：“这段时间在学校里还适应吗?”

海欣说：“挺好的，就是有时候时间安排很紧张。”

随后，誓师大会开始了。学生代表上台表演男女声配乐诗朗诵《青春就是一场战役》，音乐低缓，旋律优美，声音抑扬顿挫，将生机勃发的青春力量展现得淋漓尽致。接着是男女声合唱《明天会更好》，最后校长上台发表热情洋溢的祝词。

大会结束后，程志浩将带来的牛奶、水果送到海欣宿舍。

程志浩说：“还有一百天，你要注意营养和睡眠，保持充沛的精力，不要太累了。”

章思慧说：“你爸爸说得有道理，注意营养，保持体力，关键的时候要搏一把，我们相信你。”

程志浩说："尽力就行，尽力就行。"

和海欣打了招呼，程志浩和章思慧就离开了学校。一路上，两个人各想各的心思。程志浩搬出去有一段时间了，感觉和章思慧生分了不少。他想用事业的成功证明自己不是一个碌碌无为、只能当个小保安的人。他要证明给章思慧看，证明给岳父章翰文看。而这边章思慧心里的怨恨一点也没有减少。

程志浩酝酿着情绪，想讨好一下思慧，"我的公司已经注册成功了，现在正在参加项目招标，肖启明已经……"

章思慧打断了他，"这是你的事，我没兴趣。我们找个地方谈谈吧。"

程志浩说："好吧，我也顺便把近期忙活的事情和你说说。"

章思慧摆摆手说："我对你的创业不感兴趣，我是想谈谈我们俩之间的事情。"

出了学校大门，前面正好是咖啡馆。章思慧说："我们就在这里坐坐吧。"

在咖啡店坐下后，程志浩想争取主动，说："请给我一点时间，我想好好创业，给你和海欣更好的生活，我想得到你的支持。"

章思慧紧皱眉头说："我该怎么支持你?"

程志浩说："理解我、信任我，就是最大的支持。老爷子希望我有出息，这么多年没能如他的愿，我想通过自己的努力来改变。"

章思慧问："改变什么?"

程志浩："改变我的现状，家庭的现状。"

章思慧笑着说："每个人都有自己的梦想，你也应该有，我祝贺你，正在通往自己梦想的道路上。我知道，你把你原来物业公司的肖启明拉过去了，还想把吴成斌也拉过去，现在正在风风火火地运作你的公司，在不远的将来，你还会回来管理家园小区。我还知道，你公司背后的投资人就是年长于你近十岁的那位女朋友，是不是?”章思慧紧盯着程志浩的眼睛。

程志浩微张着嘴，半天没能说出话来。

章思慧说：“请你现在好自为之，在女儿面前，在我爸面前，请你收敛一点，等海欣高考结束我们就离婚。做事低调一点，别太招摇，给彼此一点面子，好不好?”说完站起身离开了。

这时，肖启明打来电话，说由于公司没有管理农贸市场的经验，也就是缺乏业绩，在第一轮专家评审中被淘汰了。

程志浩说：“方案上面不是加分项吗？怎么变成了必要条件?”

肖启明说：“这是后来变更的。”

这时，岳父章翰文打电话来，问他从学校回来了没有，还说家园小区物业管理公司的高总愿意请他回去，继续担任经理，问他是什么想法。

程志浩说，他暂时不考虑，现在正在忙，说完便匆匆挂断了电话。

五十八

新亚农贸市场招标失利，犹如一盆冷水浇醒了程志浩。任何成功，都不会是坦途。市场是残酷的，也是变幻莫测的。

肖启明回到办公室，把招标文件放在桌子上。他说：“我们看到的招标文件还是原来的版本，后来作了补充说明，我们忽视了，补充说明里设置了门槛，就是要求投标单位必须要有管理农贸市场的业绩，我们是新成立的公司，自然就被挡在门外了。”

程志浩说：“我知道了，再努力吧！不能因为一次失败就灰心丧气。眼下家园小区正在进行物业管理招标，我们要重视起来。”

肖启明说："街道已经启动了家园小区物业管理招标程序，我们要集中精力应对家园小区物业管理招标。"

程志浩突然想起来什么似的，说："老爷子上午还打我电话，说安居物业公司想请我回去。"

肖启明说："你怎么想？"

程志浩说："我回绝了。为什么这个时候叫我回去？是不是探听我们的虚实？"

肖启明说："有可能，最近在传你参与招标的事，大家对你的呼声比较高。"

程志浩说："所以我们更要做好投标的各项准备工作。我还想去找找老爷子，想得到他的支持。这次物业管理招标，业主委员会也是参与主体，先开展沟通还是有必要的。"

程志浩打了章翰文的电话，问他在不在家，他想当面和他聊聊。

章翰文还在生程志浩的气，怪他上午接自己电话没说两句就挂了。这段时间他的公司运转如何，从思慧嘴里也问不出个所以然来。正好接到程志浩的电话，他便说了一句："我在家，你要来就快点过来，我等你吃饭。"

章思敏听说程志浩要来，说："爸爸，你要劝劝姐夫，夫妻俩这样下去总不是个事情，还是叫他回家住。"

一会儿，程志浩敲门，进门后他说："爸，上午你打电话的时候，我正在忙。"

章翰文问："你上午不是和思慧到海欣学校去了吗？"

程志浩说："是啊，你打电话的时候我们还在一起，正在说海欣上学的事情。后来，思慧直接上班去了，我就回家了。"

章翰文说："你这急急忙忙的，看来有什么事情吧？这段时间你的公司运转如何？自己能闯出一条路来，固然是好事，但你自己要心中有数。高总那边还给你保留了位子，你就真的不考虑回去了?”

程志浩说：“爸，我现在已经注册了一家物业管理公司，正准备参与家园小区物业管理的竞标。我想得到你的支持，当然，我们会公平公正参与竞争。”

章翰文说：“上午我在社区开会，社区现在在程序上要求按照物业管理条例启动招标程序。高总今天也特意去找社区的胡书记汇报工作，他也很重视。”

程志浩说：“他们准备他们的，我们准备我们的。”

章翰文说：“高总说了，你离开物业公司后，管理上退步很多。既然你不打算回去，那就干脆一点，我明天就给他回话。物业管理招标现在还是宣传阶段，让居民都积极参与，先是业主委员会换届，等换届之后再招标。”

程志浩说：“我们已经开始着手准备了，我想把握住这一次的机会。”

章翰文说：“你公司也注册好了，是不是应该把家里的事情安排妥当一点？志浩，你知道自从你和思慧结婚后，我从来没有把你当外人看。我想，你也不要把我当外人，我想听听你的心里话。”

爷俩一边喝酒，一边推心置腹地聊着天。

程志浩说：“其实，我挺感激你们。说实话，我没有像……像思慧想象得那样，我承认自己有点急于求成，那也是想做出点成绩来证明给你们看。关于思慧说的那些事情，这里面肯定有误会，我保证绝对没有。今天，从海欣学校回来的时候，思慧又和我谈了，她想和我离婚。”

贾美珍从厨房出来吃饭，插话道：“这离婚是两个人的事情，思慧很厚道，她为家、为海欣操了不少心，现在关键是你。”

章翰文问：“你的想法呢？我想听听你的打算。”

程志浩说：“我承认自己做事欠妥，但是我还是顾这个家的。自从被撤销职务之后，我也痛定思痛，想干一番事业来证明自己，也是为了改善家庭生活。爸，我跟你说实话，我从来没有想过要离婚，我想好好过日子。”

章翰文端起酒杯说：“好，我要的就是你这句话！这下我心里有数了。我们男人吐口吐沫就是一个钉，说话就要算话。”

程志浩说：“我一直就是这么想的。”

章翰文说：“这样吧，你先搬回去住，夫妻俩分开久了就会生疏的。”

贾美珍说：“男人在老婆面前服软不丢人，回去和思慧好好说。”

程志浩说：“爸，贾姨，我听你们的。”

章翰文说：“要听自己的，自己内心一定要坚定。”

临走的时候，章翰文语重心长地说：“志浩，事业重要，家庭更重要，不管做什么事情，你都要和思慧商量。家和万事兴，即使你将来事业成功了也是如此。”

程志浩这才意识到，平平淡淡了这么多年，章思慧从没有埋怨过，原来夫妻关系不需要利益来衡量的，是自己想得太多了。他打算现在就回去，主动和章思慧讲和，把事情说清楚，张美娟的注册资金他是打了借条的，公司运转开来，立刻就归还。以后他再也不要藏着掖着，很多事情是藏不住的。

回到家，章思慧正在洗被子，怔怔地看了他半天，问道：“是来拿东西吗？”

程志浩说：“中午我在爸那吃的饭，我俩谈了很多。我以后就在家里住，哪也不去了。”

章思慧说：“你也别顾及我爸的想法，你现在能走出去干一番事业，重新考虑一下我们俩的婚姻也不是什么坏事。我说顾及家人感受，是提醒你做人做事情低调一点，没必要听我爸的话，以免耽误了你。”

程志浩说：“思慧，我知道我错了，不该对你隐瞒实情，以后什么事情我都会告诉你。真的，我俩好好过吧。”

章思慧吃惊地问：“怎么？你是在哪受了刺激？还是外面的感情不顺？”

程志浩说：“虽然我对你有所隐瞒，比如在外面借钱注册公司，但是我没有做过对不起你的事情。这一点，我可以向你发誓。我马上把钱还回去，以后就和那个女人没有任何瓜葛了。”

章思慧说：“现在我们不要纠结这些无聊的事情，我上午已经和你说得很清楚了，目前海欣高考是第一大事，她的情绪你要考虑，还有我爸的情绪你也要考虑。我爸精力也不如从前，他还守着贾姨。除此，只要不过分，我不会和你计较的。至于你在不在家里住，我也不会管。”

程志浩意识到了事情的严重性。平时温文尔雅的老婆怎么固执起来没完没了？他本以为，等他公司办起来，给一个解释，就能和好如初，即使章思慧有怨气，老丈人出面劝说一下，没有解决不了的问题。现在看来，事情远没有那么简单。他看章思慧在厨房洗碗，他也进去擦洗油烟机。这一切仍然没有换回章思慧的笑脸，但他一定要努力去做，因为只有这样才能消除夫妻之间的芥蒂。

五十九

下午，章思慧去上班，程志浩一个人在家把房间、客厅的卫生打扫个遍。拖完地，他又开始做菜做饭。当章思慧下班回家时，饭菜已经端上了桌。他小心翼翼地观察着章思慧的表情，她的脸仍然是冷若冰霜。

晚饭后，章思慧找了一床被子，丢在书房的床上，程志浩知道，这段时间他可能要住在书房里了。他没有出声，配合着章思慧，将书房里的床铺好。

程志浩走到客厅，坐在她身边，说：“中午爸爸和我谈了很多，我这才认识到自己问题很多，没有及时地和你沟通，让你误会了，这都怪我。其实，对你，对这个家，我真是一心一意。”

章思慧没有出声。

程志浩继续说：“这么多年，你为家做出很大的牺牲，我是念你的好的。”

章思慧说：“你不要说这些，说得再好听也无济于事。你若真想好好过日子，就看你的行动。”

程志浩说：“我当然想好好过日子，今后我会好好表现。”

章思慧说：“我希望你尽快把外面的事情处理好，至于你创业不创业，做什么工作，我们一家人会尊重你的意见，也不会刻意逼着你做什么。”

程志浩说：“我知道了。以前我一直做保安，感觉没有社会地位，总想有机会自己搏一把。至于你们说的那个女人，我和她真的什么事情都没有，是我自己没有考虑周全，让大家误会了，今后我会处理好的，尽量不再给老人增加负担。”

章思慧说：“你不要说为了我爸爸，我爸爸只是希望你能升职，但不能升职也要把日子过好。这段时间我也在考虑我们的婚姻，我自己也很无奈，毕竟四十多岁的人了，也折腾不起。我希望你能认真考虑一下我们这个家，一定不要再惹是生非了，我更不希望有人打扰到我们的生活。”

程志浩点头说：“我会处理好的，你放心。”他心里想：不管怎样，赶紧让公司正常运转，尽早把张美娟的账给还上。

程志浩洗漱之后，在书房的床上躺下了。他又回想起中午岳父章翰文和他交谈的内容。过去在他眼里，岳父是一个好面子的老人，他总把自己的面子强加给自己的子女，现在他才明白，其实老人最想要的还是子女幸福。

手机微信“滴答滴答”响了起来。

“紫色的风铃”：在干吗呢？新亚农贸市场招标有什么结果吗？很多事情不要着急，慢慢来，急于求成是办不成事情的。

他没有回应。

“紫色的风铃”：明天有时间吗？见个面，吃个饭，一起谋划一下。

他回应了一句：新亚农贸市场招标失利，这几天忙，改天吧。

回复过后，他把两人的聊天记录全部删除了。

程志浩搬回家，最高兴的还是章翰文。别看大女儿表面倔强，但她骨子里还是很柔弱的，要是这个年龄她和程志浩真的分开，可怜的还是她。家庭和睦，在章翰文的心里，是一件最大的幸事。

程志浩的话给了章翰文一颗定心丸，但小女儿章思敏和郭梓峰不知又有什么变化。他好久没见郭梓峰了，章思敏赌气说他们已经分手了，这在章翰文的心里落下了心病。关键的是，这事还不能和章思敏唠叨，说多了会引发她的逆反。

这天吃晚饭时，章翰文说：“志浩现在回家住，和思慧也和好了。志浩创业办公司，过去我是反对，现在看来说不定也是一条出路，哪天喊他们过来吃饭，思敏，你联系一下郭梓峰，喊他一起来。”

章思敏说：“好吧。我最近去一下他工作的地方，看看他现在在忙什么。”

见章思敏这么说，章翰文十分高兴，说：“去看看也好，做到心里有数。但你要有耐心，不要遇到事情就发脾气，弄得郭梓峰下不来台。”

章思敏说：“我知道了。”

自从和郭梓峰吵了一架，章思敏自己生了闷气，还和章翰文闹得不开心，事后她感到很后悔。她不应该对章翰文这种态度，她也不是小孩子了，应该知道感恩。她自己清楚，章翰文对自己比对姐姐和哥哥更要上心。

她忽然又想起了那个佝偻着背、头发蓬乱的老人。她内心一直期待一个答案：当初为什么丢弃自己？当她得知答案之后，又觉得心里不是滋味，因为这个答案不是自己想要的。她要放下，一定要放下。

她想找个时间去看看郭梓峰。那天她去找他理论，不和她商量就擅自要求调到区排灌站工作，之后她就把他拉黑了。电话只接过一次，而且没有听他的任何解释。现在想来，她当时做得有点过分，郭梓峰也许有自己的难处和委屈。

是不是自己对郭梓峰的感情还不是爱？这几个月的相处，虽然她对郭梓峰没有过多的依恋，甚至连心动的感觉都没有，但退一步想：像电影、小说里那样跌宕起伏的爱情现实中又有多少？平凡的生活不就是大部分人的人生吗？郭梓峰整体条件还不错，符合大众的标准，只是遇事时略显心胸不够开阔。经过这几天的冷静思考，她想向他妥协，向生活妥协，所以她不能继续冷战下去，找一个理由向他示好吧，算是给郭梓峰，也是给自己一个机会。

第二天下午，她提前下班，开着车去了郭梓峰现在的单位——区排灌站。四月的山野，郁郁葱葱，山花烂漫。田埂上和山坡上，绿茸茸的小草探出头来，带来了盎然的生机。章思敏呼吸着带有青草芳香的空气，心情大好。区排灌站在南湖区最南边，坐落在南湖圩的堤边，这里远离城市的喧嚣，是个幽静的好地方。

下了车，她往圩堤上走，正想给郭梓峰打电话，猛抬头，看到郭梓峰和一个年轻的姑娘正在圩堤上闲逛。郭梓峰手指着河道上一艘正在行驶的船，嘴里说着什么，姑娘银铃似的笑声十分清脆。

看到章思敏从圩堤走来，那位年轻的姑娘很不自然地转身独自走下了圩堤。郭梓峰便回身走过来，说：“来之前怎么也不说一声，我好接你呀。”

章思敏说：“美景美女，简直是神仙过的日子。”

郭梓峰说：“单位刚分来的大学毕业生小亚，在这里实习。之前她说河床里的芦苇滩上长出很多芦苇，我就上来看看，果然是。老领导说，芦苇长出来就意味着离汛期不远了，要经常查看圩堤。”

“你这也算是开展工作了?”

郭梓峰笑了笑。冷战这么多天，郭梓峰见到了章思敏，心里没底，不知道她的葫芦里到底卖的是什么药，于是试探性地问：“快到下班时间了，我们一起出去吃个饭吧?”

章思敏说：“那就看你的安排了，毕竟这是你的地盘。这段时间我工作比较忙，没有其他的意思，请你谅解。”

郭梓峰说：“我知道你忙。你能抽时间来，我很高兴。”

章思敏说：“今天就是来看看你，看你这么清闲，生活过得也很滋润，我就放心了。”说话间，一点也没有感觉到之前他们之间的不愉快。

郭梓峰说：“现在是闲一点，很快就要检修排灌机器、查看水系了。排灌机器虽然只在每年汛期使用，但是需要定期检查维修。接下来就是防汛阶段，那时候我们这里就忙了。”

郭梓峰回到办公室拿上自己的包，准备带着章思敏一起去吃饭。章思敏上了自己的车，郭梓峰探出头来，问：“我们就去江鱼馆吧，喊上贺志远夫妻俩，我们好久没在一起聚了，你看呢？”

章思敏猜到他的心思，说：“你喊吧。”

郭梓峰打了贺志远的电话。

六十

章思敏的突然造访，让郭梓峰觉得即将消亡的恋情又有了新的起色，他心情大好。到了江鱼馆，郭梓峰问章思敏喜欢吃什么，尽管点。章思敏今天心情也好，点了自己喜欢的清蒸鲳鱼和糖醋排骨。两人说到了新房装修的事情，近期安排装修队伍进场，再联系酒店确定婚期。

说到工作，郭梓峰说：“刚来时还真不适应，过去在街道文明办，天天到基层跑，那时虽然忙点累点，但很充实，现在突然闲下来，心里空落落的。”

章思敏问：“那你为什么要求调过来？”

郭梓峰说：“当时心里不痛快，再说，在街道搞安全生产，有好事没有我的份，有责任我第一个跑不掉。”

章思敏说：“这里的工作环境不错，是个好地方。”

菜上桌了。章思敏从郭梓峰的语气中听出了无奈，心里软了下来，“慢慢适应吧。”章思敏说。

郭梓峰说：“我还要找老战友贺志远帮忙，想调回街道去。”

章思敏说：“以他现在的职务和能力，他能办到。”

章思敏转移了话题，说：“程志浩最近办了个公司，正在寻找业务。他现在搬回家住了，和姐姐的关系也有所缓和。爸爸现在最关心你，所以我就过来看看。”

郭梓峰还在继续他的话题：“没办法，除非不干，干就要遵守规则。领导在大会上说了，要么出彩，要么出局。”

章思敏说：“只要工作适合你，干得得心应手就行。官场上面虚头巴脑的事情，想多了自己背包袱，不值当。”

说话间，贺志远和何晓卉敲门进来了。何晓卉进门就拉着章思敏的手说：“好久没见，我们的美女又变漂亮了，你是怎么保持的？看看这小蛮腰，越来越细了。”

章思敏说：“你看你，是不是想叫我也奉承你啊？我偏不。”

何晓卉说：“我说的是真的，办喜事的日子定下来了吗？是不是要通知我们喝喜酒了啊？”

章思敏说：“还没准备好，这才四月份，还早呢！”

何晓卉说：“抓紧时间吧，我们都等不及了。”

章思敏说：“现在房子还没开始装修，日子怎么定啊？”

何晓卉对郭梓峰说：“这就是你的不对了，这么重要的事情还不抓紧时间？”

郭梓峰说：“正在紧锣密鼓地准备着。”

贺志远说：“这段时间一直很忙，没有联系你。怎么样？工作还好吧？哪天我过去看你。”

郭梓峰说：“哪敢劳驾贺主任？好久没在一起聚了，今晚我们一醉方休。”郭梓峰叫服务员拿两瓶酒，先打开一瓶，说：“一瓶肯定不够，两瓶有点多。我们喝多少是多少，先开一瓶。”

贺志远说：“你酒量没我大，听你的，你说怎么喝，我们就怎么喝。”

郭梓峰说：“好。”

贺志远说：“刚到排灌站，你可能有点不习惯，不知道领导怎么舍得安排你去了那里，一般快退休的才会被安排到那里。”

章思敏说：“我觉得那个地方环境还是挺好的，要是能静下心来搞点创作什么的，还是挺好的。”说这话的时候，她突然想到了方远，方远要是在那里工作，准能待得下来，说不定还能写出几本书来。

第一瓶酒很快喝完了，郭梓峰打开了第二瓶酒。

借着酒劲，郭梓峰端起杯子，说：“我这手里的杯子，你看，我握着，它就是一只杯子，我松手掉在地上，它就是玻璃碴子，我现在就是掉在地上的杯子。贺主任，这杯酒我敬你，希望早日能和你一起并肩作战。”

第二瓶酒喝到一半，郭梓峰说话已经不利索了，情绪也有点失控。

贺志远赶忙把酒瓶收起来，说：“这酒不喝了，改天再喝。”

郭梓峰站起来，“不行，我俩平分，必须喝掉。”

贺志远和何晓卉看看章思敏，章思敏说：“他要喝就随他。”

郭梓峰醉了。贺志远说：“我叫辆出租车，我们一道送他回家。他心里不舒服，不然也不至于喝成这样。”

章思敏说：“太不好意思了，搞成这样。本来是请你们过来聚一聚乐一乐，不承想他喝成这样。”

郭梓峰摇摇晃晃地站起来，贺志远扶着他走出门上了出租车。本来贺志远要送郭梓峰回家的，章思敏考虑到不顺路就拒绝了，一人打车带着郭梓峰离开了。

车子驶到了小区门口，章思敏问："能下来走吗?"

郭梓峰说："行。"

他们下了车。章思敏付了车费，和郭梓峰一前一后走着。

郭梓峰说："今天晚上酒喝多了，不好意思啊。"

章思敏说："你知道你现在在干什么吗?"

郭梓峰说："我知道。"

"你知道还不走？明天不上班了?"

郭梓峰不但没有走，而且还在小区的花坛边坐了下来。

六十一

这个晚上，章思敏感到很丢脸。当着贺志远和何晓卉的面，她强压着内心的怒火。她真没想到，醉酒之后的郭梓峰怎么这副德行？和平时温文尔雅的他，简直判若两人。

郭梓峰说："我现在特别狼狈，混到这步田地，连我自己都看不起我自己了，你还能看得上我吗?"

章思敏沉默了。

郭梓峰说："我知道，你看不起我，你家老爷子也看不起我，你们一家人都看不起我。根本原因就是我没能力，混到现在还是个小科员，提拔升职根本无望，现在就连贺志远也看不起我。"

章思敏有点厌烦了。

郭梓峰仍然喋喋不休："我是个倒霉蛋。我不是不想干事，我是没有平台。你说说，现在这种现状，我怎么干?"

小区里偶尔还有人路过，对郭梓峰指指点点。

章思敏说："郭主任，你发泄好了吗？发泄好了就回家吧，别在这儿丢人了。”

郭梓峰听到章思敏说“丢人”这个词，火蹭的一下地就升起来了：“知道我不是郭主任了，还这样笑话我？我知道我给你丢脸了，你不是说了吗？要和我分手。好，嫌我给你丢脸我们就分手。”

章思敏说：“请你想好了再说。”

郭梓峰说：“我想好了，你从来就没有喜欢过我。”

章思敏说：“好，明天开始，我们之间就结束了。”说完，委屈、气愤、伤心一股脑儿地涌了上来，眼泪扑簌簌地下来了。

郭梓峰酒喝成这样，一时半会儿走不了，待在这里也不是办法。她拿起电话，打给了程志浩，“大姐夫，你出来一下，我在小区南门的花坛，郭梓峰晚上酒喝多了，你来一下。”

一会儿，程志浩来了。郭梓峰耷拉着脑袋，看到程志浩，想站起来，但腿不听使唤，“志浩，你来得正好，我俩去喝一杯。今天我们痛快地喝一回！”

章思敏对程志浩说：“这人就交给你了。”

程志浩问：“怎么喝成这样？”

章思敏说：“你问他。”

章思敏走了一截，又走回来对郭梓峰说：“郭梓峰，你还记得你今晚说的话吗？”

郭梓峰挥挥手，意思叫她走，说：“我知道，我知道……我早就知道我们会有今天的。”

章思敏扭头离开了。这边的郭梓峰还坐在花坛边上不肯回家。程志浩耐心劝导着：“人生就是这样，有高潮也有低谷。我现在不也是这样吗？混了这么多年，现在还在创业，四十多岁的人了，也是忍辱负重，为了业务看别人的脸色，这你又不是不知道。”

夜渐渐凉了，在冷风的吹拂下，郭梓峰清醒了许多。他斜眼看着自己的影子在橘红色的路灯下没精打采地晃动着。

程志浩说："现在好点了吗？我送你回家吧。"

郭梓峰这才想起来章思敏来，问："思敏呢？"

程志浩说："走了，等明天酒醒了你就知道后悔了。"

走到小区门口，一个人站在他们面前，挡住了他们的去路。

程志浩提醒说："哎，哥们儿，干吗呢？"

那个人凑近了，"是你，是你。"上来拉着程志浩的手，"真巧了，走，我请二位去宵夜，喝一杯，上车。"说完指了指广场边上的车子。

郭梓峰问："我们认识吗？"

那个人说："那天在新亚农贸市场，我把你的车子碰了。想起来了吗？我还没给你修理费。走，上我的车，我们去喝一杯。"

程志浩这才想起来眼前的人是谁。那个人递上了名片。程志浩看了看，是华谊商贸有限责任公司。程志浩知道，这是菱湖市一家很有影响的民营企业，此人就是公司的董事长萧正白。车子在一个叫"紫葡萄"茶馆门前停下。

萧正白说："认识你们是我的荣幸。"

程志浩说："要不是你提起，这件事情我都忘记了。"

小菜上来了，萧正白说："我看这位兄弟晚上喝了不少，就来点啤酒吧。改天我再好好请一下，以表示我的感激之情。"说完倒了三杯啤酒。

萧正白站起来，"我先敬你俩一杯。"说完一口喝完了。

萧正白问："对了，修车多少钱？"

郭梓峰看到萧正白的诚意，又那么热情，感到这时候问人家要钱，就显得自己没胸襟，随口说："算了，也没多少钱。算是缘分吧，让我们有机会结识菱湖市的大老板。"

萧正白说：“以后我们就是朋友了，有用到我的地方尽管说。请问你们二位在哪里高就啊?”

程志浩说：“郭主任原来是街道办事处副主任，现在在区排灌站工作。我嘛，现在搞了一家物业管理公司，刚起步。”

萧正白问：“业务怎样?”

程志浩说：“暂时还没有……开张。”

萧正白想起来什么似的，赶忙拿起桌上的手机，拨了一个号码，“喂，是小陈吧？我问你，我们公司外包的物业管理到期了吧？……哦，不要再找了，我这里有一家现成的物业公司。我叫他们找你对接。你稍等，我问一下公司叫什么?”

程志浩赶忙回答：“志浩物业公司。”

萧正白对电话里说：“志浩物业公司，我叫他们和你联系。嗯，就这样。”

萧正白对程志浩说：“我们公司物业管理到期了，之前一直对服务不满意，正准备更换。”说完，在纸上写了一个号码递给了程志浩。

郭梓峰忙起身倒了三杯酒，端起酒杯说：“萧总，谢谢你。我们会好好把握这次机会。”

萧正白说：“合作愉快！干!”

第二天，程志浩和肖启明去华谊商贸公司提交志浩物业管理公司的各种材料，待对方审核之后，又交了一份物业管理合同。

小陈最后说：“这里原来工作的保安、保洁人员都住在附近，还想留下来继续工作。”

程志浩说：“可以，叫他们和我联系。”

华谊商贸公司的业务承接，标志着志浩物业管理公司正式启动运行了，程志浩露出了久违的笑容。

创业说难是难，说不难也不难。

六十二

那天晚上，章思敏回到家，章翰文和贾美珍还在客厅看电视，看到章思敏回来，章翰文问："晚上和郭梓峰一起吃的饭？"

章思敏"嗯"了一声。

见章思敏脸色不好看，章翰文没有再继续发问。章思敏洗漱过后上了床，脑海里思绪万千……这时，她收到方远发来的信息："书已经出版发行了，到时候送你一本，望批评指正。"

她回了一条："恭喜！一定会好好拜读。"

方远说："近期打算去南山福利院，你有时间一起去吗？"

章思敏问："什么时候？"

方远答道："4月下旬或5月初。"

章思敏说："好的，我一定去。等有时间再联系，我想看看你的新书。"

这一夜，章思敏失眠了，她想起了钱俊。她从没有听过钱俊有任何抱怨，他们刚刚毕业，一道出去找工作，哪怕遇到困难，钱俊都是笑着安慰她。郭梓峰今天晚上的话挑明了，两人分手是必然的。

第二天，郭梓峰打来电话，和章思敏解释昨天的事情。章思敏说："我现在心里很乱，我们需要冷静下来重新思考一下我们之间的关系。"这之后，她对郭梓峰的复杂心情释然了，她对郭梓峰由原来的好感变成了同情。

两天以后，章思敏中午下班到市里闲逛，忽然想起了方远。她给方远发微信："方远你好，中午在哪呢？"

方远回复："在风上坡为新书签名义卖。"

章思敏开着车去了风上坡。停下车，她远远就看到横幅上写着：我市青年作家方远新书《走向远方》义卖捐助南山福利院。章思敏走了进去，跟着排队的人也买了一本，这本书设计印刷都很精美，描写了平凡人物笑对生活的感人励志故事。

此刻，方远正在接受采访，他说："我用了一年的时间，将我做公益期间接触的平凡人物的励志故事展示给广大读者，希望人们敬畏生命，热爱生活。"

记者问："听说你牵头组建的小蚂蚁志愿服务队在本市很活跃，已经资助了很多孤寡老人和孤儿，下一步还有哪些计划?"

方远说："我只是一个组织者和参与者，我要感谢那些捐钱捐物的爱心人士。我们的爱心永远都在路上，欢迎大家积极参与。最近我们计划去南山福利院开展活动，有意愿参加的市民可以和我们小蚂蚁志愿服务队联系，我们竭诚欢迎广大市民献爱心。"

采访结束了，方远看到章思敏，走了过来，"谢谢你来捧场。"

章思敏说："这场面搞得还挺隆重。书卖得不错，我得好好拜读。"

方远说："你在茶亭那边等我，等这边签完我就去找你。"

章思敏穿过长廊，走到茶楼，坐了下来。她要了一壶毛峰，翻开崭新的书，打开扉页，一行醒目的字映人眼帘：要为成功想办法，不为失败找理由!

过了一会，方远一路小跑赶来了，"走，我们去吃饭吧。"

空着肚子喝茶，真有点饿了。在方远的引领下，他们来到一个中餐厅，一人要了一份肉烧茄子盖浇饭。

方远说："我已经征得父母的同意，准备到四川凉山一所希望小学支教，两年时间。"

章思敏忽然有种失落，莫名其妙地对他有种恋恋不舍的感觉。她这才真真切切地感受到：她在不知不觉中向往着他的向往，期待着他的期待，奔赴着他的奔赴。可是，她不可能追随着他，去实现自己的梦想。

章思敏收回失落的情绪，回到现实中。她问："去福利院的日子定下来了吗?"

方远说："4月底的周六。今晚新闻采访播出后，估计会增加参与人数。"

章思敏说："这就是你今天接受采访的目的?"

方远笑了笑，"这本书已经获得了菱湖市重大文艺题材精品工程扶持项目，不仅有扶持资金，我自己也有奖金。今天的采访主要是为以后的公益活动扩大影响，吸引更多爱心人士参与公益事业。"

章思敏说："真厉害！希望你的书能畅销。"

六十三

章思敏和郭梓峰说好了冷静一段时间，两人真的就没有再联系了。章思敏去南山福利院的那天，是一个晴好的日子，由于前期的宣传，这次参与的人特别多。他们在奥体广场举行了简短的仪式，便派出了十几个代表去了南山福利院。

章思敏坐在方远的车里。方远说："这次不仅为孩子们送去衣服、被子、学习用具，还有三万多元的现金，为孩子们改善生活。"

章思敏说："我在社区做民政工作，能帮助困难的家庭和孩子，也觉得有成就感。"

南山福利院很快到了。方远下了车，带着章思敏和正在门口迎接的常院长握手。常院长手里牵着一个六七岁的女童。

方远看到小姑娘，递上装有学习用具的书包，“小菱珊，你下学期就要上学了吧？这是你的新书包。”

常院长说：“菱珊，快谢谢叔叔阿姨。”

小姑娘怯怯地说了声“谢谢”。

章思敏蹲下身子，“小姑娘，你长得好漂亮。”小姑娘的睫毛很长，忽闪着，黑眼珠深邃透亮，但眼神里总有一些躲闪。

“菱珊，你去玩吧。我来陪一下帮助我们的叔叔阿姨。”常院长说完，小姑娘拿着新书包蹦跳着走开了。

章思敏和方远一道，随着常院长参观了整个福利院：进门是一个大院子，呈“U”字型，左边是宿舍，一间一间的房子摆放着整齐的床铺，右边是活动场所，有阅览室、活动室、食堂等。

常院长介绍道：“这里的孩子有的上了中学还会回来住。今年9月份，菱珊上小学一年级了，最近才联系好了学校。小菱珊是个弃婴，几个月大就被送到福利院门口。记得那年春天，一大早我就听到门外有小孩的哭声，开门就看到一个孩子，我赶紧把她抱回了屋子。从那时起，这里就成了她的家，一眨眼她就要上小学了。”

章思敏听着常院长的介绍，眼泪不知不觉流了下来，她赶忙背过人擦去了脸上的泪痕。

活动结束后，最后在大家告别的时候，章思敏一个人折回身去找小菱珊。小菱珊一个人在她的床边，打开新书包，正在翻看学习用具。看到她，章思敏蹲下身子，一把将她抱住，眼泪不由自主地流了下来。

章思敏说：“小菱珊，以后我会经常来看你，好吗？”

小菱珊点点头：“谢谢阿姨。”

章思敏心想：这个孩子不就是曾经的我吗？我一定要像妈妈一样照顾她。

在返程的路上，章思敏一声不吭。此时，她心里还挂念着小菱珊，莫名的悲伤袭上心头。见她情绪低落，方远不好意思开口说话。他想：一定是福利院的某些人和事触动了她。

方远送她到家园小区，临下车时，章思敏郑重其事地说：“其实我也是个弃婴，看到小菱珊，就像看到了当年的自己。可我比她幸运，我有爸爸妈妈和姐姐哥哥的疼爱，我还有家，可小菱珊没有。我今天心里很难过，看她在福利院里孤零零，有些伤感，我还没想好要怎么样帮助她。”

方远说：“我会支持你。”

章思敏点点头，下了方远的车。

经过一夜的深思熟虑，她做出了一个重大的决定：收养小菱珊！

第二天，她打电话告诉方远这个想法。歇了半晌，方远才说：“你要慎重考虑好，你要对小菱珊负责，对你自己负责，还有你的爸爸，最重要的是——你的男朋友。你们要商量好，收养小菱珊毕竟不是你一个人的事情。”

章思敏说：“我知道我这个决定意味着什么。看到小菱珊，我突然觉得我有一种使命，这件事情是我目前做的最有意义的事情。我会和家人好好商量，希望得到他们的理解和支持。”

方远说：“最重要的是你的男朋友，这需要你们俩一起面对。”

章思敏说：“男朋友不是问题，我们已经分手了。”

方远说：“你是说……你们分手了？那你和家人好好商量一下吧，祝你好运。我要告诉你的是，我会支持你的，明白吗？”

章思敏说：“谢谢你的支持。”

这天下午，章思敏提前下班回家，烧好了饭菜。章翰文喜滋滋地以为章思敏和郭梓峰的事情有了新的进展，正要听好消息，哪知道，章思敏说的话让他猝不及防。

章思敏说：“爸，我是从小被家人遗弃的孩子，是你给了我第二次生命，给了我温暖的家。前些日子，自称是我生父的人来找我，我没有跟你说……”

章翰文问：“他找过你了？你们见面了吗？”

“他找了社区胡书记，来过两次。说我的……生母，那个女人得了绝症快不行了，想见我最后一面。”

“你去了吗？”

“我没有去。”

“孩子，不是我说你，不管怎么说，他们总是你的亲生父母，是给了你生命的人。他们当初丢下你，肯定也是有苦衷的。”

“后来我问了，他们是为了生个儿子，躲避计划生育，才丢弃我的。”

“谁说的？你生父？”

“是的。”

“你生母后来怎样了？”

“去世了。”

“你这孩子，你看你给他们留下了终生遗憾，那叫死不瞑目……”

“这件事到此为止，我也不打算和他们有任何瓜葛。今天我要跟你商量另一件事情。我前几天去了福利院，看到一个弃婴，看到她我就想起自己小时候，我很难过，所以想收养她。”

“你？这……这……郭梓峰的意见呢？”

“我们分手了。”

“你……这……”章翰文没有想到，章思敏这孩子想一出是一出，但他知道他的意见并不重要，想了一下说：“思敏，你也长大了，我们之间的观念有很大的差别。前几天我和你贾姨也商量好了，尽量不要干涉你们的选择，但是我建议做这样重大的决定之前，包括和郭梓峰分手，冷静后三思，千万不要草率。”

章思敏点点头，她很感激章翰文没有反对。

六十四

章翰文不是不反对，而是反对也没用。章思敏每一步决定，如果有分歧，都是以女儿的坚持、他的让步而告终。

倒是范红梅，在得知章思敏想收养孩子后，劝说章思敏：“你想收养孩子也行，但应该和郭梓峰和好，结婚后自己再生一个也不算多，要是你一个人带着孩子，确实也不方便。再说，郭梓峰不是挺好的吗？干吗要分手啊？”

章思敏说：“红梅姐，谢谢你的关心，我的事情我心里有数。不是郭梓峰不好，是我觉得我们不合适。”

她打电话约了郭梓峰去咖啡馆，郭梓峰电话那头说：“好吧，我下班直接过去。”

郭梓峰知道章思敏是来谈分手的。

两人在咖啡店坐下，章思敏说：“谢谢你这段时间的陪伴，我们俩可能真不合适。与其这样不冷不热，还不如干脆分手吧。”

郭梓峰没有诧异和挽留，似乎这就是两人注定的结局。

郭梓峰说：“希望我们以后还能是朋友。有什么事情还可以和我说，让我分享你的快乐。”

章思敏说：“谢谢你。”

说完，两个人离开了咖啡店，连一杯咖啡也没有喝完。

出门后，郭梓峰打电话给程志浩，告诉他自己和章思敏正式分手的消息。程志浩在电话里表示惋惜，并将公司在华谊商贸公司的业务进展情况告诉了郭梓峰，并邀请他哪天一起喝酒，最后程志浩说：“你和思敏不管是在一起还是分手，一点也不影响我们之间的友谊。”

郭梓峰调侃着说：“可惜我们俩做不成亲戚了。”

正是晚饭时间，程志浩电话响了起来，他看了看，是张美娟打来的，见章思慧正在厨房准备晚饭，他便走到阳台接了电话。

张美娟喊他晚上出去吃饭，顺便了解一下公司的运作情况，他答应了。

章思慧将饭菜端上餐桌。程志浩说：“公司有点事，我要过去处理一下，你先吃吧。”

章思慧说：“你早去早回。要不要给你留饭菜?”

程志浩说：“不用了，还不知道处理到什么时候，尽是些烦心事。”

见到张美娟，程志浩说：“这段时间太忙了，总抽不出时间来向张董事长汇报工作。”

张美娟说：“我还不相信你吗？家园小区物业管理招标工作在准备吗?”

程志浩说：“正在准备。安居物业公司最近管理上也遇到了难题，所以这次竞争对我们是有利的。”

张美娟说：“首战告捷，祝贺你。”她端起杯子，饮料也喝成了酒的味道。

程志浩说：“华谊商贸公司的萧总帮了不少忙，为我们招揽了不少业务。我们现在的首要任务是提升服务品质，树立自己的品牌。只要市场口碑好，业务会越来越多的。”

张美娟说：“程经理果然具备战略眼光。有你这样的思路，公司会越来越壮大的。过两天我想去看一位中医，你能送我一下吗?主要路途太远，又是山路，我一个人开车太累。”

程志浩问：“哪天去?”

张美娟说：“后天。”

程志浩问：“身体哪里不舒服吗?”

张美娟说：“这个你就不要问了。这位老中医很灵的，找他看病得提前预约，我的朋友帮我约了好几次才约到的。”

程志浩说：“我尽量抽时间送你。”

那天，程志浩驱车带张美娟去看老中医。山路崎岖蜿蜒，由于路线不熟，还一路走一路问。车子快到的时候，程志浩忽然接到妻子章思慧的电话，章思慧急切地说：“女儿在学校里晕倒了，学校打来电话，我还在税务局办事，正在排队，你现在立刻赶过去。”

程志浩说：“我不在单位，正在出门办事，你想办法先过去。”

章思慧说：“我不是说了吗? 我现在走不掉。”

程志浩说：“我陪朋友出了市区，现在人在外面，你先过去，我马上就往回赶。”

程志浩停下车子。

张美娟问：“怎么了?”

程志浩用手敲打着方向盘，说：“女儿在学校晕倒了，正送往医院，我要立刻赶回去。”

张美娟说：“前面就到了，你把我送到你就回去，等回头处理好了你再来接我。”

程志浩说：“还是下次再约这位中医吧。我很不放心我女儿，咱们现在就回去。”

张美娟默不作声，嘴里喃喃地说：“早知道就不该喊你来的，这次错过了，下次不知要等到哪一天。”

程志浩没有顾及张美娟的不快，调转车头往回赶。

到了市区，程志浩打电话给妻子：“我在往回赶，你在哪里？”

章思慧说：“我正在往医院赶。老师说，海欣被120送到市立医院，我现在在出租车上。我看到你的车了，你靠边停，我就在你后面，你快停下，我上你的车。”

程志浩的汗立刻冒了出来。章思慧就在他的车后面，车里的张美娟是没有办法藏起来的，他也不能不停车。怎么办？容不得他思考，一切都已经来不及了。他把车停在路边，张美娟不情愿地从副驾驶上下了车。

章思慧站在车边，怔怔地看着张美娟慢慢地打开车门下了车。她随即大骂道：“程志浩，你个王八蛋。你到底想要怎么样?！女儿还不知道情况如何，你带着个女人风流快活！”

说完章思慧在路边拦下一辆出租车离开了。程志浩跟在出租车后面紧追不舍，一个路口，红灯把他拦了下来。

程志浩打章思慧的电话，被章思慧挂断了，再打，再挂。

程志浩知道这次问题的严重性。他现在只有把实话说出来，争取坦白从宽。他要主动出击，找岳父大人，把一切和盘托出。

章翰文的电话一直占线打不通。他接着打，还是占线。他正在着急的时候，电话响了，是章翰文打来的。他接通电话，刚喊了一声“爸爸”，章思敏大声责问：“程志浩，你真的是烂泥扶不上墙，不要欺人太甚！”不容程志浩解释，电话就挂断了。

手机里收到一条短信，是章思慧发的：“你不要到医院来，也不要回家了，你想去哪就去哪，这个家从此再不需要你了。”

六十五

程志浩还是去了市立医院。他到医院时，海欣已经进人急救室，门口站着章翰文、贾美珍、章思慧、章思敏和范红梅。

医生推门出来，说海欣没有什么大碍，只是低血糖，要增加营养，多注意休息，现在先在医院吊水，等观察一下没事就能回家了。这时，程志浩把章翰文拉到一边说："爸，我想和你解释一下，不是你们想的那样，你们真的是误会我了。"

章翰文说："等会再说吧，你看大家都在忙着海欣的事情，你就不要再添乱了。"

章思慧打电话给海欣的老师，说海欣已经没事了，请几天假调养休息一下再回学校。

章思敏把程志浩喊到一边问："你今天干吗去了，你自己说，故事编得不要有漏洞。"

程志浩说："送一个病人去看病。"

"上次人家自杀，这次又是看病……你要是爷们儿，就要敢做敢担。你想继续在外面风流快活，就和我大姐把手续办了，我大姐也不会对你死缠烂打。"

贾美珍说："思敏，你也少说几句，一会儿海欣出来了。"

程志浩说："我没有做对不起你大姐的事情，是你们误会我了。我向别人借了钱，别人叫我送她去看病，我回绝不了。"

章思敏说："现在人多我们先不说了，回家后，希望你给个痛快话，做个了结。"

章翰文叫程志浩开车送他们回家。范红梅和章思慧在医院陪护海欣。一路上，章思敏还在数落程志浩，章翰文说："你们在医院吵什么？还嫌你姐不够烦吗?”

章思敏和程志浩没出声。

章翰文说：“我要不喊你们俩出来，你们还在那里没完没了地吵。”

章思敏说：“反正谁敢欺负我大姐，我决不饶他。”

章翰文说：“志浩，你回医院陪着她们娘俩吧。”程志浩掉头去了医院，等海欣吊完水后，把他们一道接回了家。章思慧对海欣说：“这几天妈妈安心地照顾你，不让其他人打扰，让爸爸暂时住在2号楼吧。”

与其说这话她是对海欣说的，不如说是对程志浩说的。下午的事情给章思慧一个致命的打击。好不容易说服自己原谅了他，他竟然毫不收敛。看到那个女人从程志浩车上走下来时，她恨不得立刻上前扭打她，可她浑身瘫软，一点力气都没有，强忍着悲愤跑开了。那一刻，她感到很委屈，而此刻的她安静地照顾着女儿，就像什么事情也没有发生过一样。

程志浩来到章翰文家。见到程志浩，章翰文问：“今天到底是怎么回事？我想听你说真话。以前我是相信你的，但是现在我又发现很多事情不能相信你。不管你和思慧是分是合，一定要对得起这个家，对得起孩子，也要对得起你自己。”

程志浩说：“我还是那句话，我从没有做过对不起思慧的事，只是我想尽快成就我的事业。你知道，我一直想办一个自己的公司，这个公司现在也运行起来了。但这个公司，是她提供的启动资金。”

章翰文说：“你是说，你利用她对你的感情，让她给你投资?”

程志浩说：“是她主动给我投资的，也算是我借的，马上我就把钱还了，和她断绝一切来往。”

章翰文沉思了，半天再说："志浩，你这样做可不厚道啊。我们做任何事情，都不能不择手段。你这样做，对人家也不公平。你就想这样和人家不明不白地继续下去?"

程志浩说："不是，今天她叫我开车送她去看病，我想手头上也没什么事情就送她去了。"

章翰文说："你一再说你们没有什么，是大家误解了。你看看你自己做的事情，还怪人家误解你吗？你比出轨更可怕，因为你带着功利性的目的。你不仅害了思慧，还害了那个女人，给人家一个无望的等待。"

程志浩嘴角动了动。

章翰文说："无论做什么事情，要好好商量，就是办公司需要资金，也要夫妻俩商量解决。钱该怎么借，问谁借，都要清清楚楚。这也是互相尊重，你一个人这么弄，你是在和谁过日子呢？你也四十多岁了，做事不要这样莽撞。"

程志浩说："我知道了，我把钱还掉，和她彻底说清楚，不再联系，爸爸你放心。"

章翰文说："你抓紧时间处理吧，资金方面有困难，我们可以商量，一定不要拖泥带水。"

吃完晚饭，他拿出手机，看看时间，已经是晚上8点多钟了。他这才发现，手机有多条未读消息：

"紫色的风铃"："原来指望你陪我去看病，不想你女儿生病了。得知你女儿生病，你义无反顾地掉头就走，我才知道我在你心里根本就没有分量。"

六十六

程志浩下定决心，一定要和张美娟做个了断，今后再也不来往。第二天下午，他打了张美娟的电话："你现在有时间吗？我马上到小区门口，你出来一下，我有话要和你说。"

张美娟"哦"了一声，程志浩挂了电话。车子到了门口，张美娟站在那里左右张望，看到程志浩的车子，立刻上了车。

张美娟问："你吃饭了吗？"

没等程志浩说话，张美娟说："我们去吃点东西吧。你要是吃过了，就陪我再吃点。"

一路上，程志浩一言不发，还在考虑如何和张美娟摊牌。到了饭店，他们一前一后走了进去，点好了菜，张美娟问："你女儿怎样了？"

程志浩说："低血糖。现在没事了。"

张美娟说："那就好，那就好。你老婆一定和你吵架了吧，对不起啊，要不是送我，也不会出这事。"

程志浩摆摆手说："张总，我向你借的钱明天先从账上还你50万，下个月再还你50万。感谢你在我最困难的时候支持了我，我会给你一定的利息作为补偿，我们以后就不要再联系了。"

张美娟变了脸色，"为什么？"

程志浩说："我觉得我们这样不合适，再继续下去会有危险，而且会伤害到彼此的家庭。"

"我没有破坏你的家庭，只是让你有时间的时候陪一下我。"

"我们再这样下去会出问题的，你知道吗？"

张美娟抓着程志浩的手说："我以后不会给你添麻烦了，好不好？你不要不理我，行吗？”

程志浩抽回手说：“我们都有家庭，我老婆很伤心，这次又被她撞到，我实在没办法面对她。”

张美娟眼泪流了下来，说：“我以后注意就是了，你只顾你老婆的感受，你考虑过我的感受吗？我不能没有你。志浩，你就可怜可怜我吧。”

程志浩站了起来，说：“张总，你也有家庭，如果你婚姻不幸，你可以离婚，可以找一个你爱的人结婚，重新组建家庭，我们这样下去算什么呢？我们不能总给身边的人带来痛苦吧，就这样吧。钱我还是打到你的那张卡里。”说完走了出去。

张美娟边走边说：“我现在不用这笔钱，你尽管用好了。你不要有负担，钱的事情和我们的感情是两码事。”

程志浩把张美娟送到小区门口，把车开到了地下车库，回到了2号楼。

这样算是分手吗？现在的张美娟像牛皮膏药粘在程志浩的身上，撕也撕不开。或者说，撕开了，他的那层皮也撕破了。他分两次还了张美娟的钱，然后删了她的微信。此后，张美娟加了几次好友，程志浩都没有接受。有时候，程志浩总觉得有一双眼睛在他的身后。有几次，张美娟在2号楼下面转悠，看到张美娟的身影，程志浩总是绕着走，有一次撞上了，张美娟跟在程志浩后面叫他，程志浩没有理睬，邻居们见到后都当成笑料来说。她痛哭了几天，后来就没有再找程志浩了。

程志浩和章思慧的婚姻终于走到了尽头。在章思慧的坚持下，他们到民政局办理了离婚手续。

章思敏在方远的陪同下去了民政局，办理了小菱珊的收养手续。办好收养手续后，方远又陪着章思敏去了南山福利院接小菱珊。

小菱珊见到章思敏就喊了一声：“章妈妈！”

章思敏的眼泪掉了下来。

小菱珊告诉常院长：“常奶奶，我终于有妈妈了。”

方远把章思敏和小菱珊送回家园小区，考虑到小菱珊下半年就要上学，章思敏联系相关学校做好了入学准备。

方远在去四川的前一天打电话对章思敏说：“我明天就启程去四川了，你有什么要说的吗？”

章思敏说：“一路顺风，多保重！明天我来送你吧。”

方远说：“我就等你这句话。明天早上七点在奥体中心集合，我们这边还有几个人一起。”

第二天一早，章思敏很早就来到奥体中心，露天广场的中央有个舞台，舞台上方拉着一条横幅：热烈欢送奔赴四川凉山支教的青年志愿者。方远等人身披绶带，站成一排，看到章思敏，向她挥挥手。

简短的仪式结束后，方远走到章思敏面前。

章思敏说：“保重，那里条件艰苦，你要注意安全。”

方远说：“我们也有假期，假期我会回来。我回来后，就去看你和小菱珊。”

章思敏满脸喜悦，点头说好。

方远问：“你愿意等我吗？等我回来，我们一起照顾小菱珊。”

章思敏笑了，满脸绯红。

“你说话啊？”

章思敏还是没说话，车子快开的时候，她点点头。望着远去的车子，她在心里说：我等你回来，等着你……

方远走后，章思敏像丢了魂一样，一连几天心里都空落落的。

她不知道方远到了没有，不知道到了以后适不适应那里的生活。电话打不通，微信也没回。

小菱珊来到章家之后，管章思敏叫妈妈，范红梅不肯，她对小菱珊说：“你现在只能喊阿姨，思敏阿姨还没结婚，不能喊妈妈，等阿姨结婚了，才能喊妈妈，知道吗？”

小菱珊眨巴着眼睛看看范红梅，又看看章思敏。范红梅说：“要么喊我妈妈吧？来，叫我范妈妈。”

小菱珊拉着章思敏的衣服，躲在她身后。

小菱珊和章思敏很投缘，没人的时候，仍然喊章思敏妈妈。章思敏上班去了，她就在家陪爷爷奶奶，乖巧的模样深得贾美珍喜爱。

六十七

自从小菱珊来了之后，章思敏总是买小菱珊喜欢的菜做给她吃。小菱珊很快和爷爷奶奶黏上了，帮着爷爷奶奶做事情，就好像她本就是这家的成员一样，章翰文看着小菱珊这么乖巧也很开心。

章思敏叫姐姐章思慧中午过来吃饭。不一会儿，章思慧和江小刚一道进了门。

江小刚得知章思慧和程志浩已经办理了离婚手续，心里燃起了熊熊的火苗，频繁约会章思慧，没事就跑到章翰文家里帮忙做点事情。江小刚一来，老爷子就打章思慧电话，叫她过来接待她的领导。私下里，江小刚和章思慧说，年轻的时候错过了，现在不想再一次错过。章思慧说：“有的事情错过了就是错过了。”但江小刚自顾自地还在等待奇迹的出现。

江小刚手里提了一些东西。章思慧进门就解释，在门口恰巧碰到江小刚，江小刚是来看望小菱珊的。

章思敏说：“大姐，别解释了，你这不是此地无银三百两吗？快进来，今天休息，我早上特地买了菜，中午陪江主任喝一杯。”

江小刚说：“好啊，我今天瞎撞是撞对了。小菱珊，军军，快来看看给你们买了什么好吃的？快拿去吃。”

军军和小菱珊接过大礼包，说了一声“谢谢叔叔”。

范红梅回来时看到家里这么热闹，赶紧放下包，说：“我说赶回来做饭，你们都弄得差不多了，下面的事情交给我。”范红梅轻车熟路，不一会儿一桌菜就端上了桌子。章翰文招呼着江小刚坐下，突然有人敲门，章思敏开门，进来的是程志浩。

程志浩愣在那里，半天没有动弹，脑子里一片空白。章翰文喊：“志浩，快来坐，正好吃饭。今天江主任来，也算稀客，你和江主任喝一杯。”

一句话打破了尴尬，程志浩走过去坐了下来。他和江小刚打了招呼，感谢他一直以来关心思慧，起身站起来向他敬了一杯酒。

江小刚也很尴尬，气氛很快冷了下来。

见到小菱珊，程志浩说：“这就是小菱珊吧，都说这孩子聪明有灵气，果真不假，你看这眼睛多漂亮，长大一定有出息。”

章思敏没有出声，大家都没声音。

章翰文说：“这段时间你在忙着招标的事情，现在到了关键时候，要从细节抓起，尽量不要丢分。”

章思敏说：“爸，我们以后立一条规定，吃饭不要谈工作，你这么大年纪了，身体第一，其他事情不要管。”

程志浩站起身说：“爸，公司的人还在修改标书，我过去看看，就不陪你们了。”说完和江小刚打了声招呼就走了。

程志浩出门后，章翰文责备章思敏：“你这什么态度？”

章思敏没出声，她端起酒杯说："江主任，今天我好好敬你一杯，感谢你一直以来照顾我大姐。你是我大姐的同学，又是她的领导，你来过我家几次，要说最早的那一次也得追溯到二十年前了吧。"

范红梅好奇地问："这里面还有故事啊？思敏，爆料爆料。"

章思慧说："陈芝麻烂谷子，还说它干吗？"

章思敏说："只怪当年他们太年轻。江主任，是你不够执着，三顾茅庐都不知道。"

章思慧说："吃饭，不说这些了。"

范红梅看到章翰文满脸不悦，忙岔开话题说："菱珊，还想吃什么？范妈妈给你夹。"

这顿饭，由于程志浩的不请自到和尴尬离去，变得再怎么调和都没有了和谐的气氛。临走时，章思慧对江小刚苦笑笑。

程志浩好久才想通，只要融入大家庭，才能保住小家庭。他虽然和章思慧草草办理了离婚手续，但紧接着也和张美娟做了了结。现在的他已经回到正常的生活轨道上，等公司发展了，海欣上了大学，他努力争取和思慧破镜重圆。今天，他本想再和老爷子聊聊，汇报一下最近的工作和生活情况，万万没想到，却撞上了江小刚。很明显，章思慧姐妹俩不想再给他机会了，而且章思慧竟然把江小刚领到家里来，这说明她把自己的后路都找好了，剩下的事情，估计就是水到渠成了。一直柔柔弱弱的章思慧，竟然也心思缜密，看来背后支持她的，除了章思敏，还有岳父章翰文。想必他们都在看他的笑话，他觉得无地自容，他想逃离，逃离这令他难堪的地方。他想找一个安静的地方待着，什么也不想，什么也不用做。出了家园小区，程志浩上了一辆出租车。

出租车司机问他去哪里，他竟然不知道去哪里。这里太嘈杂了，甚至令他窒息。还是去一个偏僻一点的地方，越偏僻越好。他脱口而出："茅山镇。"出租车司机问："茅山镇，你确定吗？"他大声地说："是的。"

到了茅山镇，程志浩下了车，找了一家旅馆，办完手续便出去溜达。这里有一条古街，铺子里摆着一些篾器、竹器，因为远离城市的喧嚣而显得异常安静。

六十八

在程志浩的眼里，这是一个好地方。在这里，他的内心安静了许多。他漫无目的地在街上走着，天空中突然飘起了细雨。他走到街道的尽头，一个陡坡上去，便是一条河。站在河埂上，茂密的水草随风摆动，还有芦苇在草丛中探出头；远处，有渔船在捕鱼，也有满载货物的轮船在游动；近处，有个渡船停在河边，人们顺着河埂下的蜿蜒小道往船上走，过了河，又是另外一个县域。远远的，还有一条崭新的公路桥。他随着村民上了渡船，然后又坐着渡船回到古街。

雨淅淅沥沥地下着，程志浩从古街折返回来，在旅店附近的小饭馆坐了下来。

电话响了，是肖启明，肖启明问他在哪，晚上回不回来吃饭。他说晚上不回来了，华谊商贸公司那边的业务让他多盯着点，说完就把手机关了。

酒上来了，菜也上来了，是柴火鸡，他闻到了小时候的味道。小时候，他盼望家里来客人，来客人就能杀只鸡，别说香喷喷的鸡肉，就是鸡吃完剩下的汤拌着饭也能吃上两大碗。这种味道，现在只有这里还有。又上了一道鱼，鲜嫩鲜嫩的。这里是八渡河，号称鱼虾之乡，曾有一家八渡河饭店，多年以前他曾来过，就是以八渡河的鱼为特色。八渡河饭店现在迁到了菱湖市，有好几家分店。倒上酒，他享受着美食。不知不觉中，一瓶酒所剩无几，程志浩结了账出门。外面的雨不知什么时候下大了，雨点噼里啪啦的，他站在门口，浑身燥热，他想在雨里走一走。他定了定神，确认了方向，便一头扎进了雨里。雨水好凉，他不禁打了个寒颤。街道有些凄凉，远处近处的灯光好像也被雨水淋湿了，而且拖着长长的尾巴。他感到自己在打哆嗦，无限悲凉涌上心头，他想起了那首《减字木兰花·淮山隐隐》。

淮山隐隐，千里云峰千里恨。淮水悠悠，万顷烟波万顷愁。山长水远，遮断行人东望眼。恨旧愁新，有泪无言对晚春。

他感到一阵眩晕，身体晃了一下，便从陡峭的河埂上一头栽了下去。雨越下越大，程志浩的嘴里都是泥水，浑身一点劲儿都没有，好像手脚被捆住了一样，动弹不得。

程志浩饭没吃完就走了，家里的气氛随之也凝固了。送走了江小刚，章翰文对章思慧说："你叫江小刚以后少来这里，你和志浩毕竟刚刚离婚，这样交往成了什么事？弄得大家都尴尬。"

章思慧说："我跟江小刚说了，可他就是不听。"

傍晚时分开始下起雨来，而且越来越大，章翰文放心不下程志浩，又不好直接联系程志浩，便打电话问肖启明程志浩回去了没有，肖启明说没有，晚些再打，肖启明还是说没有。直到天黑，肖启明打来电话，说程志浩晚上不回来了。

看到章思慧和江小刚坐在一起，程志浩肯定受刺激了，肖启明说晚上他不回来，章翰文放心不下，还是打了程志浩电话，可是关机了。半夜的时候，一阵电话铃声把章翰文吵醒了，肖启明打来电话，说程志浩在茅山镇出事了。

章翰文问:“他在茅山镇干吗?”

肖启明说:“不知道，我正往茅山镇赶。”

章翰文问:“你慢慢说，出什么事了?”

肖启明说:“我刚刚接到警察电话，说程志浩醉酒后掉到了河埂下。现在人已经被救护车送到茅山镇医院，我马上赶过去。”

章翰文说:“你先过去，有什么事情给我打电话，我随后就到。”

章翰文立刻打电话给章思慧，叫她开车往茅山镇医院赶。这时，雨随着风，一阵紧过一阵。

章翰文赶到茅山医院时，程志浩正在急救室。他急忙问:“怎么样了?”

肖启明说:“医生正在处理。我来的时候，程经理满身酒味，医生说他胃出血。”

想到程志浩一个人在雨夜的泥泞里挣扎，章思慧的心痛了一下。她恨他，也可怜他。外面雨停了，可风还是呼呼地刮着。

程志浩从急救室转到病房时，天快亮了。他昏睡着，而章思慧、章翰文和肖启明一夜未合眼。看到程志浩脱离了危险，肖启明和章翰文回家了，留下章思慧照看他。

程志浩醒来时，看到章思慧伏在床边，眼泪掉了下来。是悔恨还是委屈？或者两者都有？看到程志浩流泪，章思慧也流下了眼泪。

六十九

小菱珊很有灵气，来到章思敏家之后，和这个家的每一个人都黏糊起来。她还陪着军军哥哥做作业，从不动他的东西，军军也喜欢她。范红梅做家务，她帮着打下手。章思敏下班，她把拖鞋递过去。贾美珍做饭摘菜，她跟在后面问长问短，小嘴甜得像抹了蜜一样。一家人都喜欢上了这个家庭新成员。

方远走后一周才和章思敏联系上。方远告诉章思敏，早就到了目的地，只是这里的信号不稳定，所以前段时间电话打不通，微信也发不出去。现在他们安顿了下来，一切都好，请思敏不要担心。

有了方远的消息，章思敏一直悬着的心放了下来。方远每天晚上都和章思敏联系，倾诉着相思之苦。章思敏心里很甜，但嘴上说，这些话她要等他回来当面再说。

方远说，有些话当面说不出来。章思敏在心里笑了起来：你也有说不出口的时候。其实，章思敏早就感觉到方远喜欢自己，她在心里也隐隐有了恋爱的感觉。

一天下午，方远发来信息，说他父亲的生日马上到了，每年父母生日他都会订一个生日蛋糕，问章思敏是否愿意为他代劳。章思敏满口答应了，方远特地发来了一个地址：玉灵山2号楼。

玉灵山不是原先市委办公地吗？方远家怎么住在那里？出于好奇，生日当天，她驾车按照方远给的地址将蛋糕送上门去。

穿过闹市的马路，路口转弯，一块巨石上醒目的红色行书“玉灵山”映人眼帘。一条道路上坡，在半山腰间，一排排楼房隐藏在郁郁葱葱的树林中。她按照方远给的地址找到了玉灵山2号楼，敲了敲门，一位满头银发的老人开门，说：“请问您是……？”

章思慧说：“阿姨，您好。我是方远的朋友章思敏，今天是叔叔的生日，方远托我送来蛋糕。”

老人笑眯眯地说：“哦，你好你好，快进来，辛苦辛苦。”

章思敏走了进去。一位大姐从房间里出来，问道：“妈，谁来了？”

老人说："方远的朋友。她来给你爸爸送生日蛋糕。"

方远还有个姐姐？真是冒失，来之前应该问一下，此刻的章思敏她有点不知所措。她将蛋糕放在茶几上，环顾屋内，朴素整洁。方远的妈妈招呼章思敏坐下，姐姐拿起茶杯泡茶。

方远妈妈说："方远的爸爸出去散步了，一会儿就回来，他要是看到你送来了蛋糕，一定很高兴。儿子这么远还惦记着他的生日，有心啊。"

姐姐将茶杯递给章思敏说："我是方远的姐姐，请喝水。"

方远妈妈问："姑娘，你在哪工作啊？"

章思敏说："在社区。"

方远妈妈说："好，好。在基层工作虽然辛苦，但很充实。"

章思敏说："是的。"

方远妈妈问："父母还好吗？在工作还是已经退休了啊？"

章思敏回答："爸爸退休了，妈妈很早就去世了。"

方远妈妈说："哦，不好意思。"

说话间，一位目光如炬、精神矍铄的老人走了进来。章思敏起身，一眼就认出那是方远的爸爸。因为方远和老人长得很像，他笑容可掬地向准备起身的章思敏摆摆手，示意她坐下，然后问老伴："家里来客人啦？"

"这是小章，方远的朋友，今天特意给你送蛋糕的。"

方远爸爸说："哦，感谢你亲自送来。方远这孩子，说走就走。我和他妈很少管他，看来是懂事了。小章，你做什么工作啊？"

方远妈妈接过话说："在社区居委会工作。"

方远爸爸说："社区好啊，服务群众的最后一公里，很辛苦，也很光荣。"

方远姐姐端着个脸盆从房间走出来，接过话说道："我们政协现在正在做社区治理调研，鼓励政协委员进社区，帮助社区解决问题。”

方远爸爸问：“要是能深入社区做一些工作，解决大问题当然最好，解决不了大问题能解决小问题也不错。全社会都应该重视社区工作，现在的社区治理十分重要啊。”

听着他们的对话，章思敏感到疑惑。莫非……她怯怯地问：“您是方书记?”

老人笑了笑，摆摆手：“我现在就是一个退休老人。”

章思敏想起来了，眼前的这位老人就是原来的市委副书记——方贤达。她突然感到被方远愚弄了。

方贤达继续说：“社区工作很重要，关乎着政府民生，关乎着群众生计，但是想做好，也不容易。”

方远妈妈切好蛋糕，每人端来一小碟，“我们都吃点吧，祝我们家老爷子身体健康，福如东海，寿比南山。”

方贤达大声笑着说：“好，谢谢老太婆。来，小章，吃点。今天感谢你啊，不然我们哪有这口福啊?”

此刻的章思敏的脑袋嗡嗡作响，坐了一会儿，她说还有事起身要走。方远的姐姐说：“要么中午我们一起吃个饭？家里也就我们几个人，反正今天是周末。”章思敏找了理由推脱了。

章思敏感到很委屈，心想：“方远，你这么重要的家庭背景，在我这还瞒得严严实实，是不是怕我赖上你啊？我才不稀罕什么领导家庭!”

她发动车子，驶出了玉灵山。快到夏天了，她想到要给小菱珊买双新凉鞋，顺便给自己也买一双，便将车子停在步行街购物广场。她在步行街走着，迎面看到郭梓峰。郭梓峰被一个漂亮的姑娘挽着手臂，躲是来不及了，因为郭梓峰正笑吟吟地打量着自己。硬着头皮，她打了个招呼：“你好，逛街啊。”走近了，她才发现这姑娘好像在哪见过，她想起来了，就是那天在排灌站圩堤上的姑娘。

郭梓峰大大方方介绍道：“你好，这是我的女朋友小亚。你们之前见过。”转身向小亚介绍，“家园社区，章思敏章主任。”

小亚笑吟吟地点点头，松开了挽着郭梓峰的手。

郭梓峰现在的精神状态显然比以前好多了，也自信多了。他说：“我马上要离开水利排灌站到茅山镇工作了，现在正在公示阶段。”

章思敏说：“恭喜你。去了做什么？”

郭梓峰说：“党委副书记。准备去吃几年苦，茅山镇还是比较贫困的，条件比城里差。”

章思敏：“反正你也不怕吃苦，祝你早日飞黄腾达。”她对小亚笑了笑，算是打了招呼，便匆匆离开了。

小亚大学毕业两年，考上了公务员，分到排灌站实习。这人来头可不小，她的舅舅可是市里的常委。其实小亚一见到郭梓峰就喜欢上了他，郭梓峰攀上了这棵高枝也算熬出了头。

买完鞋子，章思敏收到方远的微信，问：“去了我家了吗？和我父母交流感觉如何？”

她立刻回复：“你什么意思？你父亲当这么大的官你怎么不告诉我？瞒我是啥意思啊？”

方远：“不就是个退休干部吗？再说，你也没有问我呀？”

章思敏：“我高攀不上你。”

方远急忙打来电话解释：“我爸的身份值得你这么在意吗？”

章思敏生气地说：“反正是高攀不起。”

方远说：“我爸收到蛋糕很高兴。我姐刚才给我发信息，说我爸妈对你印象很好。”

章思敏说："好也没用。"说完便挂了电话。

回到家里，已经是中午了，章翰文问章思敏吃了没有，章思敏说头疼吃不下，便进屋休息了。

小菱珊穿着新买的鞋子跑进跑出，对章思敏说："红梅阿姨正在烧饭，等烧好了我来叫你。"

章思敏哪里睡得着，好不容易有了一段新感情，却有了这样的节外生枝，担忧和困惑写满了她的整张脸。章翰文看到女儿，想必又遇到烦心事了，也没多问。最后，还是章思敏自己没有忍住，主动和章翰文谈起了自己的事情。听完后，章翰文眉宇间的皱纹都笑开了，这可是章思敏头一次主动汇报自己的个人情况。

章翰文说："我不会给你任何压力，你说，慢慢说。"

章思敏说："他现在在四川大凉山支教，两年后回来。"

章翰文说："不是挺好的吗?"

章思敏说："可是——"

章翰文听到"可是"，又不知道是什么事情，立刻紧张起来。

章翰文说："他从四川回来，带到家里来。只要你喜欢，我们都喜欢。爸爸始终站在你这边。"

章思敏说："只是他的家庭我不满意。"

章翰文说："为什么?"

章思敏说："他爸爸是前市委副书记。"

章翰文："方贤达?"

章思敏点点头。

章翰文说："小伙子告诉你的?"

章思敏说："要是他主动告诉我就好了，就是他从没有说过，后来被我发现了。"

章翰文说："那又怎样呢?"

章思敏说：“我很担心以后是否能够融人这样的家庭。”

章翰文说：“你等小伙子回来再慢慢商量。你也别担心，毕竟是你们俩一起生活。思敏，无论怎样，爸爸都支持你。”

和章翰文交流之后，她如释重负。是的，她和方远的事，只能由他们俩自己解决。她放下包袱，心里舒畅了许多。

七十

这天下午，章翰文到区法院参加陪审。按照惯例，他提前去阅读案卷。这是一起人室盗窃案，被告人竟然是周昌盛！他以为是重名，打周昌盛的电话，提示关机。到了法庭上，被告人被带上法庭，他才确认真的就是周昌盛。

区检察院起诉书称：菱湖市某物业公司保安周昌盛、李乾坤利用职务之便趁晚上值班时间，从今年2月20日开始在景苑小区人室盗窃业主财物，涉案金额高达5万元。

庭审开始了，周昌盛看到章翰文，羞愧地低着头。区人民检察院公诉人宣读了周昌盛和李乾坤的犯罪经过，然后举证质证，辩护律师为被告进行了辩护，公诉人最后给出量刑建议，最后被告人作出陈述。

周昌盛说：“我没有多少文化，也不懂法律，早些年误人传销组织，变卖了家里的房产，为此也离了婚，生活十分困难，请求法庭能够从轻处罚，给我一次改过的机会。”

鉴于周昌盛和李乾坤犯罪事实清楚，证据确实充分，被告人对于自己的犯罪行为认罪悔罪，审理过程并不复杂，案件审理的时间也不长。

接着，合议庭进行案件评议。法官和人民陪审员到了庭外一间办公室。章翰文说："这是一起典型的入室盗窃案件，事实清楚，证据确实充分，从轻的部分是被告人如实供述，认罪悔罪态度较好，其他的没有意见。"

合议之后继续开庭，最后宣判：周昌盛和李乾坤因盗窃分别被判处有期徒刑三年零六个月并处罚金。

晚上回到家，章翰文问范红梅："周昌盛出事了，你知道吗?"

范红梅问："这段时间他倒是没联系我，出什么事了?"

章翰文说："在景苑小区当保安，和同住的同事入室盗窃。"

范红梅瞪大了眼睛，问道："什么时间的事情?"

章翰文说："今年2月份开始的，今天开庭的，判了三年半。这个周昌盛，真是愚昧透顶，再怎么说，也不能走犯罪的路啊。"

范红梅陷入深深的泥沼里。她刚刚和刘金坤说清楚了，两人也不再联系了，还从刘金坤的公司辞了职，重新干起了白酒销售。刘金坤怎么劝，也没有挽留住范红梅。她的生活又趋于平淡，她照旧回来帮章翰文料理家务，接儿子上下学。没想到周昌盛出了这档子事！周昌盛虽然和自己离了婚，没有任何关系，但他毕竟是军军的爸爸，她怎么和儿子交代?

江小刚频繁打来电话，询问海欣高考的情况。江小刚的执着追求，让章思慧有点不知如何应对。

上次程志浩撞上江小刚，弄得大家都很尴尬，章思慧就很明确地告诉江小刚，他们不可能，即使她和程志浩离了婚，他们也不可能，还是那句话，过去了就是过去了。可江小刚还在等待机会。章思慧对感情充满惧怕，她克制着自己，始终和江小刚保持着距离。

自从出院回家后，程志浩回到了章思慧身边，但两人在一起总是无话可说，最终他还是搬回了2号楼，继续过着和章思慧分居的生活。程志浩想通了，既然过不到一起，那就给彼此自由。

程志浩和张美娟的纠葛也告一段落，程志浩还了她全部借款，还另外给了高于银行贷款利率的利息。张美娟对程志浩的执着追求随着程志浩的冷漠、躲避而结束，两人最终没有了联系。

张美娟后来接到女儿的电话，女儿和男友在北京结婚扎下了根，叫妈妈过去帮忙带孩子。当然，北京的房子是刘金坤出资购买的。去之前，张美娟用别人的手机给程志浩打了一个电话，算是告别。

七十一

在家园小区物业管理招标中，程志浩的公司脱颖而出，由于管理方案缜密、科学，最终一举中标。

他自己负责华谊商贸公司的业务，肖启明和吴成斌成了家园小区项目经理。萧正白还介绍了其他几家商贸公司的生意让程志浩去谈，程志浩的生意越做越大，也越来越忙。他打了几次电话给章思聪，叫他回来帮助他管理公司，可微信发出去就是没有回音。每次和章翰文说起这事，章翰文总是说：“等思聪在外面撞了南墙回头再说。”其实，对这个儿子，他心里比谁都担心着急。

章思慧在战战兢兢中终于等到高考成绩公布的这一天。她很紧张，从早上起来就开始盯着电脑，过几分钟就查一下。中午的时候，分数终于出来了，她查到了：总分589。海欣很是高兴，章思慧也流下泪来，这几年为女儿的付出总算有了回报。

章思慧一直担心海欣会因为她和程志浩离婚的事闹情绪，海欣似乎看出了妈妈的心思。成绩出来后，海欣说：“妈妈，我以前一直害怕你们离婚，因为看到很多父母离婚的同学，他们都很可怜。现在我长大了，能理解父母有父母的难处，我能做的就是尊重你们的选择。妈妈，你太辛苦了，你选择什么样的生活我都支持你。”

“妈妈谢谢你，乖女儿，你真的长大了。”章思慧感到非常欣慰。

程志浩得知高考成绩公布，打电话问女儿考了多少分，海欣喜滋滋地说考了589分。

程志浩说：“海欣，你真的很棒，爸爸为你骄傲。我想晚上请你们吃饭，你问一下妈妈的意见。”

程海欣说：“你等一会儿，我来和妈妈商量一下，马上打电话给你。”

程海欣接电话的时候，章思慧正在身边，她故意提高声音，重复着程志浩的话，让章思慧知道这是程志浩打来的电话。放下电话，海欣望着章思慧，眼睛在问：可以吗?

章思慧看出了海欣的心思，说：“你做主吧！叫你爸喊上外公小姨一家人。”

程志浩给章翰文打电话，说海欣高考考了个好成绩，他晚上在江鱼馆请一家人聚会，下班时，他开车去接大家。

晚上到了饭店，范红梅在一楼点菜，其他人上了二楼。章翰文说：“海欣，你妈妈始终为你捏了一把汗，现在终于可以放心了，不错啊。军军，姐姐就是你的榜样，好好向她看齐，好好干。”

军军说：“我一定像姐姐一样考个好大学。”

小菱珊也凑热闹：“我以后也要考大学。”

章翰文说：“好，从小就要有志气。”

章翰文叫海欣带军军到楼下玩一会。军军走了以后，章翰文说：“周昌盛的事情军军还不知道，你们在军军面前说话要注意，不要让周昌盛的事情影响到军军。红梅也够苦的，带着个孩子，不容易啊。”

范红梅上来，看军军不在，说起前两天探视周昌盛的情况。她说，一开始周昌盛死活都不愿意见自己，狱警做了很长时间的工作，他才出来的。见到红梅，他立刻就跪了下来，说自己不争气，想让他们娘俩过上好日子，结果给他们丢脸了。

范红梅安慰他，叫他好好改造，只有这样才能对得起军军和死去的婆婆，她会照顾好军军的，叫他放心。范红梅说，看到周昌盛可怜的样子，她心里很难过。

程志浩为范红梅的善良所感动，当即约定，等周昌盛出来，在他公司给他安排一份工作，说："我给他安排一个技术活，送他去学习电梯维修维护，工资收入也不错。"

上菜了，程志浩端起酒杯，站起来对章思慧说："思慧，我敬你一杯。海欣上学以来，一直都是你在照顾她，特别是高中这三年，你付出最多。她之所以能有今天这么好的成绩，与你的付出是分不开的。"说完喝干了杯中的酒。

这时，章思慧的手机响了，她看了看说："是思聪。"

"喂，589分。是不错！我们在外面吃饭，爸爸他们都在，要不要和他们说话啊？"

章思慧把电话递给了早就伸着手的爸爸。

章翰文问："思聪啊，你现在在哪呢？"

章思聪说："爸，对不起，我给二老添麻烦了，我丈母娘怎样了啊？"

章翰文把手机递给贾美珍，贾美珍说："好多了，好多了。我天天盼你们回来，你找到小文了吗？这么长时间电话也打不通。"

章思聪说："我和小文在一起。我们没脸见你们，没脸接你们电话。"

程志浩示意贾美珍有话跟思聪说，贾美珍递过手机。

程志浩说："我是大姐夫，思聪，你们赶快回来吧，我们一起打拼，现在我公司里有几个项目，正缺少人手，回来好不好?”

章思聪说：“我给你们添了那么多麻烦，做了那么多错事，我恨我自己。”

程志浩说：“回来吧，我们一起努力，你和小文都还年轻，只要找到对的路，一切都不晚。”

有了章思聪和小文的消息，一家人格外高兴，贾美珍眼里噙满了泪水。

七十二

家庭聚餐给了程志浩回归家庭的渴望。事后，他找到章思敏，把他和张美娟的事情全部说清楚了，他叫思敏劝劝思慧，争取早点复婚。章思敏听完程志浩的话，说：“这就是你的不对，你不仅辜负了大姐，也欺骗了人家的感情，知道人家对你有企图，你还利用人家的感情发展自己的事业。”她说话直，程志浩想想也是，但不管怎样，他现在迷途知返。当天，思敏找了思慧，考虑到两人毕竟还是有感情的，能复合还是好事情。思慧叹了一口气，算是听了思敏的劝。

这天，章思敏收到方远的微信，方远说：“暑假到了，我想回来一趟，大概后天晚上就能到家，你来接我吧。”章思敏答应了。

方远回来的第二天，章思敏和方远回去看望了方远的父母。

去之前，方远说：“我爸妈是退休干部，你不要想得多。我姐人也好，随和，关键是他们都喜欢你。”

章思敏说：“我不是怕他们，而是怪你为什么不早点告诉我。”

方远说：“这也不迟啊？跟你商量一下，我想今年结婚，你觉得怎么样?”

章思敏问道：“算是闪婚吗?”

方远说：“算吧，我们也不小了，结了婚好让父母安心。”

章思敏说：“这也太快了吧？况且还没有房子呢?”

方远说：“我们先租一套，等有钱了再买。”

章思敏想了想，说：“同意。”

第二次去方远家，章思敏心里有了底，她落落大方，不卑不亢。方远的妈妈喊来女儿方卓做饭，方远的爸爸妈妈一直都是她在照顾。

方卓说：“方远，支教回来就安定下来，不要再折腾了，成个家，省得爸妈操心。”

方远爸爸看着方远，方远妈妈看着章思敏。

方远说：“姐，我有这个计划。不等支教结束，我想今年结婚。”

大伙的眼睛投向了章思敏。方贤达说：“吃饭，吃饭，你们商量好了，我们没意见，也不搞逼婚。小章，你放心啊。”

章思敏和方远说，结婚之前，她想去见一下他的生父，毕竟结婚是件大事，告诉他一声，也算是了却了自己的一个心愿。

方远说：“到时候我陪你一起去。”

章思聪带着小文终于回家了，住在贾美珍的房子里。二人回来后都进了程志浩的物业公司，章思聪在华谊商贸有限公司物业部门工作，小文到家园小区干物业管理。和之前相比，他们安分了很多，不久就传出小文怀孕的好消息。

这些好的变化使得贾美珍的身体也有所好转，章翰文时间多了起来，他又去社区履行业主委员会的职责，生活渐渐恢复到了从前。海欣被海南一所重点大学录取。这年的9月初，程志浩和章思慧带着海欣一道飞往海南。两人商量好，把海欣送到学校后就好好旅游一番，作为他们结婚二十周年的礼物……